요단강 건너가 만나리

요단강 건너가 만나리

발행일 2019년 4월 15일

지은이 오승재
펴낸이 손형국
펴낸곳 (주)북랩
편집인 선일영
디자인 이현수, 김민하, 한수희, 김윤주, 허지혜
마케팅 김회란, 박진관, 조하라
출판등록 2004. 12. 1(제2012-000051호)
주소 서울시 금천구 가산디지털 1로 168, 우림라이온스밸리 B동 B113, 114호
홈페이지 www.book.co.kr
전화번호 (02)2026-5777

편집 오경진, 강대건, 최예은, 최승헌, 김경무
제작 박기성, 황동현, 구성우, 장홍석
팩스 (02)2026-5747

ISBN 979-11-6299-641-6 03810 (종이책)
979-11-6299-642-3 05810 (전자책)

이 도서의 국립중앙도서관 출판예정도서목록(CIP)은 서지정보유통지원시스템 홈페이지(http://seoji.nl.go.kr)와 국가자료공동목록시스템(http://www.nl.go.kr/kolisnet)에서 이용하실 수 있습니다.
(CIP제어번호: CIP2019013569)

오승재 창작집

요단강 건너가 만나리

참 기독교인을 위한
24가지 신앙 이야기

북랩 book Lab

머리말

이번에는 산발적으로 발표했던 글 중에서 교회에 관한 단편과 평신도 삶의 소묘(素描)인 콩트를 모아 창작집을 내기로 했습니다.

어떤 분들은 제 글을 보고 왜 교회를 향해 그런 부정적인 글을 쓰느냐고 질타하는 분들이 있습니다. 또 어떤 분은 치려거든 철퇴(鐵鎚)를 가하지 왜 솜방망이 짓만 하느냐는 분도 있습니다. 그러나 저는 주께서 약속하신 구원의 생명줄을 끊을 생각이 없습니다.

저는 양들을 참 생명의 길로 인도해야 할 목자들이 자기가 졸업한 신학교와 교단과 학연의 틀을 벗어나지 못하고, 목사에게 길들여진 교인들의 추앙을 배경으로 자기들끼리 세속적인 안일한 삶을 즐기고 있는 모습에 절망한 것이 사실입니다. 이것은 하나님을 거역한 죄입니다. 그러나 새로운 생명을 탄생시키기 위하여 폭포수를 거슬러 올라가는 연어와 같은 용기 있는 목자들이 종래에는 주님의 구원을 선포하리라는 것을 저는 믿고 소망하고 있습니다.

또한, 교회의 확장이 하나님 나라의 확장이라고 생각하고 대형교회를 흠모하며 모든 이벤트를 동원하여 교회에 사람을 채우는 것을 목적으로 삼는 교회들에게 실망합니다. 이것은 물질을 우상으로 섬기며 목자들을 제왕으로 만들어 교회를 부패하게 하는 첩경입니다. 교회의 확장은 하늘나라의 확장입니다. 하나님이 없다고 말하며 광장에 뛰쳐나와 자기 의(義)를 관철하려는 군중들에게 나아가 '회개하고 복음을 믿도록' 하는 일이 교회의 확장입니다. 교회만의 크리스마스가 아니라 이웃과 잔치를 하는 크리스마스라야 합니다. 추수감사절에 가난하고 어려운 사람들을 불러 음식을 대접하며 식량을 나누어 주어, 이날이 교인들만의 잔치의 날이 아니고 지역사회의 잔치가 되게 하는 것이 교회의 확장입니다. 사실 이렇게 주의 증인으로 사는 교회가 있는 것에 소망을 갖고 있습니다.

죽어서 천당을 가기 위해, 영광의 면류관을 받기 위해 또 병을 낫기 위해 많은 불신자가 교회에 불려 와서 교회 봉사에 충성을 맹세하며 생을 마치는 분들을 저는 봅니다. 저들은 목사를 주의 종이라고, 제사장 섬기듯 섬깁니다. 그러나 자신의 생명을 구원의 대속물로 바치고 가신 주님의 참사랑을 끝까지 모르고 떠난 많은 교인이 말씀에 너무 무식한 것에 절망합니다. 그러나 '그루밍 성범죄(정신적으로 길들여져 성범죄를 자행당하는 일)'에 이제는 젊은 여성들이 자기의 충성이 허구였음을 깨닫고 'Me Too' 운동으로 맞서는 것에 소망을 갖습니다. 성경을 읽을 때 "이것이 그러한가?" 하고 이제는 눈을 뜨기 시작했기 때문입니다.

제 눈에 비친 성도들과 교회와 목자들과 저 자신은, 진정 주께서 십자가에 달리시며 구속한 하늘나라의 백성들인가? 우리는 성령을 받아 열방 곳곳에 흩어져 하늘나라를 확장하고 있는가? 주께서 오래 기다리며 최후의 심판을 하시고자 할 때 우리는 백보좌 앞에서 "주께서 맡긴 죄인들을 구원하여 이렇게 보호했다가 데리고 왔습니다."라고 회계(會計)할 수 있는가?

저는 여러 독자와 함께 주님께서 지상에 남겨 둔 저희에게 당부하신 말씀대로 우리가 진정으로 살고 있는지 말씀을 상고하며 함께 생각하자고 이 책을 냅니다.

오래된 창작물은 약간 가필한 것입니다. 중복되기도 하고 유치하지만 제가 보고 느낀 것을 이 책에서 함께 나누고 싶어 첨가했습니다.

부족한 제 책의 출판을 위해 윤문해 주신 내 친구 김 교수님과 출판을 맡아 주신 출판사의 사장님과 직원 여러분께 감사를 드립니다.

2019년 3월

鷄龍山麓에서

저자 오승재

차례

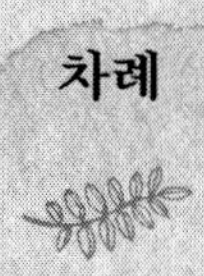

3장 콩트 189

1장

교인

요단강 건너가 만나리

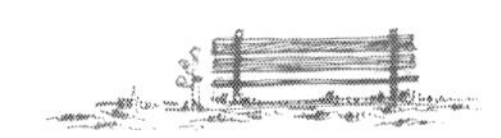

눈 깜짝할 사이에 일어난 사고였다.

거실의 식탁에서 아침을 먹고 여느 때처럼 TV를 바라본 탁자 앞 소파로 은경은 걸어가고 있었다. 거기서 후식도 먹고 커피도 마시며 TV를 보고 즐기기 위해서였다. 그런데 뻥 소리와 함께 그녀가 넘어지는 소리가 들렸다. 8개월 전 외출했다가 낙상해서 대퇴골 골절이 있어 수술한 뒤 퇴원해서 이제 겨우 집안에서는 거동이 자유로워진 상태였다. 그런데 또 넘어진 것이다. 노년이 되면 다리에 힘이 없어지고 골다공증으로 넘어지면 골절되기 일쑤다.

119를 불러 종합병원 응급실로 갔더니 또 대퇴골의 골절이었다. 이번에는 전번 다리의 반대편인 왼편 다리였다. 지난번에는 기독교인들이 싫어하는 1월 13일 금요일이었는데 이번에도 날짜는 다르지만 9월의 첫째 금요일이었다. 수술 일정은 빨리 잡혀 주말을 보내고 화요일 첫 시간이었다.

8개월 전에도 수술 전 동의서에 서명을 하면서 나는 불안하였다. 전신마취가 두려웠기 때문이다. 그때 수술이 끝나고 다른 사람은 다 병실로 돌아갔는데 은경은 중환자실에 있으니 와 보라는 전화가 왔다. 그녀는 코에 호스를 끼고 산소공급을 받으며 실눈을 뜨고 나를 바라보았다. 잠에서 깨어나지 못한 상태 같기도 했다. 의사는 나더러 손을 컵처럼 하고 잠들지 않도록 계속 은경의 가슴을 두들겨 주라고 했다. 수술하는 동안 폐가 기능을 중지하고 있었기 때문에 산소량을 늘리고, 가슴을 두들겨서 잠들지 않게 하며 폐에 물이나 공기가 차지 않도록 해 주어야 한다는 것이었다. 언제까지나 그렇게 하고 싶었지만 간호사들이 나를 밀어내고 다음 날 10시부터 30분간 중환자 면회시간이 있으니 그때 오라고 했다.

다행히 하루 뒤 일반병실로 옮겼는데 한 방에 있던 다른 분의 간병인이 나더러 노인이 어떻게 중환자를 간병하려 하느냐고 자기가 간병인을 소개하겠으니 도우미를 쓰라고 했다. 나는 그녀를 돌보는 것은 내 의무라고 여기고 그녀가 퇴원할 때까지 도우미 노릇을 할 것이라고 고집하고 있었다. 환자의 간병이 얼마나 힘든 것인지를 몰랐기 때문이었다. 교회의 최 장로는 미국에 거주하는 내 아들의 친구였는데 아들은 최 장로에게 국제전화로 나를 설득해서 도우미를 쓰도록 하게 해 달라고 울면서 호소했다고 한다. 병원에 찾아온 최 장로는 자기가 미국의 아들이 보낸 특사라면서 간병인을 쓰라고 간청했다. 결국, 잠을 제대로 잘 수가 없어서 며칠 후 나는 손을 들고 간병인을 쓰기로 했다. 그 뒤로는 집에서 자고 매일 병원으로 출퇴근하였다. 어쩌다 가지 않으면 은경은 나에게 전화를 했다.

"언제 올 거야?"

"지금 곧 갈게."

"나 지금 댈러스에 있는데 어떻게 와?"

"내 차로 운전하고 가지."
"차로 운전하고 여기까지 올 수 있어?"
은경은 그때까지 섬망증(譫妄症)으로 시달리고 있었다. 누가 문병을 오면 알아보기는 하지만, 누가 왔는지 곧 잊어버렸다. 문병 온 사람도 은경을 보고서 이상한 낌새를 챘는지 아직 정신이 정상이 아닌 것 같다고 말하기도 했다. 나는 그때, 다시는 전신마취를 하는 수술은 절대로 하지 않겠다고 마음속으로 다짐했다.

그래서 은경의 전신마취 수술은 이번만큼은 하고 싶지 않았다. 의사가 수술 동의서를 받으면서 "나이가 많고 빈혈증이 있기 때문에 심장박동이 약해서…."라고 하면서, 그럴 일은 없겠지만 수술 중 문제가 생길 경우도 고려하고 서명해야 한다고 말했을 때, 지난번까지는 무심코 서명했지만 이번에는 너무 손이 떨렸다. 수술밖에는 선택의 여지가 없던 나는 은경이 오랫동안 먹지 못했으므로 미리 영양제 주사를 놓아 주었으면 좋겠다고 말했다. 또 수술 전 수혈도 하였다.
그렇게 준비한 뒤 잡힌 수술 날짜가 화요일 첫 번째 시간의 수술이었는데 갑자기 수술 전날에 폐 기능검사를 해야 한다는 통보였다. 폐가 약하고 산소 수치도 낮기 때문에 그 결과를 보고 호흡기내과 주치의의 소견을 들은 뒤에 수술하겠다고 하는 주치의의 판단은 신중했다. 따라서 한두 시간 수술이 늦어질 수 있다고 말했다. 신중한 것은 좋은데 이 모든 것이 나를 불안케 하였다.
수술은 화요일 아침 좀 늦게 시작되었다. 입원하고 있었던 병원 별관인 관절염센터에서도 수술이 가능했지만, 본관이 협조할 수 있는 의료진도 많고, 시설도 좋아 그쪽으로 옮겨 수술하기로 하였다. 나는 수술실에 들어갈 때 그녀의 손을 잡아 주었다. "주를 앙망하는 당신에게 주께서 새 힘을 주실 것"이라고 말하자, 그녀는 미소를 지으며 들어갔다.

우리 형제 가족들끼리 오래전에 야외식사를 예약해 둔 것이 수술 후 며칠 뒤라는 생각이 들어 부랴부랴 예약을 취소하고 형제들에게 알렸다. 동생네 가족들은 모처럼 약속을 잡아 비워 둔 기간이기 때문에 그날 대전으로 모두 문병을 오겠다고 우겼다. 그럼, KTX 요금은 내가 관리하는 가족적금에서 지원하겠다고 했더니, 둘째 동생이 가족적금을 쓰는 것을 강력히 반대했다. 문병에 가족적금을 쓴다는 것은 말이 안 된다며 그런 적금은 꼭 필요할 때 쓰기 위해 부은 것이기 때문에 그럴 수 없다는 것이다. 그 말이 은경의 수술이 잘못되어 혹 장례라도 치르게 되면 그때 쓰겠다는 말처럼 불길한 생각까지 드는 것이었다. 마음이 조급해진 나는 수술실에 들어가자 교회 목사에게 기도를 부탁하였다. 형제 가족들에게도 수술이 잘 되도록 기도해 달라고 부탁하였다.

왜 기도로 남을 귀찮게 하는가? 무엇이 기도인가? 내 가족의 무병장수와 축복, 성공을 비는 것이 기도가 아니다. 신을 믿는다는 것은 어떠한 경우에도 그분이 옳다는 것을 믿고 그분의 뜻에 나를 맡기는 것이다. 하나님의 백성으로 살겠다고 헌신하면 그분 뜻을 따라 순종이 있을 뿐이다. 믿음은 순종에서 오고 순종이 바로 믿음이다. 예수님께서는 나와 하나님 사이에 있는 제사장을 제거하고 하나님 앞에 나를 단독자로 세우셨다. 왜 내가 당한 고난을 하나님께 풀어 달라고 다른 사람에게 부탁해야 하는가? 이것이 평소의 내 생각이었다. 그랬지만 이 긴박한 순간에 나는 한없이 속되고 싶어졌다.

보호자 대기실에 앉아서 수술자 명단을 보고 있는데 80세 중반을 넘은 은경이 제일 연장자였다. 그녀는 이곳 병원에서도 전신마취만 이번까지 네 번째다. 심장 때문에, 뇌 때문에, 8개월 전 골절 때문에, 그리고 이번 다시 골절 때문이다. 하나님밖에는 의지할 곳이 없다고 생각하며 기도하고 있는데, 3시간을 좀 넘기고 중환자실로 오라는 연락이 왔다. 예상외로 은경은 지난번보다 좀 건강해 보였다.

"이겨냈구려."라고 말하자 은경은 나를 보고 미소를 지었다. 간호사가 은경더러 내가 누구냐고 물었다. 그러자 은경은 "내 남편"이라며 행복해했다. 하나님께서 나와 함께 얼마 동안 더 살게 해 주셨다는 생각으로 나는 감격의 눈물이 솟구쳤다. 간호사는 이번에는 출혈도 많아 수혈을 여러 병 했다고 말하며, 주치의 선생이 적어도 이삼일은 중환자실에 있어야 할 것이라고 말했다고 하면서, 다음날 면회시간에 오라고 했다. 이튿날 면회시간에 갔더니 은경은 얼굴에 홍조를 띠며 나를 맞아주었다.

"중환자실은 있을 만했어?"

"네. 이곳은 천국 같아요. 당신이 들어와서 손을 잡아준 뒤, 나는 이곳저곳을 다녔는데 벽이고 천장이고 그림으로 너무 잘 단장되고 아름다웠어요. 어둠이 없고 날빛보다도 더 밝은 그곳은 꼭 천국 같았어요. 나는 서 있었는데 어디에 좀 눕고 싶다고 말했더니 이곳은 모두 네 방이니 어디든지 누우라고 말했어요. 나는 소파에 앉았었는데 그곳이 침대였어요. 이곳이 어디냐고 내가 물었더니, 천사 같은 한 간호사가 이곳은 충남대학교병원 중환자실이라고 했어요."

그러자 듣고 있던 간호사가 중환자실을 천국이라고 말한 사람은 처음 본다고 말했다.

"정말이에요. 아무 아픈 데도 없고 몸이 공중을 떠다니는 깃털처럼 가볍고 기분이 좋았어요."

은경은 아직 좀 섬망증이 있는 듯했다. 그러나 나는 그녀를 안심시키며 말했다.

"나는 당신이 나를 두고 떠나버리면 어쩔까 하고 너무 걱정했어요. 이제는 퇴원하면 방안에서도 넘어지지 않게 당신 손을 잡고 걸을게요. 밖으로 못 나가도 돼요. 방안에서 TV를 보다가 당신이 '캐나다 로키 나왔어요. 루이스 호수도 나왔고요.'라고 거실에서 나를 향해 소리치면, 나는 서재에서 달려가 함께 볼 거요. 정말 살아나 주어서 감사해요."

"나는 수술하러 들어갈 때도 걱정 안 했어요. 살 만치 살았는데 당신 사랑받으며 이렇게 죽어도 좋다고 생각했는데 살아났어요."

"뭐 죽는다고? 이제 나와 인연 끊고 싶어요?"

"왜요? 제가 먼저 요단강 건너가 천국에 있으면 당신은 나 때문에 더 이상 고생도 하지 않고 얼마 뒤 천당에 올 거 아니에요. 거기서 만나면 되잖아요. 나는 더 이상 당신 고생시키는 것 싫어요."

"내가 얼마나 힘들게 당신을 살려 놓았는데… 사실은 내가 아니고 하나님께서 살려 주신 것이지만."

짧은 30분 동안의 대화였다.

은경은 "요단강 건너가 만나자."라고 했지만, 그녀는 죽은 뒤에 간다는 천국을 현실적으로 믿지 않고 있다는 것을 나는 알고 있었다. 그녀는 모순되는 말을 하고 있었던 것이다. 천국은 하나님이 다스리는 나라인데 하나님을 왕으로 모시고 그가 보낸 성령을 따라 그의 뜻에 순종해서 살고 있으면 그곳이 바로 천국이라고 그녀는 평소 말했었다. 왕과 백성과 영적인 나라가 있으니 그곳이 천국이 아니고 무엇이겠는가? 사실 그녀는 살면서 질투도 원망도 미움도 원수 맺는 것도 없었다. 자녀들의 장래를 위해 기도하고 형제들의 우의에 감사하며 사는 것에 만족하고 있었다. 그녀는 이 세상에 있으면서 천국을 체험하고 살고 있다고 생각하고 있었다. 교회에서 목사가 성경의 교리를 풀어 이렇게 저렇게 천국을 해석해 주면 그녀는 그런 설교는 별로 좋아하지 않았다. "술 먹지 말라. 아프지 않으면 일하라. 성수주일 하라. 그러면 하나님이 기뻐하시는 삶을 살게 될 것이다." 이런 구체적인 행동강령을 더 좋아하였다.

그러면서 자기는 "이제 노방전도(路傍傳道)를 할 힘도 없고, 그냥 하나님의 은혜를 깨닫고 감사하고 살고 싶은데, 교회가 그런 삶을 살도록 그냥 놓아두면 안 될까?"라고 말하기도 했다.

나는 죽어 천국에 가고 싶다는 그녀를 바라보며 고난을 참고 견디며 궁극적으로 소망하는 천국은 도대체 어떤 곳일까 하고 생각해 본다. 눈물이 없고, 다시는 사망이 없고 애통해하는 것이나 곡하는 것이나 아픈 것이 다시 있지 아니하는 곳이 천국이다. 이 세상에 그런 곳이 있을까? 그런 천국에 가려면 죽어서 요단강을 건너 이 세상을 떠나야 한다.

그리스 신화에서 망자는 다섯 개의 강을 건너야 한다고 한다. 아케론강(슬픔/비통), 코키투수강(탄식/비탄), 플레게톤강(불), 레테강(망각), 스틱스강(증오)이 그것이다. 망자는 이 강물들을 한 모금씩 마셔야 하는데 그러면서 현세의 기억을 송두리째 망각한다는 것이다. 사실 천국에 가는 사람이 이 세상의 번뇌와 울분을 다 기억하고 그 짐을 짊어지고 간다면 그곳이 어찌 천국이겠는가? 다 잊어야만 한다.

그런데 예배당 강대상 맨 앞줄에 앉아 몸을 흔들며 복음성가의 곡에 맞춰 반 박자에 한 번씩 열광적으로 손뼉을 치며 예배를 준비하는 연로한 여성도들을 보고 있으면, "주여! 어서 오시옵소서." 하고 이 세상을 심판할 주님의 재림을 기다리는 것이 분명해 보였다. 그들은 빨리 천국에 가서 악인은 지옥에, 그리고 괴로운 삶을 참고 사는 그들은 낙원에서 영광의 면류관을 쓰고 살고 싶은 것이 분명했다. 저들은 천국이 요단강 물을 마르게 하고 건너간 젖과 꿀이 흐르는 바로 지상 어디에 있다고 생각한다. 그곳에서 조상님들과 먼저 간 형제들이 고생 그만하고 건너오라고 손짓하고 있다. 그곳에서 교인들이 다시 모여 사는 것이라고 노인들은 생각하고 있는 것 같았다.

그런데 이들이 기대하고 있는 천국에는 시간이라는 것이 없다. 어제가 있고, 현재가 있고, 내일이 있는 것이 아니다. 천국은 영원함이 있을 뿐이다. 천국의 시작이 '알파'고, 그 끝이 '오메가'라면, 알파 이전의 시간이 없고 오메가 이후의 시간이 없다. 알파 전의 시간이 있었다면 하나님은 그때까지 무엇하고 있었겠는가? 또 오메가 후의 시간이 있다면 그것은 유한이요 영원이 아니다. 즉, 그곳엔 시간이 없다. 꼭 있다고 주장하고 싶으면 알파와 오메가가 이어져서 환(環)이 되어 어디가 시작이고, 어디가 끝인지 알 수 없는 순환이 있을 뿐이다. 그리고 그곳은 공간의 제약이 없다. 우리가 사는 3차원 공간의 연장선상에 천국이 있는 것이 아니다. 아래, 위, 옆이 다 막혀 있어도 또 들어올 문이 있는 4차원, 5차원, 아니 무한 차원 공간과 같은, 가히 상상할 수 없는 그런 공간에 천국이 있다. 마지막으로 이 세상에서 본 사람의 모습을 그대로 볼 수가 없다. 육의 몸으로 죽고 신령한 몸으로 다시 살기 때문이다. 우리는 흙에 속한 자의 형상을 입었지만, 천국에서는 하늘에 속한 자의 형상을 입기 때문이다.

이런 천국에서 어떻게 바뀌었는지도 모를 아내, 은경을 알아볼 수 있겠는가? 나는 이 세상에 있으면서 천국을 넘볼 수가 없다. 천국은 깊은 단애(斷崖)의 저편에 있어 헤엄쳐서 갈 수도 없고 뛰어넘을 수도 없는 곳에 있다. 영원에 있는 천국은 오직 예수 그리스도를 믿음으로 구원받은 성도들만이 들어갈 수 있는, 사람의 언어로는 형언할 수 없는 곳이다.

나는 찬송가 '해보다 더 밝은 저 천국'을 생각한다. 장례식 때마다 부르는 찬송이다. 거기에 "며칠 후, 며칠 후, 요단강 건너가 만나리." 라는 구절이 나온다. 이 찬송이 우리 성도를 오해하게 하는 요인이라고 생각한다. 요단강은 시리아에서 발원하여 갈릴리 호수를 거쳐 사해로 들어가는 지상의 강이다. 그런데 이스라엘 백성의 이세(二世)들은 젖과 꿀이 흐르는 가나안 땅으로 들어가는 강이라고 생각하는 데 문제가 있는 것 같다. 찬송에서 말하는 '건너간 요단강'은 이 세상에서 저세상으로 가는 데 필수적으로 건너야 하는 죽음을 맞는 강이다. 실제 이 찬송의 원작사자 베넷(S. F. Benett)은 요단강이라는 말을 쓰지 않았다.

머지않아 꿀 같은 행복 속에
우리는 저 아름다운 피안에서 만나리.
(In the sweet by and by We shall meet on that beautiful shore.)

가수이기도 했던 베넷이 이 찬송을 만들었을 때를 회상하며 쓴 글은 다음과 같다.

평소에 늘 신경이 예민하고 우울했던, 가수인 친구 웹스터(J. P. Webster)가 이날도 침울한 표정으로 등을 돌리고 난로 가에 앉는 것을 보고 그는 "오늘은 또 웬일이야?"라고 물었다. 웹스터는 "아무 일도 없어. 곧 좋아질 거야(It will be all right by and by.)"라고 대답했다. 이때 베넷에게 번개처럼 한 악상이 떠올랐다.

"머지않아 꿀 같은 행복이(The Sweet By and By!)! 어때 멋있는 찬송가가 될 것 같지 않아?"

이렇게 해서 30분 만에 둘이서 만든 찬송이 'Sweet By and By'라는 우리가 부르는 "해보다 더 밝은 저 천국"이라는 찬송이다.

낮보다 더 밝은 나라가 있네
믿음으로 우리들은 그곳을 볼 수 있네
하나님 아버지께서 길 건너에서 기다리시네
그곳에 우리가 살 곳을 준비하시고
머지않아 꿀 같은 행복 속에
우리는 아름다운 저 피안에서 만나리
머지않아 꿀 같은 행복 속에

우리는 아름다운 저 피안에서 만나리

우리의 사랑하는 가족들은 예수를 믿고 구원을 얻어 요단강을 건너 천국에 갔다. 그곳에서 손짓을 해도 나는 갈 수 없으며 죽은 자는 가족들이 고통을 받고 사는 것을 잊었으며 그런 가족들을 안타까워하거나 이곳에 다시 오고 싶어 하지도 않는다. 그들에게 다시는 사망이 없고 애통하는 것이나 곡하는 것이나 아픈 것이 다시는 있지 않다. 이 세상의 모든 근심, 걱정, 원망, 미움… 모든 짐을 내려놓고 갔기 때문이다. "천국에서 편히 쉬시라."라고 우리가 기원했던 대로 그들은 거기서 우리를 잊고 편히 쉬고 있다. 가족들이 지상에서 조상을 그리며, 제사나 추도예배로 음식을 장만하고 손님을 불러 복 비는 제사를 지내거나, 망자의 영혼을 위해 기도하고 하나님을 찬송할지라도 그들은 우리를 만나려고 하지도 그 잔치 자리에 음식을 먹으러 찾아오지도 않는다. 천국은 이 세상에서 너무 먼 피안에 있기 때문이다.

나는 최근에, 『천국은 실제로 있다(Heaven is for real, 한국어판 제목 『3분』)』라는 책을 읽었다. 이 책은 미국 네브래스카주의 작은 도시 목사가 쓴 것으로 전 세계에 8백만 부가 팔렸다. 네 살 먹은 그의 아들이 맹장 파열로 힘든 수술을 마치고 난 뒤에 의식이 떠나 있던 3분 동안에 본 천국 이야기를 쓴 책이다. 이 목사는 수술에서 회복한 아들 콜튼을 태우고 운전하고 갈 때, 갑자기 "아빠에게 팝이라는 할아버지가 있었죠?"라는 질문을 받는다. 팝은 목사의 외할아버지였는데 콜튼이 태어나기 25년 전에 돌아가신 분이었다. 그런데 콜튼이 그분을 어떻게 알고 천국에서 만났다는 것인가? 그분은 세상에 있을 때 개를 데리고 콜튼의 아버지와 토끼사냥을 하고 다녔다면서 콜튼은 자기들도 그런 개를 샀으면 좋겠다는 말도 했다.

문제는 팝 할아버지는 평소 교회를 잘 다니지 않았는데 어떻게 천국에 갔을까 하고 목사가 생각하는 것과 둘째로 내 상식으로는 천국에서는 친척도 알아볼 수 없고 세상의 옛이야기를 나눌 수 없는데 어떻게 그런 천국에서 이런 일이 있었을까 하는 것이었다. 목사는 팝 할아버지가 교회에 잘 다니지 않은 것이 분명한데 천국에 간 것은 팝 할아버지가 시골 부흥회에 참가했을 적에 부흥사가 자신의 삶을 예수님께 헌신하기를 원하는 사람이 있느냐고 물었을 때 그가 손을 드는 것을 목사의 처제가 보았다는 것으로 합리화를 하였다. 결국, 한순간의 이벤트로 천국에 갔다는 것이다. 천국은 예수님이 십자가에서 돌아가실 때 자기와 함께 매달린 한 강도가 예수를 시인하여 낙원을 약속받은 것처럼 팝 할아버지도 예수님께 헌신하겠다고 손 한 번 들고 천국에 간 것은 당연하다는 이야기다.

그러나 나의 두 번째 의심은 쉽게 풀리지 않았다. 만일 천국에 간 사람이 세상과 인연을 끊지 못하고 있다면 친척의 비운을 보고 괴로워하지 않았을까? 또 친척들에게 지상에서 일어난 악한 일들을 보고 보복해 주고 싶은 생각은 나지 않았을까? 그런 생각을 가지고 어떻게 천국에 있을 수 있었을까 하는 것이었다.

물론 사도 요한이 본 천국의 계시(啓示錄)에서도 천국 보좌에서 하나님 말씀을 지키다가 억울하게 죽임을 당한 영혼들이 제단 아래서 큰 소리로 "거룩하고 참되신 주님 언제나 땅에 사는 사람들을 심판하여 우리를 죽인 원수를 갚아주시렵니까?" 하고 외치는 장면이 나온다. 그렇지만 원수 갚을 생각을 가진 사람들이 과연 천국에 갈 수 있으며 또 그것이 천국에 간 사람들이 외칠 목소리냐는 생각이 든다. 이것을 보면 천국에 가기 전 지상에 있는 사람들과 연락을 끊지 못하는 영혼들이 머물고 있는, 소위 천주교에서 말하는 연옥(煉獄)이 있을지도 모른다는 생각도 하게 된다.

단테는 지옥 편, 연옥 편, 천당 편으로 되어 있는 『신곡』에서 지옥, 연옥, 천당을 살피며 천당의 지고천(至高天)까지를 백 편의 시로 장엄하게 묘사하고 있다. 지옥을 빠져나온 단테는 연옥을 둘러싸고 있는 바닷가로 내려가 풀잎에 맺혀진 이슬로 지옥에서 더럽혀진 얼굴을 씻고 물가에 피어 있는 '겸손'의 상징인 골풀을 꺾어 허리에 두르고 연옥 편력에 이른다. 연옥 문 앞의 망령들은 죽기 전에 겨우 잘못을 뉘우쳤으므로 현세에서 누렸던 쾌락의 시간만큼 연옥 문을 들어가지 못하고 대기하고 있다. 지옥에 떨어지는 것만을 겨우 면한 망령들이 연옥 문이 열리기를 기다리면서 단테에게 현세에 돌아가거든 자기들의 친척들에게 곧 연옥 문에 들어갈 수 있도록 기도해 달라고 부탁한다. 연옥에는 일곱 개의 두렁길이 있는데 그곳에는 지상에서 사람들이 가질 수 있는 모든 태도가 있다. 이런 교만, 질투, 태만, 탐욕, 탐식, 색욕을 말끔히 씻어야만 연옥에 올라갈 수 있다. 이 두렁길을 다 지나면 드디어 나타나는 것이 레테강과 에우노에강이다. 낙원에 이르기 전에 죽은 자들은 꼭 이 강을 건너야 한다. 레테강은 슬픔과 고통에 처해 있는 세계의 모든 죄악의 기억을 앗아가는 강이요 에우노에강은 모든 선행과 행복에 대한 기억을 회생시키는 강이다. 결국, 천국은 모든 슬픔과 고통과 원한을 지우는 것만으로는 충분하지 않고 하나님과 하나 되는 참 생명을 회복하는 데까지 이르고 있다.

은경은 중환자실에서 병실로 돌아와 많이 회복되었지만 식욕이 없고 투병하기가 괴로운 것 같았다. 수술 전날 밤 12시부터 물도 마시지 않고 금식한 지 10일이 되어 가는데 변을 보지 못해 불안하고 속이 불편하다고 했다. 뱃속이 편해진다는 '불가○○'나 '쾌○' 같은 음료수를 마셔봤지만 특별한 효과가 없었다. 중환자실에서 나온 후 처음 며칠은 죽을 먹었다. 그것도 싫다고 해서 밥을 시켰는데 그것도 물을 말아 조금 먹다 마는 형편이었다. 억지로 더 먹으라고 강요하면 그녀는 안타까운 듯 나를 쳐다보며 "나 정말 먼저 죽으면 안 될까?" 하고 말했다. 생명을 유지한다는 것이 너무 힘든 모양이었다.

"또 그 말이야? 언젠가는 죽게 되겠지. 그렇지만 나는 고난을 받더라도 이 세상에서 좀 더 당신과 함께 애들을 위해 기도하며 살고 싶어. 그렇게 나와 헤어지고 싶어?"

"나는 천국에서도 당신을 기억하며 기다리고 살 거예요. 성경에도 현재의 고난은 장차 우리에게 나타날 영광과 비교할 수 없다고 했잖아요? 그런 천국이 어떻게 우리를 영원히 갈라놓는 비운의 장소가 되겠어요?"

"그래요. 그곳은 날빛보다도 더 밝은 곳이겠지요. 아담의 죄악에서 해방되어 하나님과 영원히 동행하는 세상이지요. 아담이 벗고 있어도 부끄러운 것을 모르던 태초에 하나님께서 창조한 그 세상으로 가는 것이겠지요. 그러나 나는 준비가 안 되어 있어요."

"당신은 천국에 갈 때는 망각의 레테강을 건너야 한다고 했지요?

그러나 또 하나의 강은 모든 선행과 행복의 기억을 회생시키는 에우노에강이라고 당신이 말했잖아요? 우리의 아름다운 기억은 그 강물을 마실 때 다 회생될 거예요. 나는 그 기억을 갖고 당신을 기다릴게요." 그러면서 "천국은 블랙홀이 아니잖아요? 모든 기독교인이 천당에 가려고 예수를 믿는데, 당신처럼 그렇게 부정적으로 천국을 생각하면 안 될 것 같아요. 수정같이 맑은 물이 흐르고, 거룩한 새 예루살렘에는 열두 진주 문이 있고, 성(城)의 길은 정금으로 되어 있고 사시사철 꽃이 피어 있는 그런 곳을 상상하면 안 돼요? 나는 그런 곳에 가고 싶은데."라고 말했다.

"만일 천국 문 앞에 베드로가 서 있어서 당신은 세상에 있을 때 전도는 않고 남편만 사랑했으니 들어갈 수 없다고 하면 어쩌려고 그래?"

"그럼 당신 오기까지 문밖에서 기다려야지 뭐."

"내 생각에는 죽어보지 못하고 예수를 믿고 있는 우리가 천국에 대해서 여러 가지로 잘못된 인식이 너무 많아. 어떤 사람은 자기가 천국에 갈 자격은 없지만, 거기에 꼭 가보려고 한 것은 못된 목사도 천국에 와 있는지 아닌지 확인하고 싶기 때문이라고 하고 또 어떤 이는, 구원받았다고 뽐내며 장로답지 않게 살다 죽은 교인이 천국에서는 초막집에서 거지같이 살고 있으며 말없이 봉사하며 살다간 교인은 금으로 지어진 구중궁궐 같은 집에서 면류관을 받고 호화롭게 산다는데 부흥강사의 이런 말이 맞는지 확인하고 싶기 때문이라고도 해."

"어떻든 공의의 하나님은 천국과 지옥을 두셔서 이 세상에서 호의호식하며 악행을 일삼았던 사람은 지옥에 그리고 의롭게 살다가 핍박을 받고 죽은 사람은 천국에 가서 보상을 받게 해 주시는 것이 하나님 아니겠어요? 그래야 갑질을 당하면서도 위로를 받고 악한 세상을 이겨낼 힘을 얻지요? 하나님이 우리 아버지가 되었으니 형제 된 우리는 서로 미워할 수 없고 우리는 하나님 형상으로 지음을 받았기 때문에 생명의 소중함을 알고 고난을 받아도 피할 길을 주시며 단련한 뒤 순금 같이 쓰려고 하는 하나님이 계심을 믿고 인내하는 힘을 얻고 종내에는 하나님 품인 천국으로 간다는 희망으로 사는 것 이것이 기독교 신자가 갖는 삶이 아닌가요?"

그러다가 은경은 갑자기 또 물었다.

"구원은 믿음으로 받는 것이지요? 그리고 천국은 구원받은 사람이 가는 거고요."

"왜 그래?"

"당신이 병원 교회에 갔다 오면서 주보를 가져왔는데 그곳에 결신자 명단이 918, 919… 이렇게 나와 있던데 그것은 이 교회에서 9백여 명을 천국에 갈 사람으로 등록시켰다는 것이지요?"

"글쎄 그렇겠지. 그러나 주의 이름을 부르고 믿기로 결심한 것은 하나님께 의롭다는 인정을 받는 첫 단계야. 인간은 스스로 의(義)롭게 될 수 없어. 하나님께서 은혜로 의를 인정해 주신 것이야. 이것을 칭의(稱義: 의롭게 여김)라고 하는데 병원 교회의 결신자들, 논산 훈련소에서 단번에 세례를 받은 3천여 명의 장병들도 다 하나님께서 의롭다고 인정해 준 것이야. 그러나 성경에는 '나더러 주여, 주여 하는 자마다 천국에 들어갈 수 없다.', '두렵고 떨림으로 너희 구원을 이루라', 또 '행함이 없는 믿음은 죽은 믿음'이라는 말이 있는데 이것은 칭의는 구원의 완성을 뜻하는 것이 아니요, 구원은 평생을 통해 완성되어간다는 뜻이라고 나는 생각해."

"그래서 목사님은, 칭의는 천당 가는 입장권으로 그것으로는 타는 불에서 꺼내 구원한 부지깽이 같은 부끄러운 구원에 불과하며, 천국에서 면류관을 받기 위해서는 행위가 따라야 한다고 하는 거군요?"

"예수를 닮아가는 행위를 성화(聖化)라고 하는데 나는 칭의와 성화는 하나로 묶여 있다고 생각해. 그런데 이것을 별도의 단계로 나누어 먼저 세례로 칭의의 단계에 들어가고 다음 구원을 완성하기 위해 성화의 행위를 보여야 한다고 강요하는 것이 잘못된 일이라고 생각해. 행위로는 구원을 얻을 수 없기 때문이야. 봉사라든가 선교라든가 헌금이라든가 아무리 하나님의 뜻이라고 생각해서 자기가 노력했다 할지라도 인간의 행위는 천국의 유업을 보장받는 구원의 완성일 수 없어. 그것을 인정받는 것은 하나님의 은총이고 하나님의 몫이야. '나는 무익한 종'이라고 고백할 수밖에 없는 것이 인간이라고 생각해."

"그냥 나는 이 복잡한 과정과 이론은 생각하지 말고 천국에 가보고 싶어요. 내 이름도 천국의 어린 양 생명책에 기록되어 있을까요?"라고 은경은 물었다.

"말했지요. 당신은 나처럼 아직 천국에 갈 준비가 안 되었다고."

"왜요? 아직 성화의 과정을 거치지 않아서요? 나는 다시 살아나도 늙어서 하나님의 지상명령인 전도는 못 해요."

"또 행위. 행위로는 하나님의 의에 이르지 못해요. 당신은 하나님의 은혜에 늘 감격하고 사는 사람이잖아요. 감격의 삶으로 남은 인생을 주의 증인으로 살면 된다고 생각해요. 다른 사람의 마음을 움직이는 말, 태도, 몸짓, 미소, 우러나오는 사랑으로 '주는 나의 하나님 나는 그의 백성'임을 몸소 보이며 주님의 증인으로 삶을 살면 돼요. 나도 당신과 그런 삶을 좀 더 살고 싶어요."

열흘 만에 은경은 결국 관장하기로 하였다. 병원은 시시각각으로 병자의 체온, 혈압, 산소 수치, 맥박 등을 조사하고 있었다. 배설도 그들은 신경 쓰고 있다. 나는 그들의 지시에 따르면 환자의 육신의 생명은 유지된다고 생각하고 있었다. 침대를 끌고 널찍한 장애인 화장실로 갔다. 간호사는 관장용 좌약 두 개를 항문에 삽입하고 15분 뒤에 올 테니 환자가 아무리 급하다 하더라도 기저귀로 항문을 막고 기다리고 있으라고 말하고 떠났다. 15분 뒤에 그토록 걱정되고 고통스럽던 배설은 끝났다. 은경은 기분이 좋아서 병실로 돌아왔다. 얼마 뒤에 배가 고프다고 말했다. '떠먹는 요거트'를 갖다 주었다. 좀 입맛이 도는 모양이었다. 저녁을 먹을 때는 물에 밥을 말아 먹으면서 말했다.

"장아찌에다 먹으면 맛있을 것 같아요." 이건 정말 희망적인 목소리였다.

"그래, 그걸 구해 올까?"

"집에 가면 김치냉장고 제일 아래편에 '나라츠케'가 있어요. 뭔지 알아요?"

"그럼 알지. 오래전에 둘째 며느리가 갖다 놓은 일본 장아찌잖아?"

"그래요. 참외보다는 좀 크고 긴 울외가 술지게미 속에 박혀 있을 거예요. 그걸 반절만 잘라 꺼내서 씻은 뒤 잘게 썰어 오세요."

"그럼. 그렇게 하지. 내일 바로 가서 가져올게."

나는 너무 기뻐서 소리쳤다. 그녀는 얼굴에 홍조를 띠고 천정을 바라보며 꿈꾸듯이 말했다.

"당신, 나박김치도 담글 수 있어요?"

"그럼. 물김치잖아. 그것도 할 수 있어. 못하면 우리 교회에서 제일 솜씨 좋은 권사님에게 배워서 담가 올게." 이제는 은경에게서 죽음의 그림자가 완전히 사라졌다. 얼마 있다가 그녀가 말했다.

"그건 좀 어렵겠다. 그냥 두세요. 내가 나가서 담글게. 그런데 당신 뭐가 그렇게 좋아요?"

"다시 삶의 의욕이 솟아난 것 같아. 천국 이야기가 쏙 들어갔잖아."

"천국 안 가겠다는 것이 그렇게 좋아요?"

"그럼. 다 천국 가고 싶다고 말하지만, 막상 '지금 나와 함께 천국 갈 사람은 손들어요.' 하면 아무도 안 들걸."

"나는 베드로 때문에 못 가는 것이 아니라 당신 때문에 못 가는 거예요."

"아무튼, 감사해."

그렇게 말하면서 나는 스스로의 행위에 소스라치게 놀랐다.

천국 문 앞에 서서 나는 무엇을 하고 있는가? 기독교에서 천국을 빼면 무엇이 남는가? 고생과 수고가 다 지난 후 광명한 천국에서 쉬고 싶다고 노래했던 내가, 나도 천국에 안 들어갈 뿐 아니라 그렇게 가고 싶다는 은경을 천국 문 앞에서 막고 있다.

천국은 과연 어떤 곳인가? 지금 천국 문을 막고 있는 나는 과연 누구인가? 나는 선악과의 유혹을 못 이기고 찰나의 단맛을 즐기고 있는 아담인가? 나는 악을 밭갈아 죄를 거두는 소돔과 고모라를 뒤돌아보다가 소금기둥이 된 롯의 아내인가?

죽어야 할 놈

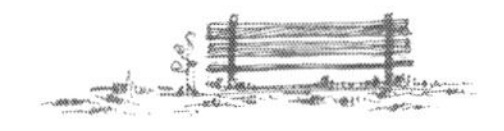

1.

새벽 5시인데 명철의 방에서는 고성이 터져 나왔다.

"잠 좀 자게 놔두세요."

"뭐라고? 너 새벽기도 안 나가겠다는 거야?"

"예, 안 나가요."

"이 자식이."

아버지 고지식이 아들의 뺨을 때리는 소리가 밖에까지 들려왔다. 순복은 허겁지겁 아들 방으로 뛰어갔다. 얼굴이 벌겋게 상기된 아들이 마구 악을 쓰고 있었다.

"나는 안 나갑니다. 종교는 자유 아닙니까? 왜 아버지는 내가 싫다는데 이렇게 강요하는 겁니까?"

"너 말 다 했어?"

아버지의 손이 또 올라가는 것을 순복이 필사적으로 막아서며 말했다.

"그러지 않아도 고2라서 아침 일찍부터 밤늦게까지 공부에 시달리는 애를 이렇게 몰아세우면 어쩌자는 거예요. 나도 명철의 새벽 기도는 반대에요."

"엄마가 이렇게 물러 터져서 어떻게 장남을 신앙으로 기르겠다는 거요. 어릴 때 습관이 평생을 간다는 말을 못 들었어요? 예수님께서도 새벽 미명에 습관대로 기도하러 가셨어요."

순복은 갑자기 뛰어와서인지 가슴을 바늘로 찌르는 듯한 통증이 와서 가슴에 손을 대고 쭈그려 앉았다.

"왜 그래?"

"괜찮아요. 가슴이 갑자기 아파서요."

"그러게. 너무 아들을 감싸고 대들지 말아요."

하며 그녀를 일으켜 세웠다. 그리고 기도 시간이 늦었는지 서둘러 밖으로 나왔다. 그는 집회시간에 늦는 것을 제일 싫어했다. 교회에 가는 동안 순복이 낮고 작은 소리로 말했다.

"내가 처음 당신을 교회로 인도할 때 언제 그렇게 강요한 일이 있었어요? 주님의 인도를 바라서 오래 참고 기도하며 기다렸잖아요. 지금 당신은 많은 교인이 존경하는 안수집사며 구역장이에요. 당신도 나처럼 아들을 기다려 줄 수 없어요?"

"잠언에도 매를 아끼는 자는 그 자식을 미워하는 것이라고 하지 않았소? 나는 하나님이 그를 방자한 대로 내버려두는 무서운 형벌을 그에게 내리지 않기를 바랄 뿐이요."

고지식은 결혼하기 전에는 기독교를 극렬히 반대하던 사람이었다. 기독교인이라면 치를 떨었다. 무슨 선거 운동원처럼 어깨에 띠를 두르고, 행인을 붙들며 전도지를 뿌리며 들러붙는 것이 싫었고 아파트의 편지함에 전단지를 함부로 넣고 또 벨을 누르며 가정을 수시로 방문하는 것이 너무 싫었다.

그런데 제대하고 복학한 그의 눈을 끄는 한 여학생이 있었다. 그녀는 민순복이라는 기독교인이었다. 말을 걸어도 응대하지 않은 그녀 때문에 속이 탔다. 그러다가 그녀가 다니는 교회를 한 번 기웃거린 것이 화근이었다. 교회에서 어떻게 그의 전화번호와 주소를 알았는지 그에게 계속 전화를 해 오고 또 '이슬비 전도'라는 엽서를 매주 보내와서 정말 기독교는 껌딱지 같다는 생각을 하고 치를 떨었다.

뒤에 알았지만 교회에는 새로 출석한 교인에 대한 전략이 있었다. 한번 미끼를 물었다면 놓지 않은 진돗개 전략, 한번 찔러보고 안 익었으면 다시 삶아서 찔러 보는 고구마 전도 등 다양한 방법이 있었던 것이다. 그런 전략의 그물에 그가 걸려든 것이었다. 그러나 그가 당면한 문제는 놓치기 싫은 민순복을 어떻게 하느냐는 것이었다. 그래서 친구에게 자기는 기독교가 저승사자 만나는 것만큼 싫고, 예수를 믿는 그 여학생은 죽어도 놓기가 싫은데 어떻게 했으면 좋겠냐고 조언을 구했다. 그 친구의 조언은 다음과 같은 것이었다.

어떻게든지 그 여학생을 공략해서 자기가 없으면 못 살겠다고 고백할 만큼 만드는 것이 첫째요, 다음은 자기의 자유로운 영혼을 유지하기 위해서 그녀가 기독교를 배교하도록 만드는 일이라고 했다. 그러나 그것은 그녀의 무표정과 무관심 때문에 정식으로 사귀는 일부터 어려워서 불가능한 일같이 생각되었다. 다음 대안은 반기독교냐, 그녀냐 양자택일인데 그녀를 포기할 수 없다면 위장 기독교인이 될 수밖에 없다는 것이었다. 얼마 동안 기독교인으로 살다가 결혼 후 기독교와 결별하면 된다는 것이었다. 그는 후자를 택하기로 했다. 그러자 친구는 "위장 기독교인?" 하고 코웃음을 쳤다.

"기독교인이 아닌 너를 믿어 주지도 않겠지만 만일 진짜 기독교인 행세를 해서 너를 믿어 결혼까지 했다 하자. 너는 그때부터 코다리 신세가 된다. 내가 장담하건대 너는 5년 안에 진짜 기독교인이 되고 말걸. 기독교는 그렇게 전염성이 강하다고. 잘 판단해서 처신해라."

5년 뒤, 그가 직장을 갖고 아들을 낳고 기르고 있는 동안 그는 정말 자기가 그렇게 싫어하던 기독교의 골수분자가 되어 있었다. 교회 안에 들어와 보니 기독교가 거부감이 없고 그렇게 편할 수가 없었다. 만나는 친구들도 좋았고 밖으로 2, 3일 몇 가족과 캠핑을 나가도 그렇게 편할 수가 없었다. 첫째, 모이면 술 마시며 세상 근심 걱정을 다 끌어안고 불평하며 욕하고 왜 이렇게 살아야 하는가? 인생이란 무엇인가? 나는 왜 이렇게 태어났는가? 그런 걱정들을 하는 사람들이 없었다. 근심 걱정은 하나님께 다 맡기고 편하게 사는 사람들이었다. 어찌 보면 바보같이 사는 사람들이었다. "두려워 말라. 담대하라. 내가 너를 도우리라." 하면, "아멘." 하고 따라다니는 사람들 같았다. 참 기독교인들은 집에서 길들인 짐승들 같아서 야생마 기질이 없고 모두 양순했다. 사실 고지식은 복잡하게 얽힌 세상보다는 그렇게 자기를 하나님이라는 초월적인 존재에 맡기며 사는 사람들을 원래부터 더 좋아하도록 태어났는지도 모른다고 생각했다.

기독교에 호감을 갖기 시작하니 새로운 세계에 호기심이 생기고 설교 말씀이 마음에 감격으로 와닿는 것이었다. "들을 귀 있는 자는 들을지어다."라는 성경의 말씀이 이해되는 것이었다. 그전까지 그는 귀가 있어도 듣지 못했다. "모든 사람이 죄인이다.", "예수는 우리 죄인을 구원하기 위해 오신 하나님의 아들이다.", "예수의 피 값으로 우리는 구원을 얻었다." 이렇게 말해도 그는 "무슨 개소리야." 하고 귀를 막고 듣지 않았다. 그는 귀가 있어도 들을 귀가 없었던 것이다.

그런데 이제는 귀를 가지고 듣지 못하는 사람이 안타까워졌다. 이사야를 하나님께서 선자자로 부르실 때 너무 말을 듣지 않은 이스라엘 백성을 향해 하나님이 분을 발하며 일러준 말이 생각났다.

"너는 가서 이 백성에게 '너희가 듣기는 늘 들어라. 그러나 깨닫지는 못한다. 너희가 보기는 늘 보아라. 그러나 알지는 못한다.' 하고, 일러라. 너는 이 백성의 마음을 둔하게 하여라. 그 귀가 막히고, 그 눈이 감기게 하여라. 그리하여 그들이 볼 수 없고, 들을 수 없고, 또 마음으로 깨달을 수 없게 하여라. 그들이 보고 듣고 깨달았다가는 내게로 돌이켜서 고침을 받게 될까 걱정이다."라고 이사야를 불러 말씀하셨을 때 "주여, 언제까지 이렇게 하시겠습니까?"라고 되물었던 이사야의 심정을 알 수 있게 되었다.

고지식은 자기도 그렇게 고집스럽게 말씀 듣기를 거부했던 것을 생각했던 것이다. 그래서 그는 모든 말씀을 순종하기로 했다. 십일조를 바치고 '일천번제 헌금'도 바치기로 했다. 봉투 세 개를 만들어 하나는 아내, 아들, 그리고 자기 이름으로 하나님께 번제 대신 일천번 돈을 바치기로 한 것이다. 가족의 안위를 지키시는 분은 하나님이기 때문이었다.

그는 교회의 모든 집회에 참석했다. 수요예배, 금요 철야기도회,

또 교인들이 한 달에 한 번씩 가는 기도원에도 갔다. 주일학교 교사도 했으며 여름·겨울 수련회도 꼬박꼬박 참석했다. 이제는 교회에서 그를 모르는 교인이 별로 없었다. 이내 안수집사도 되고 한 구역의 구역장도 되어 구역예배 인도도 했다. 구역원들을 너무 잘 챙기고 봉사했기 때문에 전 교회에서 그가 속한 구역은 모범구역이 되고, 모두 그 구역을 부러워하게 되었다. 구역에 주변에 있는 불신자를 참여시켜 새 교인을 육성해서 그 구역은 날로 번창해 갔다. 구역에서 가르치는 교재는 따로 없었고 주일 목사의 설교를 요약해서 반추하여 다시 전하고 그 말씀으로 토의하고 말씀 적용을 하는 것이었다. 교단에서 만든 구역공과 책이나 다른 유명 목사들이 펴낸 구역인도 안내서 같은 것이 나와 있었지만 이 교회의 목사는 자기의 목회원칙을 교인들이 일사불란하게 따라주는 것을 원했다. 그래서 목사는 수요예배가 끝나면 구역인도자들의 구역인도 교육을 하였다.

고지식 집사는 이 교육에도 빠지지 않을 뿐 아니라 여기에 더해서 별도로 교회 홈피에 들어가 다시 목사의 방송을 듣고 정리하여 전달교육을 철저히 하였다. 그는 이것이 "있는 자들은 받을 것이요 없는 자는 그 있는 것까지 빼앗기리라."라는 말씀의 적용이라고 확실히 믿고 있었다. '자기는 말씀을 받고 어둠에서 빛을 찾았는데 이 빛은 어둠을 비추는 데 써야 한다. 즉, 깨닫지 못한 사람에게 깨달음을 주어야 한다. 자기가 여기서 빛을 비추지 못하고 빛을 숨기고 있으면 자기가 받은 영감까지 잃게 되고, 자기의 받은 것을 남에게 나누게 되면 하나님께서는 자기에게 더 큰 은사를 주게 된다' 따라서 자기는 어떻게든 많은 사람에게 자기의 깨달은 것을 나누어야 한다는 것이다. 이런 생각으로 그는 구역장이 된 것을 자랑스럽게 생각하고 말씀 전하는 것을 큰 영광으로 생각하고 있었다.

이렇게 교회 일에 몰입하다 보니 직장이나 친구들 그리고 가정사는 점차 멀어지게 되었다. 먼저 아내 민순복은 남편을 교회에 인도한 것을 후회하였다. 시내에서 교편을 잡고 있는 그녀는 자기 일도 바쁜 데다 남편이 무관심하게 버려둔 아들의 과외 시중을 드느라 너무 힘들었다. 그뿐 아니라 남편은 자기만 교회에 열심히 다니는 것을 넘어 각 교회 집회마다 자기를 데리고 다니려고 했다. 힘들어 쓰러지겠다고 하면 주님의 일을 하다가 순교하면 그보다 더 큰 영광이 없다고 새벽이고 저녁이고 자기를 데리고 다니려 했다. 따지고 보면 자기가 전도한 남편인데 남편의 교회에 대한 희생 봉사를 싫어할 이유가 없었다.

그런데 남편이 교회에만 매달리고 미쳐 있는 것 같아 싫어졌다. 처음으로 교회생활에 회의가 왔다. 정말 교회란 무엇인가? 예수를 믿는다는 것은 무엇인가? 구원을 얻었다는 것은 무엇인가? 믿음으로 열매 맺는 신앙생활이라는 것은 무엇인가? 이렇게 신앙에 회의가 오고 자기가 처음으로 교회에 나온 초 신자가 된 기분이 되었다. "우리가 살아도 주를 위하여 살고 죽어도 주를 위하여 죽나니 그러므로 사나 죽으나 우리가 주의 것이로다."라고 바울은 말했는데 그렇게 주를 위해 충성하며 사는 것이 기독교인의 삶이 아닌가? 그렇다면 남편을 칭찬해 주어야 하고 싫어할 이유가 없다. 그런데 남편이 밉고 싫었다.

자기뿐 아니라 장남 명철은 노골적으로 아버지를 싫어하였다. 남에게 존경을 받으면 뭘 하는가? 아버지는 바로 바리새인이라고 말하며, 자기는 집을 떠나 대학기숙사에 들어가면 교회를 떠나겠다고 말했다. 새벽기도와 구원이 무슨 상관인가? 복 받으려고 헌금하고 순종하고 봉사하는가? 내 이름으로 일천번제 헌금을 하고 기도하면 나는 돈 내고 시험 잘 보고 싶은 생각도 없는데 나 아닌 아버지가 낸 헌금으로 내가 대학입시를 잘 보며 우리 가족이 무병장수하는가? 아버지는 직장에 교회만큼 충성하는가? 아예 교회 목사가 되지 왜 직장과 가정에 소홀하는가?

이렇게 아들이 아버지와 교회에 부정적인 태도를 취하면 지금까지 잘 믿었다던 어머니는 어떻게 대답을 해야 할지 당혹스러웠다.

"애야, 한순간 괴롭다고 아버지와 교회에 대해 불평하지 마라. 믿음은 평생 지켜야 할 일이고 대학 입학시험은 시기가 있어 지금 네가 최선을 다해야 할 때다. 새벽기도가 어려우면 얼마 동안 쉬어도 된다."

"엄마, 그것이 엄마가 할 소리야? 그러다 싫어지면 정말 새벽기도 안 나가도 돼?"

"그런 뜻이 아니잖아. 대신 엄마가 두 배 열심히 기도할게."

2.

민순복은 집 김장, 교회 김장 등 바쁜 날을 보내고 쉬고 싶었는데 금요예배 시간이 되었다. 이날은 예배를 마친 뒤에 철야기도를 원하는 신도들은 기도원에 가는 날이었다. 교회에서 차량이 나가는데 그날은 남편인 고 집사가 별도로 승용차를 가지고 가겠다고 했다.

새해를 위해 서원기도를 하고 싶다는 것이었다. 민 집사는 피곤하여 쉬고 싶었으나, 남편이 차를 가지고 가기 때문에 졸음운전이 걱정되어 따라나서기로 했다. 기도원의 철야기도회는 밤 11시에 시작했다.

이날은 성령 체험도 많고, 천국이나 지옥도 몇 번씩 다녀왔다는 외부에서 온 부흥강사가 인도했다. 사회자가 그분은 천국 체험이 많은 분으로 처음 몇 분 동안은 방언으로 하늘 보좌와 영통하는 기도를 한 뒤 그곳에서 예수님과 동행하면서 전해 주신 주의 말씀을 대언할 것이라고 했다.

부흥강사의 유창한 방언이 끝나자 주님 말씀의 대언이 시작되었다.

"이곳은 내가 너희와 함께 거닐고 싶은 아름다운 하늘정원이다.

사랑하는 아들딸들아.

내가 주님과 함께 걷고 있는 것을 너희는 보느냐? 또 하늘 보좌에서 밤낮으로 하나님을 경배하며 찬양하는 소리도 들리느냐? 들어라. 주님께서 너희를 향해 이렇게 말씀하신다.

너희 짐이 얼마나 무거우냐? 얼마나 괴로우냐? 눈물이 침상을 띄우도록 얼마나 통곡했느냐? 무엇이나 내게 구하여라. 나는 곤고한 백성의 기도에 늘 귀를 기울이고 있다. 또 내게로 오너라! 내가 너희를 쉬게 할 것이다.

너는 목이 말라 사막에서 물을 찾는 것처럼 헤매지만 네가 찾고 있는 물은 마셔도, 마셔도 목이 마를 것이다. 너는 가난하게 태어났다고 나를 원망하겠지만 네게 물질을 주어도 너는 더 달라고 외칠 것이다. 그것은 무엇으로도 채울 수 없는 너의 공허한 심령 때문이다. 그것은 네 자유로운 영혼을 붙들고 있는 죄 때문이다. 너는 죄에서 자유로워야 한다. 그러나 너는 죄에서 너를 구원하지 못한다. 물에 빠진 사람이 자신을 구원하지 못하듯 불 속에 있는 사람이 스스로 불을 끄고 나올 수 없듯 너는 네 죄에서 너를 구원할 수 없다.

회개하라. 천국이 가까이 왔느니라.

나는 너희를 사랑하는 아버지 하나님의 말씀에 순종하여 너를 구원하기 위해 지상에 내려가 이렇게 외쳤다. 그러나 너희는 귀를 막고 외치며, 나를 거부하고 십자가에 나를 못 박으라고 했다. 너는 그때 그 목소리를 듣지 못하느냐? 로마제국의 총독 빌라도가 나에게서 죽일 죄를 찾지 못해 나를 놓고자 했을 때도 너희들은 큰소리로 외쳐 재촉하며 나를 십자가에 못 박으라고 소리쳤었다. 하나님은 너희를 위해 가슴이 찢기는 고통을 안고 나를 보냈는데 너희가 나를 그처럼 홀대했으니 공의로우신 하나님이 천상에서 너희를 심판할 때 이런 너희 죄를 간과하지 않으실 것이다.

사랑하는 아들딸들아.

그러나 나는 그래도 너를 사랑한다. 어떻게든지 너를 하나님 앞으로 인도하여 너희와 함께 태초에 하나님 보시기에 아름다웠던 에덴동산을 회복하고 싶구나. 하나님은 너희가 당신을 배반했을 때 너희를 지상으로 쫓아낸 저주를 거두고 싶어 하신다. 하나님이 자기 형상대로 아담을 지으시고 흙으로 각종 들짐승과 공중의 각종 새를 지으신 뒤에 아담이 그 생물들을 부르는 대로 이름이 되는 것을 보시고 얼마나 그때 흐뭇해하고 기뻐하셨는지 아느냐? 하나님은 그때의 아름다웠던 장면으로 너희를 불러드리고 싶어 하신다. 그런데 지금은 너무 늦었구나. 너희는 이 세상에 현혹되어 죄지은 것도 까맣게 잊고, 하나님께 돌아가야 한다는 것 자체를 모르고 살고 있다. 너희는 하나님 아버지가 너희를 얼마나 사랑하는지를 모르느냐? 그분은 너희가 죄도 모르고 당신을 멀리 떠나 멸망할 길을 걷고 있는 너희 때문에 가슴이 찢기셨다. 이제라도 어서 돌아오너라. 하나님을 멀리 떠났다 할지라도 지금이라도 회개하고 돌아오너라. 하나님은 맨발로 뛰어나가 너를 안으리라. 손에 가락지를 끼우고 발에 신을 신기리라."

부흥강사는 신들린 사람처럼 거침이 없었다.

"아, 불쌍한 내 아들딸들아.

너희 갈 길이 너무 멀구나. 비록 너희가 지금 회개한다 할지라도 너희는 용서받을 수가 없다. 공의로우신 하나님은 너희가 죄의 대가를 치르지 않고는 용서할 수 없기 때문이다. 그래서 너희를 대신해서 죄의 대가를 치르게 하려고 독생자인 나를 이 지상에 내려보내신 것이다. 하나님 아버지께서는 나보다 먼저 세례 요한을 보내어 너희로 먼저 죄를 깨닫게 하는 회개의 세례를 선포하셨다. 그리고 그를 통해 산을 낮추고 골짜기를 돋우어 내가 갈 고난의 길을 평탄하게 하셨다. 그리고 종래는 나를 너희들의 속죄 제물로 바치실 생각이셨다.

너희는 죄인이기 때문에 스스로 너희를 구원할 수 없으며, 하나님만이 너희를 구원할 수 있다. 그래서 나는 육신을 입었으나, 죄 없는 하나님의 아들로 너희를 구원하기 위해 지상에 내려간 것이다. 먼저 내가 하나님의 아들이라는 것을 너희에게 여러 번, 여러

모양으로 계시하였지만, 너희는 끝까지 나를 믿지 아니하였다.

믿음 없는 너희를 어찌해야 할꼬?

집에 거하지도 아니하고, 옷을 입지도 아니하고, 무덤 사이에 살던 귀신들린 사람을 내가 고친 것을 기억하느냐? 귀신이 그 사람에게서 나오면서 뭐라고 했느냐?

'지극히 높으신 하나님의 아들 예수여! 나를 괴롭게 하지 마소서. 제발 나를 무저갱(無底坑)으로 들어가라고는 하지 마소서.'라고 하지 않았느냐? 귀신들도 나를 알아보았는데 너희는 아주 둔하기 짝이 없는 목석이었다.

사랑하는 아들딸들아.

이제 내가 하나님의 아들이며 너희를 죄 가운데서 구원해 줄 수 있다는 것을 믿어라. 내가 너를 위해 십자가에 못 박혀서 네가 스스로 감당할 수 없는 죗값을 치렀다. 네가 아무리 짐승의 피를 흘려 제물을 드려도 일시적이요, 너의 죄는 영원히 사함을 받지 못한다. 그래서 네 대신 내가 죽어 피를 흘리고 나를 단번에 제물로 바쳐서 네가 죽어야 할 자리에 대신 내가 죽은 것이다. 너는 이제 눈의 쾌락과 육체의 쾌락과 물질을 가지고 자랑하는 세속적인 헛된 생각을 버리고, 이 모든 것을 십자가에 못 박고 나와 함께 십자가에 죽고 나와 한 몸이 되어 다시 새로운 생명으로 거듭나라. 너는 결코 죄에서 자유로울 수 없다. 사탄이 끊임없이 너의 죄를 하나님 앞에 고자질할 것이다. 너는 죄 가운데 태어났기 때문이다. 이 죄에서 완전히 벗어나려면 사실 너는 죽어야 한다. 어떻게 네가 살아서 죄를 용서받고 하나님과 화해할 수 있겠느냐? 유일한 방법은 죄 없는 내가 네 대신 죽는 것이다. 내가 어떻게 네 대신 죽을 수 있느냐고?

너는 일 년에 한 번 있는 대속죄 일에 어떻게 해서 너희가 하나님께 속죄의 제사를 드렸는지를 기억하느냐? 그해의 대제사장은 10월 15일 대속죄 일에 숫염소 두 마리를 회막(會幕) 문 앞에 두고 제비를 뽑아 '여호와를 위한 염소'와 '아사셀을 위한 염소'로 나누었다. '여호와를 위한 염소'의 피는 대제사장에 의해 성소를 거친 후에 휘장을 통과하여 지성소의 법궤 위에 있는 속죄소에 뿌려졌다. 이 피를 보고 여호와께서 죄를 용서해 주시도록 하기 위해서다. 대제사장이 지성소에서 피 뿌리는 의식을 마치고 그가 입은 에봇의 가장자리에 단 금방울 소리를 내며 휘장 밖으로 나오면 지성소 밖에서 초조하게 기다리던 회중들은 '할렐루야!'를 외치고 환호하며 하나님께서 일 년 동안 죄를 가려 주신 것을 감사하였다.

한편 '아사셀을 위한 염소'는 먼저 제사장이 염소에게 안수하면서 이스라엘의 모든 죄를 그 짐승에게 전가한다. 아사셀 염소는 백성들의 모든 죄를 한 몸에 지게 되는 것이다. 아사셀 염소는 미리 선택된 사람에 의해 끈에 매여 '고난의 행보'를 시작한다. 예루살렘 거리를 지나갈 때 연도의 군중들은 이 저주의 아사셀 염소에게 욕하고 침을 뱉고 혹 돌을 던지며, 달려가 털을 뽑기도 한다. 그래서 요단강을 건너 동편 광야에 가기까지 피투성이가 된다. 그곳 광야에 버려지면 염소는 굶주리고 헤매다가 맹수에 찢겨 죽게 된다. 이렇게 너희 죄를 아사셀 염소가 지고 먼 곳으로 사라져 너희는 일 년 동안 지은 죄 짐을 벗는 것이다."

부흥강사는 입신한 무당이 망자를 불러 세워놓고 이야기하듯, 아니 자기가 천국에서 불려온 예수가 된 듯 몸을 비비 꼬며 괴로운 듯 외쳤다.

"이제는 내가 아사셀 염소가 되어 너의 짐을 대신 지겠다는 말이다. 나는 너의 죄 때문에 십자가에 매달려 피 흘려 죽었다. 사탄은 한순간 승리의 개가를 올렸을 것이다. 그러나 사흘 만에 나는 다시 살아나 사십 일간 너희와 함께 있다가 이 하늘나라로 올라왔다. 사탄의 권세를 이기고 승리한 것이다. 하나님께서 내가 하나님의 아들임을 확증하시고 하늘로 부르신 것이다.

의심 많은 아들딸들아.

그래도 너는 내가 죽은 것이지 어떻게 네가 죽은 것이냐고 말할 것이다. 그런데 이것이 하늘나라의 비밀이다. 불신자에게는 감추고 너희에게만 계시한 비밀이다. 나는 이미 피 흘리고 십자가에 죽어서 너의 죗값을 치렀다. 이제 네가 할 일은 네가 십자가에 네 정욕을 못 박고 나와 함께 죽었다가 다시 나와 함께 새 사람으로 태어난다는 것을 믿고 고백하면 되는 것이다.

다시 말하거니와 이것이 하늘나라의 비밀이다. 마음 문을 열고 너희는 와서 내 안에 거하라. 내가 네 안에 거하면, 그 속에서 네 새로운 인생을 내가 살 것이다. 이제 소망을 육신에 두지 말고 하늘에 두어라. 이곳은 너무 황홀하고 아름다운 곳이다. 너희는 나를 본받고 내 이름으로 거듭난 자가 되어라. 승리하는 자가 되어라. 너희의 삶 가운데, 나와의 대화 가운데 나를 나타내는 빛이 되어라. 나는 네 하나님이 되고 너희는 내 백성이 된 것이다. 이것이 믿는 자들에게 계시하신 하늘나라의 비밀이다. 이제 너는 나와 한 몸이다. 네가 내 안에, 내가 네 안에 있어 한 몸이 되어 천국 문으로 들어가자. 과거의 죄가 주홍 같았을지라도 내가 세상의 재판장이신 내 아버지 앞에서 너의 중보자가 될 것이다. 두려워 말라. 담대하

라. 하나님은 네 행위로 판단하지 않으시고 내 의로운 행위로 재판하실 것이다.

사랑하는 아들딸들아.

너희는 나를 구세주로 믿고 고백하기만 하면 구원을 얻는 이 놀라운 은혜를 체험하느냐? 그러나 너희 중에는 지금도 이 구원을, 물질을 바쳐서 사거나 자기가 나를 위해 무엇인가를 행해 그 대가로 얻을 수 있다고 생각하는 사람이 있다. 지금도 구세주를 기다리고 있는 유대교인처럼 제사와 예물을 드리고 속죄제를 드리고 있다. 나는 이 가증한 행위를 기뻐하지 않는다. 세계에 충만한 것이 내 것인데 왜 내가 제물을 탐하겠느냐?

너희가 다니고 있는 교회 건물은 제물을 바치는 제단이 있는 성전이 아니라, 나를 경배하고 찬양하고 예배하는 예배당이다. 두세 사람이라도 나를 예배하는 그 자리에 내가 너희와 함께할 것이다. 내가 있는 곳은 하늘 보좌이며 너희가 땅에서 성전이라고 믿고 다니는 곳은 하늘 보좌의 그림자일 뿐이다. 그런데 그 예배당을 크게 지으려고 왜 서로 경쟁하느냐? 왜 파이프 오르간 등으로 호화로운 시설을 하고 불신자들이 자기 집처럼 편하게 드나들며 예배할 수 있는 공간을 만든다고 허풍을 떠느냐?

나는 교회가 세상과 구별이 안 되는 것을 싫어한다. 성별 되지 않은 예배당을 좋아하지 않는다. 내가 지상에 있을 때 성전에 들어가 장사하는 자들을 내쫓고 그곳을 강도의 소굴로 만들지 말라고 꾸중한 것을 생각하지 않느냐? 내 집은 가르치는 곳이요 기도하는 곳이라야 하기 때문이다. 가르치고 기도하는데 큰 집이 웬 말이냐? 어느 허술한 곳이라도 두세 사람이 모여 신령과 진정으로 예배하면 내가 그곳에 임할 것이다.

사랑하는 아들딸들아.

나는 돈 많은 교회를 싫어한다. 일 년 살림하고 쓰고 남은 돈은 다 선교와 어려운 이웃들을 돕는 데 남기지 말고 써 버려라. 돈을 아껴 남겨두면 안 된다. 돈이 쌓이면 교회는 부패한다. 돈은 마귀가 너희를 유혹하는 도구이다. 돈이 남으면 서로 싸우거나 더 큰 교회를 지을 탐욕을 부추긴다. 그래서 분에 넘치는 교회를 지으면서 은행에서 융자를 받을 때는 교인들의 재산을 담보로 하고 큰 교회에 모여들 예상교인을 담보로 한다. 그러다 부도가 나면 교회를 급경매에 부쳐 팔고 너희들은 거지가 된다.

삯꾼 목자들아!

내가 너희들에게 양을 치라고 맡겨 놓고 승천했는데 소경이 소경을 인도하듯 양들을 그릇 인도하고 있구나. 양들이 울어도 듣지 않고 가슴을 쳐도 막무가내구나. 여호와의 권위에 의지하여 방자하게 지내던 엘리 제사장의 두 아들을 보느냐? 언약궤를 내세워 싸움에 이기려던 그들의 최후를 보느냐? 하나님의 진노가 엘리 가정에 임하여 엘리 제사장은 목이 부러져 죽은 것을 모르느냐? 회개하지 않으면 내 몸인 교회는 갈기갈기 찢기어 나갈 것이다.

어찌할꼬.

너희들은 나를 다시 십자가에 못 박고 있다. 내가 얼마나 세상의 수치를 더 받아야 되겠느냐? 내가 언제 큰 건물을 원했느냐? 하늘 보좌에 자리가 비좁아서 내가 그곳에 내려가겠느냐? 내 이름을 팔아서 너희 배만 불리고 탐욕으로 눈이 붉어졌구나. 양의 우리 안에 많은 양을 끌어들여 그들로 더욱 죄짓게 하고 있구나. 누가 이 길

잃은 양들의 손을 잡아줄꼬?

삯꾼 목자에게 속고 있는 가련한 양들아.

아멘, 아멘, 주여, 주여 하는 자마다 다 내게로 오는 것이 아니니다. 내가 문을 닫고 너를 도무지 알지 못한다고 말할 것이다. 착하고 좋은 마음으로 말씀을 듣고, 말씀을 지키며, 인내로 말씀의 열매를 맺고 결실하는 자가 되어라. 내가 너를 죄에서 자유롭게 하려고 율법의 속박에서 구해 주었는데 너희는 다시 율법으로 자신을 옭아매고 누군가의 노예가 되려 하는구나? 목자가 너희에게 권위를 내세우고 대접을 받고자 하거나 순종을 강요하면 그는 내 제자가 아니고 삯꾼 목자다. 나는 세상을 섬기려 했지 세상에서 섬김을 받으려 하지 않았다.

내 가련한 양들아.

가정과 교회, 직장과 교회 때문에 갈등으로 시달려 죽도록 고생하지 마라. 옷도 입지 않고 무덤 사이에 살던 귀신들린 자를 내가 구해주었을 때 그가 나와 함께 있기를 원했지만, 집으로 보냈다. 은혜를 입었으면 은혜를 누리고 은혜에 걸맞게 감사하며 살고 받은바 은혜를 이웃에게 증거하며 살기를 원했기 때문이다. 교회 안에 갇혀 있지 말고 세상으로 나가거라. 너희는 하나님에게서 받은 은사대로 세상을 섬겨야 한다. 너를 우리 안에 가두고 노예로 부리려는 삯꾼 목자를 조심해라. 나는 주일에도 병자를 고쳤다. 율법은 사망을 가져오고 나는 참 생명을 가져온다.

갈등이 있을 때는 나를 외쳐 부르며 기도해라. 나는 응답하겠고 네가 알지 못하는 크고 은밀한 일까지 보이리라. 생명을 살리는 일은 내가 바라는 일이고 궁극적으로 생명을 죽이는 일은 마귀가 원하는 일이다. 즐거운 일이 있느냐? 찬양해라. 고난 당한 일이 있느냐? 나를 찾아라. 왜 세상 사람들에게 도움을 구하느냐? 너는 말로는 나와 동행하고 있다고 하면서 행동은 따로 한다. 갈릴리 호수에서 광풍을 만났을 때 나와 함께 배에 탄 사람은 어떻게 하였느냐? 광풍과 싸워 배를 구할 생각은 하지 않고 잠자던 나를 깨워 '주여, 주여 우리가 죽겠나이다.'라고 하지 않았느냐? 그렇게 맨 먼저 나를 찾는 믿음을 가져라. 나는 졸지도 않고 늘 네 곁에 있다. 아브라함이 백 세에 얻은 아들, 이삭을 하나님께서 번제물로 바치라 했을 때도 다시 아들을 살리실 것을 믿고 순종했던 그런 믿음을 너에게도 달라고 기도해라."

"아멘, 아멘." 하는 소리가 청중 속에서 들려왔다.

"내 사랑하는 아들딸들아.

내가 원하는 것은 너희들이 복 받는 일이다. 네가 들어와도 복을 받고 나가도 복을 받으며 네 몸에서 난 자녀와 네 토지의 소산과 네 짐승의 새끼까지 복 받기를 원한다. 왜 나를 믿고 교회를 찾아와 구원을 얻은 너희가 불만스럽고 불행한 삶을 살려고 하느냐? 교회생활이 불행하냐? 교회생활이 불만스러우냐? 내가 살고 있는 집인 교회는 그런 곳이 아니다. 고생과 수고가 다 지난 후 안식을 누리는 곳이다. 내가 너의 눈의 눈물을 닦아주지 않더냐? 그곳은 사망이 없고 애통하는 것이나 곡하는 것이나 아픈 것이 다시 있지 아니하리라고 하지 않더냐?

이곳은 너희가 죽어서 가는 천국이 아니다. 나와 함께 하는 곳은 어디나 천국이다. 네가 나와 함께 하는 세상에서 천국을 체험하지 못하면 천국은 죽어서도 없다. 주의 백성이 주의 다스림을 받는 곳이 천국인데 네가 천국을 체험하지 못한다는 것은, 너는 주의 백성이 아니거나 주의 다스림을 받고 있지 않거나 한 것이다.

교회가 너에게 너무 많은 부담을 주고 일을 맡겨 불행하냐? 성령충만을 받아 모든 일을 기쁨으로 감당할 만한 능력을 달라고 내게 구하여라. 내가 도와주리라. 불평하며 노예처럼 일하는 사람은 내 집에는 없어야 한다. 은사를 사모해라. 내게 남을 섬길 수 있는 은사를 달라고 기도해라. 그렇게 해도 능력도 은사도 받지 못하고 불행하면, 아무 일도 하지 말고 쉬어라. 불평하며 노예처럼 사는 것보다 쉬며 기도하는 것이 낫다."

"아멘, 할렐루야."

"사랑하는 아들딸들아.

내가 옳다고 생각하는 것을 고집하며 그것이 나를 위한 일이라고 우기지 마라. 그것은 네 '의(義)'를 세우는 것이다. 먼저 하나님의 나라와 하나님의 '의'를 구하여라. 그러면 모든 것은 자연히 이루어진다. 너와 다른 사람을 비교하지 마라. 악인이라고 생각되는 사람이 하는 일마다 잘되고 교만하기까지 하면 그를 불쌍히 여겨라. 그들은 들을 귀가 없는 자들이다. 영의 눈과 영의 귀가 열리지 않아 기를 쓰고 말씀을 안 듣는 자들이다. 어떤 징계도 효과가 없어 내가 그들의 마음을 완악한 대로 버려두어 그들의 임의대로 행하게 저주한 것이다. 심판의 날에 그들의 종말을 깨닫게 될 것이다. 그러나 내가 너를 징계할 때 너는 이를 가볍게 여기지 말고, 꾸중할 때 낙심하지 마라. 내가 너를 징계하는 것은 네가 사생아가 아니고 내 아들이기 때문이다."

부흥 강사는 얼마 동안 잠잠하더니 "주여! 주여!"를 연발하였다. 그리고는 다시 방언 기도를 시작했다. 기도가 끝나자 찬송을 하였다.

하늘 가는 밝은 길이 내 앞에 있으니
슬픈 일을 많이 보고 늘 고생하여도
하늘 영광 밝음이 어둔 그늘 헤치니
예수 공로 의지하여 항상 빛을 보도다.

3.

불이 꺼지자 모두 울며 통성으로 기도하였다. 방언으로 기도하는 사람, 마루를 치며 기도하는 사람, '주여!'를 외치는 사람… 각양각색이었다.

20분쯤 지나자 많은 사람이 빠져나가는 것 같았다. 그러나 고 집사는 마루에 엎디어 계속 기도하고 있었다. 처음에는 새해의 서원 기도를 할 생각이었는데 그 생각은 떠오르지 않고 정말 자기가 바른 신앙생활을 했는지 회개하는 기도가 터져 나왔다.

주여! 주님은 누구시오며, 나는 누구입니까? 나와 주님과 올바른 관계에 있는 것입니까? 나와 교회는, 나와 아내는, 나와 자녀들은, 나와 친구들은, 나와 직장은? 이렇게 생각이 미치니 남은 배려하지 않고 나만을 위해 내가 옳다고 생각하는 대로 방자하게 살아온 것 같았다. 자기에게는 버리지 못한 옛 버릇이 너무 많이 남아 이 나쁜 고정관념이 나와 여러 관계 사이를 갈라놓은 것 같았다. 모든 사람의 관계에서 자기는 지금 하나님의 백성이 되어 천국을 살고 있다는 생각을 하지 않고, 자기의 소견에 옳은 대로 더 많이 수고하고 헌신하고 봉사해서 하나님 가까이에 가야 한다는 일념으로 살았다고 생각하니 이웃의 모든 사람에게 미안하다는 생각이 앞서는 것이었다.

엎드려 얼마나 기도했을까, 두세 시간이 지난 것이었을까? 주위가 한산하다는 생각이 들어 일어나 뒤에 있는 아내를 돌아보았다. 그녀는 마루에 엎드려져 기도하는 자세였다. 옆에 가 어깨를 흔들었다. 반응이 없었다. 놀라서 밀치니 옆으로 넘어지는 것이 숨이 끊어진 것 같았다. 급히 사람을 불러 아내를 차에 태우고 병원 응급실로 달렸다. 그런데 너무 늦었다. 교회에 헌신하다 죽으면 순교하는 것이라고 무리하게 강요해서 끌고 다닌 자신이 한스러웠다. 평소에 가끔 가슴을 쥐어짜고 아프다는 아내를 무관심하게 보고 넘겨서 심근경색이라는 것을 눈치채지 못했던 것이다.

직장에 월차를 내고 아내 장례를 치른 뒤 방 안에 우두커니 누워 있는데 악몽도 이런 악몽이 없었다. 자기의 인생이 허무하게 무너져 내리는 기분이었다. 아내의 소지품을 정리하다가 그녀의 일기장을 발견하고 훑어보게 되었다.

> … 남편을 교회로 인도하지 못해 철야기도, 금식기도, 일천번제 헌금을 하는 사람도 많은데 왜 나의 믿음은 이렇게 초라한가? 남편이 이렇게 미운 것은 무엇 때문인가? 나는 그를 교회로 인도한 것이 후회된다.

… 큰아들 명철은 정말 교회를 떠날 것 같다. 새벽기도를 강요하는 남편을 말리는 내가 싫다. '안식일을 지킬지니 이를 더럽히는 자는 모두 죽이라'는 율례처럼 남편은 꼭 새벽기도를 지켜야 한다고 생각한 것일까? 그러나 새벽기도에 나가지 않아도 된다는 나의 말은 잘못이 아닐까?

… 남편은 자기 봉급은 생활비로 내놓지 않는다. 물론 그가 좋은 일에 쓰는 줄은 안다. 교회 헌금, 선교사 지원, 구역예배, 주일학교 학생 및 어려운 이웃을 돕는 일 등 다 좋다. 그런데 일천번제 헌금에 나와 자기 그리고 큰 아들 명철의 이름으로 따로 헌금봉투에 넣어 새벽기도마다 드리는 이유는 무엇인가? 각자 따로따로 복을 받자고 물질을 바치는 것인가? 얼마씩 드리는 것인지 모르겠다. 1만 원씩? 그렇게 내고 있으면 자기 봉급이 부족했을지도 모른다. 자기는 우리 가정의 제사장이고, 우리 죄를 용서해 달라고 우리와 하나님 사이를 중보(中保)하는 자이며 우리는 습관대로 교회 마당만 밟고 다니면 되는 군중일까? 우리 구원은 그가 다 책임진다는 뜻일까?

… 무엇보다도 그는 나를 사랑하는 것일까? 애들은? 직장은? 친구들은?

… 한번 느긋하게 애들과 함께 교외에 나가 산과 들을 보고 싶다.

고지식 집사는 읽고 있는 동안 쏟아지는 눈물을 주체할 수가 없었다. 그리고 주먹으로 가슴을 치며 흐느껴 울었다.

"정말 죽어야 할 놈은 나인데 왜 당신이 죽어야 했는가?"

외계인 전도

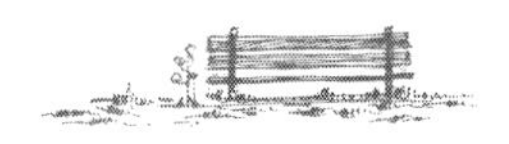

1.

외계인이 지구를 둘러보기 위해 지상에 내려온 일이 있었다. 그는 가장 짧은 시일에 세계의 10위권 경제 대국을 이룬 한국을 특별히 보기 위해서 왔다. 이때 그를 맨 먼저 발견한 사람은 진돗개 전도왕이었다. 전도왕은 외계인의 모양이 머리는 크고 키가 작으며 몸이 가늘어 기형아처럼 생겼지만, 그의 전도 대상은 온 천하 만민에게 남녀노소 구분하지 않고 복음을 전하는 것이었기 때문에 이것은 주어진 기회라고 생각하고 접근했다.

"어디를 찾고 계십니까? 제가 안내해 드릴까요?"

외계인이 무엇인가 찾고 있는 것 같아 이렇게 말문을 열었다.

"아니요. 당장은 목적지가 없습니다."

"그럼 저와 잠깐 이야기를 하는 동안 목적지를 생각해 보시지요."

그러면서 주변의 나무 의자를 찾아 그를 안내해 앉게 했다. '전도하는데 이렇게 좋은 기회가 있을 수 있을까?'

"혹 예수 그리스도에 대해 들어본 적이 있으십니까?"

"아니요. 예수 그리스도가 누군데요?"

"하나님의 아들입니다."

"그래요? 하나님도 아들이 있었습니까? 그럼 하나님의 부인은 누굽니까?"

외계인은 호기심을 가지고 묻기 시작했다. 전도왕은 이 기회를 놓칠 수 없다고 생각했다.

"하나님은 영이시기 때문에 부인이 없습니다. 그 나라에는 결혼하거나 어린애를 낳거나 하는 일이 없거든요."

"그런데 어떻게 아들이 있습니까?"

"하나님이 세상을 창조할 때 벌써 자기 안에 아들이 함께 있어서 같이 세상을 창조했습니다."

외계인은 이때 무슨 생각을 하는 듯 잠깐 머뭇거리더니 말했다.

"참, 내가 이곳에 올 때 지상에 예수가 내려갔다는 이야기를 들은 것 같습니다. 그분에 대해 자세히 알아 오라는 말을 들었는데 그분이 정말 지상에 내려왔습니까? 그리고 그분은 어떻게 되었습니까?"

전도왕은 예상외로 대화가 순조롭게 풀려간다고 생각했다.

"맞습니다. 그분이 세상에 왔습니다. 그래서 지금 내가 말하고 싶은 것은 당신도 그 예수 그리스도를 믿고 구원을 얻으라는 것입니다."

"믿고 구원을 얻으라는 말은 무슨 뜻입니까? 도무지 알 수 없는 말을 하고 있군요. 그것보다도 내가 알고 싶은 것은 예수가 지상에 내려와서 어떻게 되었느냐는 것입니다. 그를 크게 환영했나요? 그리고 지상에 무슨 변화가 일어났습니까?"

"아니요. 세상 사람들은 환영하기는커녕 그를 죽여 버렸습니다."
"하나님의 아들을 죽였다는 말이요? 왜요? 사람이 하나님의 아들도 죽일 수가 있었습니까?"
"영으로 오셨으면 죽일 수가 없었지요. 그러나 그분은 인간의 육신을 입고 완전히 인간으로 오셨기 때문에 죽일 수 있었던 것입니다."
"저런, 참 어리석은 일을 했군요. 신이 인간이 되어 내려오다니 너무 어리석은 짓을 했습니다. 또 인간들도 무슨 벌을 받으려고 하나님의 아들을 죽였단 말입니까? 참 어처구니없는 일을 했습니다."
전도왕은 이때라고 생각하고 예수에 대한 이야기를 꺼냈다.
"어리석다니요. 하나님은 목적을 가지고 사랑하는 독생자인 아들을 세상 사람과 똑같은 육신을 가지고 이 세상으로 보내서 사람들과 대화를 하게 하신 것입니다. 사람이 개미와 대화를 하려면 자기가 개미가 되어 그 속으로 가야 하는 거나 마찬가지입니다."
"하나님께서 뭐가 아쉬워서 인간과 대화를 하려 했다는 말입니까?"
"이야기가 좀 긴데요. 하나님께서 세상을 창조하셨을 때는 인간은 천국의 에덴동산에서 하나님과 함께 사망을 모르고 행복한 삶을 살고 있었습니다. 그런데 인간의 조상 아담이 하나님의 명령을 어기고 죄를 범해서 하나님의 진노로 지상으로 쫓겨나게 되었답니다. 그래서 이후 아담의 후손인 인간은 하나님의 저주를 받아 태어나면서부터 죄 가운데 살게 되었습니다."
"잠깐." 하고 우주인은 전도자의 말을 끊었다.
"아담이 죄를 지었는데 어떻게 그의 후손이 죄인이 됩니까? 이해할 수 없는 일입니다."

"'죄'의 뜻을 몰라서 하는 말입니다. 천국에서 죄란 하나님의 뜻에 어긋나는 일, 즉 하나님이 하라는 것을 하지 않고 하지 말라는 것을 하면 그것은 바로 죄입니다. 하나님께서 '선악을 알게 하는' 나무의 열매는 먹지 말라고 했는데 아담은 그것을 먹었습니다. 그래서 그는 죄인입니다. 아담의 후손도 다 그의 피를 받아 하나님께 불순종하고 있습니다. 그래서 죄인입니다. 죄의 반대말은 착하게 사는 것이 아니라 순종입니다."

"그럼 그 죄의 대가는 무엇입니까?"

"세상에서 죄를 지으면 벌을 받지요? 그러나 천국에서 죄의 대가는 사망입니다. 사망이 없던 천국에서 사망으로, 빛의 세계에서 어둠의 세계로 추방된 것입니다."

"세상에서는 죄를 짓고 벌을 받으면 용서되는 것처럼 천국에서도 용서를 받을 수 있어야 하는 것이 아닙니까?"

"사망은 죄를 지은 사람에 대한 하나님의 마지막 심판입니다. 사망은 누군가 그 대가를 지불하지 않고는 다시는 생명으로 옮길 수가 없습니다."

"사망의 대가를 누가 지불할 수 있습니까?"

"아담의 범죄로 인간이 어둠 속에서 헤매며 사는 것이 안타까워 자기의 아들 예수를 세상에 보내어 죽게 함으로 인간을 구원하려 한 것입니다. 즉, 예수님이 사망의 대가인 대속물입니다."

"두 가지 의문이 생기는데, 하나는 이 모든 이야기는 하나님이 이상향인 하늘나라를 창조했다는 이야기를 만들어 그 신화 속의 하나님이 '인간 길들이기'를 하려는 조작극으로 들릴 수 있으며 만일 그것이 사실이라 할지라도 그런 신이 있다는 것을 안 믿는 사람에게는 아무 효과를 거둘 수 없는 신화가 아닙니까?"

"그러나 믿으십시오. 죄의 삯은 사망입니다. 하나님이 없다고 생각하고 안 믿는 것 자체가 죄입니다. 하나님을 모르고 어떻게 하나님의 뜻을 따르겠습니까? 끝까지 하나님을 부인한다면 하나님께서는 그들을 그 상실한 마음대로 내버려 두어 계속 합당치 못한 일을 하게 하실 것입니다. 그 결과는 최후의 심판입니다. 즉, 사망입니다. 하나님께서 창조하신 세계는 영생하는 천국입니다. 거기를 떠나면 죽음이 지배하는 지옥이 있을 뿐입니다."

전도자는 외계인을 안타깝다는 듯이 쳐다보며 말을 계속했다.

"결국, 아담의 후손들은 당신처럼 오랫동안, 그들은 하나님을 배반하고도 그것이 죄라고 생각하지 않았습니다. 암흑 속에서 죄가 무엇인지 몰랐기 때문입니다. 그래서 하나님께서 이스라엘 백성을 선택해서 하나님의 백성으로 삼으려고 율법을 주었습니다. 다시 말하면 그 법을 지키지 못한 사람은 죄인이라고 가르쳐 준 것입니다. 그리고 이 죄를 회개하고 하나님께 돌아와야 살 수 있다고 가르쳤습니다. 이렇게 해서 처음으로 죄가 세상으로 들어오게 되었습니다. 다시 말하면 죄의 기준이 생긴 것입니다."

"왜 그런 율법을 주었을까요? 아예 죄를 모르고 살았다면 행복할 뻔하지 않았을까요?"

"아닙니다. 하나님은 지상으로 쫓겨난 인간이 자기가 죄인인지도 모르고 사는 것이 너무 안타까워서 그들이 죄 가운데 살고 있다는 것을 알린 것입니다. 그래야 죄를 회개하고 하나님께 다시 돌아와서 하나님과 화해를 하고 영생을 얻을 수 있기 때문입니다."

"그들은 회개하고 하나님 품으로 돌아왔나요?"

"천만에요. 그들은 율법으로 죄를 알게 되자, 그 죄에서 벗어나려고 율법의 전통을 따라 짐승을 잡아 번제를 드리고, 계명과 율례를 따라 십일조와 기도를 드렸는데 그것도 그 순간뿐, 그들은 더욱 죄악의 길로 빠지고 있는 것을 깨달았을 뿐입니다. 그들 내부 깊은 곳에 죄의 성향이 숨어 있어 다시 죄를 떠날 수가 없었으며 자기 힘으로는 거기서 벗어날 수 없음을 알게 되었습니다. 죄는 하나님의 뜻에 순종하지 못한 것뿐 아니라 하나님의 표준에 미치지 못한 것도 죄인 것을 깨달았기 때문이었습니다."

"그래, 어떻게 되었습니까?"

"그들의 유일한 소망은 선지자들이 예언한 대로 구세주가 와서 자기들을 구원해 주는 것이었습니다."

"결국, 구세주가 나타났습니까?"

"나타났습니다. 그분이 예수 그리스도입니다."

"흠. 그런데 그분을 죽여 버렸다는 말이지요?"

거기까지 이야기하고 두 사람은 헤어졌다. 외계인은 자기가 지상으로 온 사명이 있는데 너무 시간을 빼앗겼다고 말하고, 또 전도왕은 자기와 만날 사람과의 약속시간이 늦었기 때문이었다. 그러나 전도왕은 여기서 그만둘 사람이 아니었다. 그래서 그들은 일주일 후 바로 이 자리에서 만나자고 약속하고 헤어졌다. 외계인은 바람처럼 사라져버렸다.

전도왕은 평상생활로 돌아왔다. 새벽기도를 나가고 아침을 먹으면 목욕재계하고 정장한 뒤 빨간 넥타이를 매고 전도 전선으로 뛰어들었다. 그는 직장을 조기 은퇴하고 전도를 사명으로 살기로 결심한 터였다. 그는 외계인을 만난 뒤 세상의 전도는 외계인 전도에 비하면 그래도 어떤 면에서 힘이 덜 든다고 생각했다. 물론 나가기 전에 대상을 정하고 미리 준비기도 하고 수십 번 전화하고 기회가 생기면 쫓아가고 몇 번씩 문전박대당하고 해도 그들은 성경에 대해 따져 묻는 일은 별로 없었다. 배고프면 누구나 밥 먹을 때 따지지 않는다. '이 음식이 식도를 통해 들어가면 어떻게 됩니까? 위에서는 또 소장에서는 어떤 일이 생깁니까?' 이렇게 일일이 따져 묻지 않고 그것을 몰라도 그냥 먹는다. 그런 순박함이 그들에게는 있는데 외계인은 그렇지 않았다.

그 한 주간 동안에도 전도왕은 10명의 새 교인들을 전도하여 새 찬송가와 성경을 사 주어 왼팔에 끼게 하고 한 줄로 세워 교회 문을 들어섰다. '아, 이렇게 교회의 빈자리를 채우니 하나님이 얼마나 흡족해하시겠는가?' 전도왕은 자기 삶의 목표가 교회의 빈자리를 채우는 것이었다. 또 그것이 하나님이 자기에게 맡겨준 평생의 프로젝트요 자기의 책임은 목표달성이었다.

2.

외계인은 일주일 후 약속한 자리에 와서 기다리고 있었다. 진돗개 전도왕은 자기가 그를 꽉 문 것이 아니라 오히려 그에게 물린 기분이 되었다.

"지난번에는 어디까지 말했지요? 예수가 왔는데 죽여 버렸다는 이야기까지 했지요? 그럼 하나님은 아들을 보낸 보람이 없어진 것 아닙니까?"

외계인이 먼저 묻기 시작했다.

"아닙니다. 표면상으로는 인간들이 그를 죽인 것처럼 되었지만 예수님께서는 하나님의 명령에 순종해서 죽은 것입니다."

"그 말은 또 무슨 뜻입니까?"

"공의로우신 하나님은 인간이 죄를 범해서 추방되었기 때문에 그들을 처벌하지 않고 용서하고 받아드릴 수는 없는 일입니다. 하나님과 화해를 위한 희생 제물이 필요한데 죄인들은 죽어서 자신의 죄를 대속(代贖)할 수는 있을지라도 인류 전체의 죄를 단번에 대속할 수는 없는 일입니다. 따라서 죄 없는 하나님의 아들이 죽어서 모든 인류의 죄를 대속한 것입니다. 마치 아담이 죄를 범하여 모든 인류가 죄인이 된 것처럼 예수님이 죽어서 모든 인류의 죄를 대신해 죽은 것입니다."

"어떻게 다른 사람의 죄를 대신 지고 죽을 수 있습니까? 그것은 사람이 지어낸 궤변 아닙니까?"

"안 믿는 사람에게는 궤변이고, 믿는 사람에게는 복된 소식입니다. 예수님이 자기 죄를 대신해서 죽었다고 믿는 사람은 죄를 용서받고 하나님과의 관계를 에덴의 상태로 회복하며 그러지 않은 사람은 죄인 그대로 남아 어둠 속에 있게 됩니다. 이렇게 죄에서 자유로워진 사람을 구원받았다고 합니다."

"예수를 믿고 구원받으라는 것이 그런 뜻이군요. 그럼 2천여 년 전에 그분은 지금의 나를 위해서도 돌아가셨습니까?"

"맞습니다. 당신뿐 아니라 모든 죄인을 위해서 돌아가셨습니다."

"그래서 그를 믿는 사람은 구원을 받는다는 말이군요."

"그렇다니까요?"
"이상하지 않습니까?"
외계인은 한참 생각하더니 말했다.
"나는 지금 믿고 구원받은 것이 아니라 내가 태어나기도 전에 2천여 년 전에 미리 인간 전체를 구원해 줄 때 나를 구원해 주신 것이 아닙니까?"
"그렇습니다. 아담 한 사람이 죄를 범함으로 죄 가운데 빠진 모든 인류를 예수 한 분이 십자가에 자기 자신을 희생 제물로 바침으로 모든 인류를 단번에 구원해 주셨습니다."
"내가 태어나기도 전에 죄를 지었다. 또 죄를 짓기도 전에, 회개하기도 전에 구원받았다는 것은 이상한 일이 아닙니까?"
"3천5백여 년 전 이스라엘 백성이 광야에서 하나님을 원망하다가 많은 사람이 '불뱀'에 물려 죽은 일이 있습니다. 그때 모세가 하나님의 말씀을 따라 장대 위에 '놋뱀'을 달아놓았는데 이 장대 위의 뱀을 쳐다본 사람은 살고 그렇지 않은 사람은 죽었습니다. 이상하지 않습니까?"
"말도 안 되지요."
"그러나 믿고 그렇게 순종한 사람은 살았습니다. 그것이 믿음의 역사고 천국의 비밀입니다."
"결국, 믿음의 문제군요. 그런데 내가 당신이 말하는 소설 같은 이야기를 믿으란 말입니까?"
"내 말이 아니고 이것은 하나님의 말씀이고 약속입니다."
"무엇을 근거로 그런 말을 하는 것이지요?"
"성경이라는 책에 대해 들어보신 적이 있습니까?"

"없는데요."

"하나님은 이스라엘 백성을 택하셔서 선지자를 통해 그들에게 말씀하셨습니다. 구약에는 하나님의 언약과 예언과 선지자들이 선포한 하나님의 말씀이 적혀 있고, 신약에는 예언된 메시아인 예수님의 오심과 그 행적을 적어 놓았습니다. 그리고 제가 말하고 있는 진실은 그 성경에 있는 대로입니다. 당신은 나는 못 믿어도 하나님은 믿을 수 있지 않습니까?"

"글쎄 나는 보지도 않은 하나님은 당신만큼도 믿지 못하겠습니다."

"성경에는 보지 않고 믿는 자는 복이 있다고 말하고 있습니다. 사실 진리는 보고 믿는 것이 아니라 믿고 그 실상을 보는 것입니다."

"당신은 나더러 믿고 구원을 얻으라고 하는데 구원은 진즉 예수님이 이루어 놓은 것이 아닙니까? 그런데 무엇을 더 믿습니까?"

"믿음은 모든 사람의 것이 아니라고 바울은 성경에서 말하고 있습니다. 구원에 이르는 믿음이 있습니다. 예수님이 내 죄를 대신해 지시고 돌아가셨다는 것을 믿는 것입니다. 믿음은 내가 믿고 싶다고 해서 믿어지는 것이 아닙니다. 죄 없는 하나님의 아들이 의롭지 못한 나를 위해 십자가에서 피 흘려 돌아가셨다는 것을 깊이 묵상하고 있으면 2천 년 전의 예수님이 살아서 지금 내 마음속에 들어오시게 됩니다. 그리고 그분이 내 안에, 내가 그분 안에 있는 황홀경을 느끼게 됩니다. 그때부터는 그분이 제 삶을 사시는 것입니다."

"이해할 수 없는 논리군요. 예수님이 살아서 내 안에 들어와서 내 삶을 산다는 것은 무슨 말입니까?"

"좀 복잡한데 하나님은 삼위로 계시는데, 하나님, 예수님, 그리고 성령의 모습으로 계십니다. 그런데 예수님은 십자가에 돌아가신 뒤 다시 살아나서 40일 동안 지상에 계시다가 하늘로 승천하셨습니다. 이때 지상의 믿는 자들을 고아처럼 버리고 가시지 않고 성령을 보내서 함께 계시게 했습니다. 이 성령이 믿는 자들의 상담자가 되어 우리를 보호하시고 인도하시는 것입니다. 성령은 지상의 예수님처럼 한 군데만 계시는 것이 아니고 시공을 초월해서 어디나 계시는데 그 성령이 바로 하나님이며 예수님입니다."

"더욱 알 수 없는 미궁으로 빠져드는 것 같습니다. 예수는 희생양으로 죄인을 대신해서 죽었으면 사명을 다한 것인데 왜 또 살아나서 승천까지 했습니까? 그래서 더 못 믿게 하는 것이 아닙니까?"

"나는 아무것도 모르며 믿지도 않은 외계인인 당신에게 이 심오한 진리를 설명하려니 너무 힘듭니다. 다시 살아나셔야 했던 이유를 설명하겠습니다. 하나님의 아들인 구세주가 십자가에 죽고 땅에 묻혔다고 하면 더 믿기가 쉽겠습니까? 예수는 불의한 자를 위해 죽어야 했습니다. 그러나 하나님은 그를 다시 살리시고 천국으로 데려가심으로 아들에 대한 사랑을 사람들에게 알리셨습니다. 즉, 인간들이 죽인 예수가 하나님의 아들인 것을 확증해 준 것입니다. 그래서 예수님과 하나 된 사람은 천국이 고향입니다. 천국을 소망으로 지상의 고난을 인내하며 살 수 있게 된 것입니다."

"아무튼, 나는 억지로 믿고 싶지도 않고 예수 그리스도를 의지하고 싶은 생각도 없습니다."

전도왕은 안타까운 듯이 외쳤다.

"그것은 자기 교만입니다. 자기는 죄가 없고 의롭다고 생각하는 사람은 자기 죄 때문에 최후의 심판 때 형벌을 받아 지옥 불에 떨어질 것입니다. 그러나 불의하고 벌 받아 마땅하다고 생각하는 사람은 그들을 위해 예수님이 대신 돌아가셨기 때문에 하나님 앞에 의롭다고 인정을 받고 심판을 받지 않을 것입니다."

"당신의 말대로 내가 믿고 구원을 받았다고 가정해 봅시다. 심판은 하나님께서 하시는 것인데 심판대 앞에서 하나님이 죄인인 나를 의롭다고 인정하실까요?"

"물론입니다. 당신은 의로운 일을 하지 않아도 하나님께서 그 믿음을 의로 여기십니다."

"그것도 성경에 있는 말씀입니까?"

"그렇습니다."

이때 외계인은 토론을 여기서 마치자고 말하였다.

"당신은 구석에 몰리면 다 성경에 있다고 피해버리니 더 토론을 할 수 없습니다. 그 성경이 거짓이라는 것이 증명되면 당신은 모래 위에 지은 집처럼 당신의 주장은 한낱 환상으로 다 무너져 내릴 것입니다."

그러면서 자기에게 성경을 주고 일주일 후에 다시 만나서 이야기를 하자고 제안했다.

"반드시 이곳에 와야 합니다."

그는 다시 바람처럼 사라져 버렸다.

전도왕은 그를 보내고 생각했다. 하나님의 말씀을 믿고 순종하면 되는데 외계인은 왜 그렇게 토론을 하자고 하는지 알 수 없었다. 예수를 토론해서 믿게 할 수는 없다고 생각했다. 하나님께서 천국 잔치를 배설하고 우리를 초대하고 계시는데 이 핑계 저 핑계로 초청에 응하지 않으며 이것이 그러한가, 저것이 저러한가 하고 토론만

하고 있다. 할머니들이 기독교의 원리를 다 깨닫고 교회에 나오는가? 아픈 사람들이 자기 같은 병도 예수님이 치유해 주실지 다 따져보고 교회에 나오는가? "와 보라. 믿어보라."라는 말을 왜 못 믿고 실천하지 않는가? 안타까울 뿐이었다. 교회에 나오면 믿음이 우리 안에 들어와 하나님께서 어떻게 역사하고 계시는지, 사랑으로 어떤 수고를 감내하고 있는지, 종말에 흠 없는 모습으로 주 앞에 나타나기 위해 어떤 인내를 하고 있는지 수다한 증인들을 볼 수 있다. 왜 교회 주변을 빙빙 돌고 있는가? 강제로라도 그들을 붙들어서 교회의 빈자리를 채우고 싶다는 것이 전도왕의 열망이었다.

전도왕은 성경을 읽기 시작했다. 외계인과 토론을 하려면 성경 지식이 있어야 하는데 전도가 너무 바빠 사실 차분히 성경을 읽을 기회가 없었다. 전도왕이 되면서부터 국내외에서 간증집회 초청도 많아져 시간을 내기가 힘들었다. 그의 집회 주제는 "주인이 종에게 이르되 길과 산울타리 가로 나가서 사람을 강제로 데려다가 내 집을 채우라(눅 14:23)"이었다. 처음 집회 때는 좀 떨리고 어려웠지만, 마음의 여유가 생겨서 자기 체험으로 청중들을 많이 웃기기도 하고 또 이것은 뺐으면 좋겠다고 생각하는 간증은 가감해서 청중이 듣고자 하는 내용을 신나게 이야기할 수 있었다. 그럴 때마다 청중들의 호응도 대단했다. 사실 자기의 말은 외계인과 이야기하는 진리에 대한 깊은 통찰보다도 어떻게 불신자를 교회에 데려오느냐에 중점이 있었다. 그리고 청중들도 성경 말씀보다는 자기의 성공적인 체험담에 흥미가 있었던 것이다. 그는 말했었다. 종말에 하나님 앞에 갔을 때 영광의 면류관이 주어질 것을 생각하면 하루도 이 전도의 일을 게을리할 수 없다고 말이다.

그런데 외계인은 문제였다. 그는 믿는 일에 너무 질문이 많았다. 그러나 한편 생각하면 질문이 많다는 것은 그만큼 하나님을 더 알고 가까이 가고 싶다는 말도 된다. 또 질문을 전혀 하지 않은 것은 하나님을 알고 싶은 것보다 교회에 나가면 자기에게 무슨 유익이 있는지에 더 관심이 있다는 말도 된다. 전도왕은 자기는 지금 하나님의 일을 잘하고 있다고 자신에게 말하고 있었다. 이제 외계인을 만나면 그의 신앙 고백을 듣고 교회에 묶어 주어야 하는데 그는 토론은 즐기지만, 교회로 나올 것 같지는 않았다. 걱정하는 사이에 벌써 일주일이 지났다.

3.

외계인은 먼저 와서 앉아 있었다. 토론 준비가 다 되었다는 그런 태도였다.

"이제 주의 강림에 대해서 좀 이야기를 해 봅시다. 성경에는 강림이라는 이야기가 많이 나오는 것 같던데."

"어려운 이야기입니다. 강림은 몰라도 됩니다. 믿고 구원을 얻는데 몰라도 되기 때문입니다."

"그러나 성경이 우리 토론의 출전(出典)인데 먼저 알고 넘어가야 하지 않겠습니까?"

"제가 아는 대로 말씀드리겠습니다. 예수님이 육체를 입고 지상에 오셨지 않아요? 이때를 초림이라고 합니다. 그리고 승천하셨는데 다시 지상으로 오시는 때를 재림 또는 강림이라고 합니다."

"성경에 보면 '주께서 호령과 천사장의 소리와 하나님의 나팔 소리로' 시끄럽게 강림하던데 다른 곳에 보면 이날은 '밤에 도둑같이' 임한다고 되어 있습니다. 어느 것이 맞는 말입니까?"

"성경에 그렇게 쓰여 있다면 둘 다 맞는 말이겠지요. 믿는 사람들은 어둠이 아닌 빛 가운데서 깨어 있기 때문에 주님이 나팔 소리와 함께 오겠지만 불신자는 어둠에 있고 전혀 준비하고 있지 않기 때문에 도둑같이 임하는 것이 아닐까요?"

"좋습니다. 그럼 지금 우리는 주의 초림과 강림 사이에 이 지상에 사는 것이 아닙니까? 지금 세상은 누가 다스리고 있는 것입니까?"

"이 세상의 임금, 즉 마귀가 다스리고 있는 것이 아닐까요?"

"그럼 믿는 사람들도 마귀의 다스림을 받고 있습니까?"

"아닌데요. 우리는 하나님의 백성이기 때문에 하나님의 다스림을 받고 있습니다."

"그 말은 지상의 법을 따라 지상에서 살고 있으면서 하나님의 다스림을 받고 하늘나라 백성으로 살고 있다는 뜻인데 그럼 무엇이 하나님의 백성과 마귀의 백성을 구분합니까?"

"간단하지요. 하나님의 말씀에 순종해서 살면 하나님의 백성이며, 마귀의 명령을 따라서 살면 마귀의 백성입니다."

"그 구별이 분명합니까? 제게는 불분명하게 들리는데 혹 하나님의 백성이라고 하면서 마귀의 백성으로 사는 일은 없을까요? 성경에도 '주여, 주여 하는 자마다 천국에 가는' 것이 아니라고 쓰여 있던데요?"

"마귀의 백성으로 사는 사람이 많지요. 예를 들어 돈의 노예, 명예의 노예, 권력의 노예로 산다든지, 육신의 정욕, 안목의 정욕에 사로잡힌다든지 주의 명령을 따라 사랑하지 못하고 용서하지 못한다든지… 너무 많습니다."

"마귀는 자기 백성을 잘 관리하는 것 같은데, 하나님은 자기 백성이 경계선을 넘나들며 방황하고 사는데 이들을 잘 관리하지 못하고 있는 것 같습니다."

"제 생각엔 하나님께서는 믿는다고 고백한 모든 사람을 무조건 받아들이셨지만 저항할 수 없는 은총을 베푼 사람 외에는 죄를 사하실 생각이 없으신 것 같습니다. 자기 하는 대로 버려두면 마귀의 자녀가 되는 것입니다."

"이런 하나님의 백성들이 종말에는 어떻게 되는 것입니까?"

"주께서 강림하시면 구속하기로 정한 사람들을 구름 위로 불러서(이를 휴거라고 하지만) 끌어올리고 나머지는 지상에서 7년 동안 큰 환란을 겪는다고 합니다."

"그 뒤는 어떻게 됩니까?"

"주께서 내려오셔서 마귀라고 하는 사탄을 무저갱(無氐坑)에 넣어 천 년 동안 잠가두고 성도들은 천 년 동안 그리스도와 더불어 왕 노릇을 합니다."

"성경에 보면 주의 강림의 징조로 '멸망의 가증한 것이 거룩한 곳에 선 것'을 보게 된다고 했는데 무슨 뜻인지 압니까?"

"아마 곳곳에 큰 지진과 기근과 전염병, 주의 이름으로 교회를 박해하며 거짓 교사가 나타나 미혹하는 일들을 통틀어 말하는 것이 아닐까요?"

"교인들은 주의 강림을 애타게 기다리는데 성경에 보면 '불법의 비밀이 이미 활동했는데 지금은 막는 자'가 있어 강림이 늦어진다고 하고 있습니다. 무엇이 강림을 막고 있습니까?"

"성경에 그런 말이 있습니까?"

"그렇습니다. 데살로니가후서에서 보았습니다."

"무엇인지는 저도 잘 모르지만 아마 '이방인의 충만한 수가 찬 뒤 이스라엘이 회개하고 돌아오기까지' 기다리시기 위해 그런 것이 아닐까요?"

"당신과 이야기를 하고 있으면 당신은 온전히 하나님을 믿고 있다는 생각이 듭니다. 아무튼, 휴거 후 천 년 동안 성도들과 세상의 왕 노릇을 한 뒤는 어떻게 됩니까?"

"마귀가 잠깐 놓이고 곡과 마곡(계시록에 나오는 하나님과 사탄의 마지막 전쟁)을 미혹하며 모아, 싸움을 하다가 하나님의 흰 보좌 앞에서 심판을 받고, 구원받지 못한 사람은 영원히 타는 유황불 속에 던져지게 되어 있습니다."

"그것이 지옥이지요? 그때 우주는 종말이 오겠지요? 우주가 사라지고 하나님의 달력은 마지막 장을 뜯고 시간도 끝나는 것이겠지요? 우주의 창조와 함께 시작된 시간은 최후의 심판과 함께 없어지게 되겠군요?"

"저도 그 부분이 의심스러운데 지상에서 핍박을 받고 순교한 성도들이 바라는 것이 무엇이겠습니까? 악인들이 심판을 받고 구더기도 죽지 않고 불도 꺼지지 않은 지옥에서 세세토록 밤낮 괴로움을 당하는 것이 아니겠습니까? 그런데 우주의 종말이 와서 하나님의 연대기가 끝이 나버린다면 이생의 인간들이 갖는 종말의 소망은 어떻게 되는 것입니까?"

이제는 전도왕이 우주인에게 묻고 있었다.

"그렇게 원수가 영원히 고통받는 것을 보아야 시원하겠다는 생각을 가진 사람은 하나님의 말씀대로 살지 않았기 때문에 구원받은 무리에 낄 수 없는 것이 아닐까요?"

"그러나 성경에는 인자가 자기 영광으로 모든 천사와 함께 올 때 모든 민족을 그 앞에 모으고 구분하여 의인은 영생에 악인은 영벌에 들어가리라 했는데 마지막 심판 후에도 영원한 시간이 있어야 그 후련한 결과를 볼 수 있지 않겠습니까?"

"세상의 종말이 오고 하나님의 시간이 끝났는데 악인들이 심판받기 위해 시간이 더 오래 계속되어야 한다면 그 시간의 끝은 언제이며 그동안 하나님은 무엇을 하고 계셔야 하겠습니까? 이 세상에서 핍박받고 죽은 순교자들이 만족할 때까지 하나님이 언제까지 기다리셔야 한다는 말입니까?"

그러면서 외계인은 이런 일은 관심 밖이라는 듯 떠날 기세였다. 전도왕은 성급히 그의 앞길을 막았다.

"이제 그만큼 저와 예수 그리스도에 대해 깊이 이야기를 나누었으면 그분을 영접할 단계가 된 것 같은데 그분을 믿고 구원을 받지 않으시겠습니까?"

"제가요? 저는 사명을 다 마쳤으므로 우리가 사는 별로 돌아가야 합니다."

"그래서 이야기인데요. 만일 당신이 예수를 영접하고 여기를 떠나면 당신은 최초로 당신네 나라의 선교사가 되는 것입니다."

"그 말은 무슨 말입니까?"

"당신네 나라에 예수를 소개하고 거기다 한 교회를 세우며 모두 믿고 구원을 받게 하는 것입니다. 이것은 아주 놀라운 기회입니다."

"예수가 누구인지도 모르는데 내가 딴 행성에 가서 듣고 온 말을 믿으라고 하면 그들이 믿겠습니까?"

전도왕은 자신 있게 말했다.

"그것은 염려하지 마십시오. 전하기만 하면 됩니다. 나머지는 다 예수님께서 하실 것입니다."

외계인은 우두커니 전도왕을 쳐다보더니 말했다.

"한 가지 묻겠는데. 당신은 왜 전도를 합니까?"

"교회의 빈자리를 채우라는 성경의 말씀에 순종해서 전도합니다."

"그러나 전도의 근본적인 목적은 인간을 구원하는 것이 아닙니까? 그런데 교회에 데려다 앉혀 놓으면 구원을 받는다고 생각합니까?"

"구원은 내가 어떻게 할 수 있는 것이 아닙니다. 교회로 인도하면 거기에는 하나님이 살아계셔서 간섭하시는 것을 체험한 많은 증인이 있기 때문에 경건의 훈련을 하기에 적당한 곳입니다. 이제 본인이 하나님의 부르심에 어떻게 응답하느냐가 구원을 결정한다고 생각합니다."

"나는 당신이 훌륭한 전도자이며 하나님의 충성된 종인 것을 믿습니다. 그런데 왜 당신은 전도한 사람을 교회로 데려다 놓아야 임무를 완성했다고 생각하는 것인지 알 수가 없습니다. 길에서 하나님의 말씀을 잘 풀어 깨닫게 해 주면, 하나님께서 알아서 하실 것인데 왜 굳이 교회까지 데려다 놓아야 합니까? 예수님께서는 성경에 좋은 교회를 많아 만들어서 맹인, 혈루병자, 문둥병자, 가난한자, 과부를 데려오라. 그러면 내가 거기서 그들을 고쳐 주리라. 그런 말은 한 것 같지 않은데요."

"그때는 교회가 없었잖아요? 새 신자는 흙이 얕은 땅에 떨어진 씨 같아서 곧 말라 죽습니다. 그래서 지금 전도의 최종 목적지는 교회입니다."

"이 식탁에서의 비유의 말씀은 내가 보기로는 종말에 있을 천국 잔치의 비유로 마땅히 초청받아야 할 바리새인이나 제사장 같은 유대인 지도자들이 메시아를 거부했으므로 소외당한 가난한 자들이나 몸 불편한 자들을 부르고, 그래도 자리가 비거든 선민이 아닌 이방인까지 잔치에 부르게 된다는 말씀이지 지금 지상의 교회에 사람 숫자를 채우라는 뜻으로 하신 말씀은 아니라고 생각합니다."

"그러나 주께서 우리에게 주신 지상명령은 전도해서 자리를 채우는 일입니다."

외계인은 이 세상에 있는 동안 무엇을 보았으며 무슨 말을 들었는지 매우 회의적이었다.

"당신은 모든 교회의 목사가 천국 잔치를 베풀 수 있으며 그에게 양육을 받은 교인들이 천국 백성에 합당한 자로 의로운 바른 삶을 살며 증인의 역할을 하고 있다고 생각하십니까?"

전도왕은 당당히 그리고 의연히 대답했다.

"저는 교회란 매일 천국 잔치를 베풀고 있는 지상에 있는 천국의 그림자라고 생각합니다. 그리고 교인들은 주의 능력에 힘입어 충성된 증인의 역할을 하고 있다고 믿습니다."

"전도왕께서는 인도와 전도, 즉 불신자를 교회로 인도하는 것과 불신자를 전도하는 것은 어떻게 다르다고 생각하십니까?"

"그것은 같은 말입니다. 교회로 인도했다는 것은 전도했다는 말이며 전도도 노방전도에 끝나지 않고 교회로 인도해야 온전한 전도가 되기 때문에 결국 같은 말이지요."

외계인은 자기가 어떤 어른을 만났는데 그는 어려서 교회의 절기마다 친구를 데리고 가서 인도상을 많이 받았는데 지금은 그것이 다 전도 상으로 바뀌었다고 말하면서 불신자를 교회에 데리고 나오면 그것이 바로 전도라고 생각하게 되었다며 안타까워했다는 말을 했다. 예수를 구주로 영접하게 하는 것과는 상관없이 교회의 빈자리 채우는 것을 지상명령으로 생각한다는 말도 했다고 들려주었다. 그러면서 자기는 전도왕과 많은 이야기를 통해 주 예수에 대해 알게 되어 지상에서 전도를 받았다고 생각했는데 결국 자기는 교회를 나가지 않아 전도왕께는 무용지물이 되었다는 아쉬운 생각이 든다고 했다.

그는 떠나는 인사로 손을 내밀었다. 전도왕도 정말 아쉽다는 몸짓을 하며 다시 한번 그에게 다짐했다.

"거기 가시면 꼭 교회를 하나 세우십시오. 그것은 역사적인 첫 개척교회가 될 것입니다."

외계인은 우두커니 전도왕을 쳐다보더니 말했다.

"왜 당신은 그렇게 교회 세우는 일에 집착합니까? 교회가 많아지고 커지면 세속적인 모임이 되고 하나님을 떠나는 죄의 길로 들어선다는 것을 모르십니까? 그러나 당신이 그렇게 원하니 거기 가면 우리도 아담의 후손이며 예수님이 우리를 위해서도 돌아가셨는지 생각해 보고 그런 생각이 들면 오히려 교회보다는 수도원을 하나 만들어 그 속에 파묻혀 고민해 보겠습니다. 하지만 우리는 욕하고 헐뜯고 미워하며 욕심부리고 힘자랑하지 않아서 아담의 후손 같은 생각이 별로 들지 않을 것 같습니다."

전도왕은 그를 붙들고 다른 질문을 하였다.

"이 나라에 이십여 일 있었는데 특별히 보고 느낀 것이 무엇입니까?"

"내가 보기로는 교회 안에 모인 교인들은 잘 길들여져서 순해 보이는데 길거리에 나온 군중들은 사나운 이리떼 같은 생각이 들었습니다. 옳고 그른 것을 너무 잘 따지던데 전도는 그 속에 들어가 해야 하는 것이 아닙니까? 그들을 먼저 전도해서 천국 백성을 만드는 것, 그것이 예수님의 뜻이 아니었을까요?"

진돗개 전도왕은 어안이 벙벙했다. 정말 천국에서 죄인이라고 불렀던 사람들은 하나님 말씀에 순종하지 않은 그들이었다. 예수님은 그들을 위해 돌아가셨다.

외계인은 이제는 정말 떠나야 하겠다고 손을 흔들더니 구름에 싸여 사라졌다. 전도왕은 자기와 진지한 대화를 나누었던 외계인을 떠나보낸 것이 퍽 아쉬웠다. 자기가 전도해서 교회의 빈자리에 수백 명의 새 신자들을 앉혀 놓았는데 그것이 부질없었다는 생각이 순간 드는 것이었다. 예수께서 사탄의 시험을 받은 뒤 갈릴리에서 "때가 찼고 하나님의 나라가 가까이 왔으니 회개하고 복음을 믿으라." 라고 외쳤던 참뜻은 교회의 빈자리에 거리의 사람을 데려다 앉혀 놓으라는 것과는 전혀 차원이 다른 이야기였다. 천국의 확장은 교회의 확장이 아니라 거리에 뛰어나가 자기의 의를 주장하고 하나님을 대적하는 광장의 무법자들에게 광야의 세례 요한처럼 회개를 외치는 용기였다.

제사장과의 대화

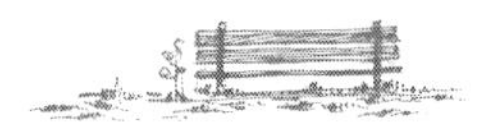

한 치 앞도 잘 보이지 않은 짙은 안개 속을 걸어가고 있었다. 안개가 구름처럼 걷히기도 하고 밀려오기도 했다. 언덕길 같기도 했고, 나무가 듬성듬성 있는 산길 같기도 했다. 갑자기 앞이 밝아지더니 제사장이 그 앞에 서 있는 것이 보였다. 박 권사는 그 앞에 무릎을 꿇었다.

“제사장께서 웬일이십니까?”

“내가 제사장인 것을 어떻게 알았느냐?”

“예복을 입고 계시지 않습니까? 네 줄로 세 개씩 열두 개의 보석을 박은 네모 난 가슴 덮개도 보입니다.”

“너는 예수를 믿고 있지 않느냐? 그런데 오래전에 자취를 감춘 제사장을 어떻게 자세히 기억하고 있느냐?”

“무슨 말씀을요. 우리 성전에는 귀하신 제사장님이 지금도 계십니다.”

“목사 말이냐? 목사는 제사장이 아니다. 제사장은 하나님과 인간 사이에 다리를 놓는 중보자로 죄인들을 위해 제사를 지내고 하나님을 향한 인간의 대변자로 있는 사람을 말하는 것이다."

"그러니까 목사님이 제사장이지요."

"목사는 번제 제단 앞에서 백성을 위해 속죄의식을 행하거나 율법을 가르치거나 하는 사람이 아니란 말이다."

"그럼 제사장님은 여기 웬일이십니까?"

"나는 교회에서 지금도 제사장을 너무 찾기 때문에 이 세상을 떠나지도 못하고 또 교회에 들어가지도 못하고 이렇게 엉거주춤 서 있는 것이다."

그러면서 그는 박 권사를 길옆에 놓인 의자에 앉혔다. 그는 너무 답답하다는 듯이 다음과 같이 말했다.

"이천 년 전에 예수가 와서 나는 갑자기 실직자가 되었다. 나는 성전을 지키는 거룩한 제사장으로 인간 편에 서서 일 년에 한 번씩 지성소에 들어가 인간의 죄를 속죄하고 하나님을 대신하여 재판도 하고, 인간을 축복도 해 주며 존경을 받고 있었는데 갑자기 예수가 나타나서 십자가에 자기 자신을 단번에 제물로 드려 죽었다. 그러면서 누구나 들어갈 수 없게 막아 놓고, 나만 들어가는 휘장을 위에서 아래로 찢어서 세상 사람도 지성소에 들어갈 수 있는 담력을 넣어 주었다. 그래서 이제는 세상 사람들이 더는 하나님께 드릴 말씀을 굳이 나를 통해서 할 필요가 없게 된 거지. 하나님과 화해하고 싶을 때도 예수님이 대신 돌아가셨기 때문에 나를 통해 제물을 바칠 필요도 없다는 것이야. 이런 엉터리 같은 소리가 어디 있겠니? 그때 너희들은 그런 예수를 믿고 나를 버린 것이야."

"무슨 말씀이에요. 지금도 성전이 있는 이상 제사장은 필요합니다."

"성전? 이 세상에는 하나님이 계시는 성전이 진즉 없어졌어. 예수는 '이 성전을 헐라. 내가 사흘 만에 다시 세우리라.' 하고 호언장담을 하고, 참 성전은 하늘에 있으며 이 지상의 성전은 그림자에 불과하다고 말했는데 너는 그것을 안 믿니?"

"정말 하늘에 참 성전이 있습니까?"

"나도 안 가봐서 잘 모르지. 그러나 성전은 하나님이 계시는 곳이니까 하늘에도 있겠지. 그러나 그동안은 지상에 하나뿐인 성전이 있어서 하나님은 그곳에 와 계셨고 우리 제사장들을 통해 백성들의 말씀을 들어 주셨어."

"지금도 지상에는 성전이 많이 있지 않습니까?"

"예수가 올 당시에는 성전은 예루살렘에 하나밖에 없었어. 하나님은 유일하셔서 여러 군데에 나누어 계실 수 없었기 때문이야. 그런데 예수가 말한 대로 성전은 그가 떠난 지 이삼십 년 후에 로마 군인에 의해 허물어지고 우리는 갈 데가 없어진 거야."

"그럼, 지금은 하나님이 하늘에만 계시고 땅에는 안 계시는 것입니까?"

"그것도 아니야. 예수는 십자가에서 죽은 뒤 다시 살아나 하늘로 올라가고 모든 믿는 사람에게 '너희들의 몸이 하나님이 계시는 성전'이라고 말하며 하나님은 이제 성령이라는 이름으로 여러 믿는 사람의 마음 가운데 와서 동시에 계실 수 있게 되었다고 말하고 있지 않아?"

"그럼 지금 교회도 성전이라고 해도 되겠네요. 하나님이 계시는 집이기 때문에요, 하나님은 성령의 모습으로 어느 곳이나 동시에 계실 수가 있으니까 여러 예배당에 흩어져 계실 수 있지 않아요?"

"어떤 의미에서는 그렇지. 그러나 구약시대의 성전과 지금의 예배당은 매우 다르지."

"다를 게 뭐 있나요? 예배당이 성전이 되고 목사님이 제사장 노릇을 하면 되는 것이지."

"그것은 어린애 같은 어리석은 생각이다. 예수는 천사나 선지자나 제사장 등, 하나님과 인간 사이의 중간 역할을 하는 자를 자기의 죽음으로 다 없애버리고 하나님과 인간이 직접 만날 수 있도록 화해시켜 버린 거야. 그래서 목사만 중보자라고 하면서 제사장 노릇을 하고 있으면 안 되지. 너는 예수를 믿으려면 철저히 믿어야 해. 예수를 안 믿고 율법대로 살고 제사장을 모시고 살든지, 아니면 예수를 믿고 담대히 하나님 앞에 직접 나아갈 담력을 얻든지 해야 한단 말이야."

"제사장께서는 율법 편입니까, 예수 편입니까?"

"누구 편이 문제가 아니야. 다만 나는 예수를 믿는다는 사람들의 애매모호한 태도 때문에 내가 지금 이 세상을 떠나지 못하고 안갯속에서 엉거주춤 서 있다고 말했지 않아?"

하기는 그렇겠다고 박 권사는 생각하였다. 교회라고 이름만 붙였지 그것은 예배당이 아니라 성전이라고 불리게 되고 목사와 제사장이 구별이 잘 안 되기 때문이다. '예배당이면 어떻고, 성전이면 어떤가? 목사면 어떻고, 제사장이면 어떤가?' 그녀는 한순간 지상에 성전을 세우고 이 제사장을 모시고 가면 이분은 잘 생기고 풍채도 있고 해서 믿는 사람이 꽤 모일 것 같다는 생각까지 했다.

"목사와 제사장은 결국 어떻게 다릅니까?"

이렇게 박 권사는 물었다.

"너무 다르지. 첫째, 목사는 제사를 드리지 않거든. 또 드릴 필요가 없어. 둘째, 기독교인은 하나님께 직접 나아가기 때문에 하나님과 사람 사이에 목사라는 중보자가 필요가 없어. 그러나 제사장은 엄연히 중보자야. 제사장을 통해야 하나님께 갈 수 있어. 어떻게 다른지 알겠어?"

"그럼 목사와 일반교인은 어떻게 다릅니까? 목사는 선지자인가요?"

"선지자? 맞는다고 할 수 있지. 옛날에 하나님의 뜻을 알고 싶으면 선지자를 불러 물었거든. 그럼 선지자는 죽어도 하나님이 주신 말씀 외에는 다른 말을 하지 않았어. 만일 헛소리를 한 것이 후에 알려지면 돌로 맞아 죽었거든."

"그럼 선지자는 용한 점쟁이 같았겠네요?"

"아니야. 이건 미신과는 달라서 어떤 점괘로 미래를 말하는 것이 아니라. 하나님의 말씀 자체가 예언이었기 때문에 말씀을 그대로 전한 것이지. 그래서 지금도 목사가 하나님의 말씀을 제대로 말하기만 한다면 그는 선지자라고 말할 수 있지."

제사장의 이 말은, 목사가 하나님의 말씀을 제대로 전하지 않고 있다는 묘한 뉘앙스를 풍기었다.

"장로도 하나님의 말씀을 잘 전할 수가 있지 않아요? 그럼 장로와 목사는 어떻게 다르지요?"

제사장은 박 권사를 빤히 쳐다보았다.

"너는 교회에 모인 사람들을 어떤 상하 계급으로 분류해서 보려고 하는데 그것은 옛날이야기야. 모세가 장막에 들어가 하나님과 친구처럼 이야기할 때 우리는 감히 가까이 가지도 못하고 모두 자기 천막 문에 서서 예배하였으며 모세가 지명한 제사장은 아론 가문의 후손들로 다른 족속은 그들을 넘보지 못했어. 그때만 해도 위계질서가 엄격했지. 그런데 예수가 와서 이것을 망가뜨려 버렸어. 지금은 다 하나님의 아들들로 모두 형제가 되었다는 말을 못 들었어? 평신도가 집사로 진급하고, 집사가 장로로 진급하고 장로가 목사로 진급하는 것이 아니고 다 한 형제로 만들어버린 것이 예수야. 그러니 기득권을 무시하고 위계질서를 파괴한 그를 우리가 그때 십자가에 못 박을 수밖에 없었던 것이지."

"그럼 목사와 장로와 우리 평신도들이 다 같다는 말입니까?"

"예수에 의하면 그렇지. 예수가 교회는 자기 몸인데 교인들은 다 몸의 지체라고 말했어. 그래서 각각 은사를 주어 몸이 온전한 구실을 하도록 하고 있다는 거야."

"그럼 목사는 필요 없겠네요?"

"다만 목사는 특별히 가르치는 은사를 받았고 가르치는 훈련을 받은 것이 다르다고 할 수 있을까? 그러기 때문에 더욱 평신도를 훈련하여 교회를 세우고, 하나님께서 맡긴 양 무리를 치고 고난의 증인으로 사는 본이 될 책임이 있는 것이지."

"제사장께서는 예수만 믿었다면 훌륭한 목사님이 될 뻔했네요."

"나는 제사장입네 하는 목사를 제일 싫어한다. 제사장이 어떤 일을 하는 사람인 줄 알기나 하고 하는 말인지 모르겠다. 이렇게 거룩한 옷을 입고 있는 모습만 보고 큰 영광이나 받아보겠다고 그러는 것이 아닐까?"

"제사장은 하나님 밑에 있지만 사람 위에 계시니까 그렇게 되고 싶은 것이 아닐까요?"

"생각해 봐라. 절기만 되면 전국에서 모여든 백성들 때문에 얼마나 정신이 없는지. 몇만 명이 되는 사람들이 다 제물을 가지고 일주일 내내 성전으로 모여든다. 그 번제물들의 엄청난 수를 상상이나 해 보았느냐?"

"전국 제사장들이 다 모여 백정 노릇을 했겠지요."

"무슨 그런 불경한 소리를 하느냐? 제사장들이 소나 양을 잡는 칼잡이란 말이냐? 소나 양을 번제물로 가져온 사람들은 제단 북쪽에서 머리에 안수한 후 각자가 잡고 가죽을 벗기었다. 다만 제사장이 한 일은 그 피를 사발에 받아다가 장막 문 앞 제단 사방에 뿌린 것과 나무를 준비해서 불을 피우고 각을 뜬 제물을 그 위에 올리고 태운 일을 한 것이다. 그러나 가난한 사람이 산비둘기나 집비둘기를 가져오면 그것은 우리가 목을 부러뜨려서 제물로 드렸지."

"그 많은 제물을 다 그와 같이하려면 얼마나 힘들었겠어요. 또 피비린내는 얼마나 나고 고기를 태운 냄새는 온 시내에 진동했겠지요?"

"너는 하나님 앞에 불경한 소리를 하고 있다. 속죄 물을 태워서 여호와께 번제로 드릴 때는, 그 냄새를 향기로운 냄새라고 말해야 한다. 이 향기가 하나님께 상달되어 죄가 용서된 것이다."

박 권사는 처음에 안갯길을 걸어 나오면서 꼭 누군가를 만나야 한다는 강박감에 사로잡혀 있었던 것을 상기했다. 그런데 지금 제사장을 만나 너무 많은 시간을 허비한 것이다. 그녀는 빨리 제사장에게서 벗어나고 싶었다. 무엇보다도 그 피의 제사가 더는 듣기도 싫었다. 목사님은 왜 이런 험한 일을 맡아서 하는 그런 제사장이 되고 싶은 것일까 하는 생각도 했으며 예수님이 그런 율법의 굴레에서 자신을 해방시켜 준 것이 너무 고마운 것을 새삼 느끼었다. 그런데 그녀는 제사장을 떠나 얼마 가지 않아서 교회의 담임 목사를 만났다. 정 목사는 박 권사를 만나자 반색을 하였다.

"아니, 박 권사. 어디 갔다가 지금 나타난 거요. 내가 얼마나 찾았는데."

"목사님 무슨 일이 있었나요?"

"내가 다음 주 부흥회를 간다는 광고를 교회에서 하지 않았소?"

"또 부흥강사로 나가세요?"

"'또'라고? 부흥회만큼 영혼 구원을 많이 하는 집회가 어디 있습니까? 나는 부흥회가 하나님의 지상명령을 수행하는 가장 효과적인 방법이며 교회 성장의 첩경이라고 생각하고 있소."

"그래, 이번에도 저더러 같이 가자고요?"

"그렇지요. 저는 박 권사가 없으면 앙꼬(팥소) 없는 찐빵입니다. 이번에도 몇 사람 동원해서 분위기 좀 띄워 주시오. '아멘', '할렐루야'도 할지 모르는 사람들 앞에서 설교하는 것은 벽을 향해 말하는 것이나 마찬가지요. 말씀이 쏙쏙 빨려 들어가야 하는데 그런 느낌이 들질 않아요."

"목사님, 사실 저는 최근에 시끄러운 악기와 CCM 성가, '주여!' 삼창 후 통성기도, 그리고 '할렐루야', '아멘' 등으로 분위기를 띄우는 것은 차분한 이성으로 하나님을 알아가는 데 도움을 주지 못한다고 생각할 때가 많습니다."

"박 권사, 어떻게 권사답지 않은 그런 말을 합니까? 믿음은 듣고 차분히 생각하고 나서 생기는 것이 아닙니다. 분위기에 휩싸여 '믿습니다!'라는 고백이 먼저 나온 뒤 하나님의 음성이 들리기 시작한다는 것을 모릅니까? 아무 생각 없이 끌려 나와서 병이 낫고 믿는 결단이 생기고 하나님 앞에 일천번제도 서원하게 되는 것이 아닙니까?"

"목사님, 이번에는 제발 일천번제의 서원은 좀 시키지 않았으면 합니다. 너무 오랫동안 신도들을 괴롭히는 일입니다."

"박 권사, 이것은 강제로 시킨 일이 아닙니다. 은혜받고 성령 받고 기쁨에 넘쳐서 하나님 앞에서 자원해서 서원한 것이라는 말이요. 성령이 소멸되기 전에 이런 일은 빨리 결단해야 합니다. 일천번제를 서원하고 새벽 기도하는 성도의 수가 얼마나 늘었는지 들어보지 못했습니까? 어떤 교회는 '일천번제 기도성회'를 별도로 모이며 새벽기도뿐 아니라 밤에도 9시에 또 모여 뜨겁게 기도함으로써 낮에 세상에 사는 동안 거룩한 결심이 사라지지 않도록 하는 곳도 있어요."

이 담임 목사는 못 말리는 분이라는 생각을 하면서 박 권사는 일천번제 서원을 하고 나서 괴로워하는 많은 성도를 생각했다. 지금부터 삼천 년에 가까운 옛날에 솔로몬이 이십 대에 왕이 되었는데 성전을 세우기 전 하나님의 궤가 있는 장막에 가서 일천번제를 드렸더니 밤에 하나님께서 나타나 '내가 네게 무엇을 줄꼬? 구하라'고 하셨다는 것이다. 그가 지혜와 지식을 구했더니 그 위에 부와 재물과 영광까지 주었다는 이야기가 일천번제에 이어서 나온 이야기다. 솔로몬이 지혜와 지식과 부와 재물과 영광을 얻었다는 이야기를 얼마나 실감 나게 하는지 또 일천번제를 약정하고 이를 실천하여, 부자 되고 잘나가는 사람이 되었다는 간증을 곧 자기에게 일어날 일처럼 얼마나 실감 나게 말하는지 이 설교를 듣는 사람은 모두 나누어준 종이에 일천번제 서원을 하나님께 하게 된다. 이것이 엄청난 일이라는 것을 처음에는 청중들이 모른다. 일천번제란 천 번을 하나님께 기도하면서 자기 소원을 아뢰며 그때마다 '일천번제'라는 봉투에 예를 들면, '제666번째 예물' 이렇게 써서 희생 제물 대신 돈을 내는 것이다. 집에서 기도해도 된다는 너그러운 목사도 있지만, 하나님이 계신 성전에서 기도해야 한다고 고집하는 목사가 더 많다. 이렇게 되면 매일 새벽기도회에 나와도 2년 9개월을 하루도 빠지지 않고 나와야 한다. 또 일천번제 예물은 헌금을 한 번에 천 원씩 해도 천 번을 내면 백만 원이다. 그런데 어떻게 하나님께 한 번에 천 원을 내고 소원기도를 할 수 있겠는가? 오천 원씩 내면 오백만 원이다. 거기다 지혜와 지식을 주신다니 학교에 다니는 어린 애들 세 사람의 이름을 써서 봉투 세 개를 더 추가한다. 이렇게 해서 일천번제를 드리면 2년 9개월 안에 가정이 파탄 나지 말라는 법이 없다. 그런데 하나님께 서원한 것을 지키지 않으면 재앙이 임한다고 말한다.

"목사님, 아무리 박수부대라도 목사님이 이번에도 일천번제 예물을 바치라는 설교를 하신다면 가고 싶지 않습니다."

"알았습니다. 권사님. 일천번제 이야기는 안 하도록 하지요. 그러나 장담 못 합니다. 나는 강단에 서면 성령이 시키는 대로 할 수밖에 없어요."

"성령이 잘 못 시키는 것 같아요. 번제물 대신 돈을 낸다는 것 자체가 좀 무당에게 복채 내는 것 같다는 생각이 안 드세요? 그리고 일천번제라는 것이 천 번 제물을 드렸다는 것이 아니고 일천 마리나 번제물(燔祭物)을 드렸다고 많이 해석하던데 틀렸나요?"

"글쎄, 그런 사람도 있는데 나는 그 말에 동의할 수가 없어요. 솔로몬이 어떻게 비둘기를 번제로 드렸겠어요. 그렇다면 소와 양들인데 이들 천 마리를 잡는 시간은 얼마나 많겠으며 또 완전히 태우는 시간은 얼마나 걸리겠어요? 하루에 가능하다고 생각합니까?"

"목사님, 많이 드렸다는 뜻으로 천 마리는 상징적인 숫자가 아닐까요?"

"솔로몬 왕은 단번에 해치우지 않고 그만큼 천 일 동안 시간을 바치고 정성을 다 바쳤다고 생각합니다. 그것이 하나님을 감동시킨 것이지요."

박 권사는 제사장을 만난 뒤로 목사님을 보는 눈이 좀 달라졌다. 목사는 하나님과 자기 사이에 있는 중보자가 아니며 예수님의 피 공로로 이제는 믿는 자는 누구나 스스로 하나님 앞에 담대히 나갈 수 있다는 말을 상기했다. 그래서 박 권사는 이 문제를 하나님 앞으로 직접 가지고 가서 말씀해 보아야 하겠다고 생각했다.

"목사님, 기도해 보겠습니다. 그런데 일천번제는 아무래도 아닌 것 같은데요."

그러자 목사는 마귀를 노려보듯 박 권사를 노려보더니 발로 그녀를 차버리는 것이었다. 그녀는 동계올림픽에서 봅슬레이(특수 고안된 썰매 형태의 원통형 기구를 타고 얼음 덮힌 트랙을 미끄러져 내려가는 경기)를 하는 것처럼 아찔하게 밑으로 떨어져 내려갔다.

얼마를 정신을 잃고 미끄러져 내려갔는지 정신을 잃고 있는 가운데 봅슬레이가 갑자기 멈추어 서는 것을 느끼고 눈을 뜨고 보니 병실의 침대 위였다. 남편이 반가운 미소를 지으면서 손을 잡았다.

"이제 정신이 드는 거요?"

박 권사는 꿈을 꾸는 것 같았다.

"내가 왜 여기에 있지요? 그동안 실신했었나요?"

"관상동맥 수술은 잘 끝났어요. 회복되어 일반실로 옮겼는데 너무 힘들었는지 다시 혼수상태가 되었어요."

"미안해요. 정말 미안해요. 당신에게 짐이 되고 싶지 않았는데."

"짐이라니 무슨 말이요. 당신은 내 아내요. 어떤 형식과 격식보다는 내 아내라는 내용이 중요해요."

"우리는 전생에 악연이었나 봐요. 그래서 저는 늘 당신만 괴롭혀요."

"무슨 권사님이 불교적인 생각을 하실까?"

"당신은 남편이기 때문에 하늘보다 높다고 하셨는데 그것은 유교적인 발상 아니에요?"

남편이 늘 우스개로 지아비 부(夫)자는 하늘 천(天)자의 위를 뚫고 올라가야 한다고 한자 풀이를 해 준 것을 빗댄 말이었다.

"그래 행동은 불교식이나 유교식으로 하고, 믿기는 무당 믿듯 하더라도 출석은 교회로 열심히 나가 봅시다."

하고 남편은 웃었다.

"그래요 빨리 퇴원해서 비빔밥이나 맛있게 해 먹읍시다."

하고 박 권사도 웃었다. 불교, 유교, 샤머니즘, 기독교… 이렇게 비빔밥을 만들어 먹자는 이야기였다.

박 교수와 김삼순 선교사

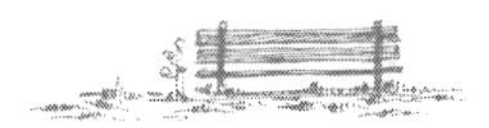

박 교수는 캄보디아에 나가 있는 김삼순 선교사로부터 최근 그녀의 근황을 이메일을 통해 듣고 너무 가슴이 아파 잠을 이루지 못했다. 생각 끝에 그는 자기 딸과 사위가 권사와 장로로 시무하고 있는 교회에 김삼순 선교사의 딱한 사정을 알려서 그 교회에서 김삼순의 해외선교 지원을 해 달라고 청원해 볼 생각을 하였다. 혹 안 되더라도 다른 교회를 통해서든 뭔가 길이 열리지 않을까 하는 생각에서였다. 그 교회 목사는 딸을 통해서도 이메일이나 전화번호도 알아볼 길이 없어서 등기 속달로 그 교회 사무실에 장문의 편지와 그가 최근에 출판한 에세이집을 보냈다. 그 에세이집에는 김삼순 선교사의 이야기가 실려 있었기 때문이었다. 그러고 나서 좀 마음이 홀가분해져서 김삼순에게 이메일을 보냈다. 평소처럼 '내 사랑하는 김삼순 선교사에게'라는 제목과 함께.

박 교수는 김삼순 간사를 딸처럼 생각했었다. CCC 동아리 지도교수를 맡아서 그녀가 성경공부 등으로 개별 모임이 필요할 때는 자기 연구실도 내주었으며 가끔 상담에도 응하고 점심을 사주기도

했다. 또 교회에 불러 교인들이 CCC 동아리의 '사영리(四靈理)'를 통한 개인전도 훈련을 받게도 했다. 박 교수는 은퇴할 때가 가까워서였는지 대학생들을 양육하며 영혼 구원에 힘쓰는 김삼순 간사의 모습이 안쓰럽기도 하고 딸처럼 돕고 싶은 생각이 강했기 때문이었다.

박 교수는 자기가 어느 대형교회에 김 선교사의 후원을 청원했으니 현실에 너무 낙심하지 말고 기다려보라고 말했다. 그러면서 교회 목사에게 보낸 청원서도 첨부파일로 보냈다.

이○○ 목사님

저는 85세의 은퇴 장로로 귀 교회의 박○○ 권사의 아비가 되는 사람입니다. 미국 미시간주에 살면서 한때 목사님과 동역하기도 한 무디신학교 출신 박○○ 장로의 큰아버지가 되기도 합니다. 또한, 저는 아내가 불편하여 교회를 못 나가는 동안 매주일 TV를 통해 목사님이 인도하는 예배에 열심히 참여하고 있는 사람이기도 합니다.

제가 이 글을 쓰는 이유는 캄보디아에 가 있는 전 CCC 동아리 간사, 김삼순 선교사(남편 정○○ 간사)의 안타까운 사정을 말씀드려서 귀 교회가 어떤 방법으로든 도와주든지 아니면 잘 아시는 교회를 하나 연결시켜 주었으면 좋겠다는 생각으로 이 청원을 드립니다.

김삼순 선교사는 1996년에 제가 재직한 대학에 CCC 동아리 캠퍼스 전임간사로 피송되어 왔을 때부터 인연을 맺었기 때문에 햇수로 22년째 되는 것 같습니다. 저는 당시 대학 CCC 동아리 지도교수를 오래 하고 있었는데, 그 자매가 대학을 떠난 뒤에도 계속 기도편지로 연락을 주고받았기 때문에 그녀가 어떻게 살고 있는지 잘 알고 있는 사람입니다. 그 자매는 주님께 헌신한 삶을 살면서, 두 남녀의 어머니가 된 뒤에도 2008년 말부터는 어느 입양 복지회를 통해 2년 터울의 두 남매를 입양해서 열심히 기르고 있는 자매입니다. 저는 그녀와 만난 지 2년 뒤 대학에서 은퇴한 후에도 제게 마지막 남은 김 선교사와 또 다른 CCC 동아리 간사에게 미미하지만 후원을 계속하고 있습니다.

그런데 이번에 해외에 나가 활동하는 어느 선교사가 김삼순 선교사 부부에게 찾아와서 캄보디아에 국제대학을 세우는 데 도와 달라는 요청을 했다고 합니다. 그때 그들은 막 안정을 찾았고 김 간사는 신대원에서 M.Div. 과정 중에 있을 때였습니다. "영혼 구원은 생명을 건 전쟁"이라고 말하며 "이곳 공부도 좋지만 캄보디아의 죽어가는 생명 구원 전선에 같이 뛰어듭시다."라고 열정적으로 설득하는 말에 섬뜩하여 심장이 멎는 듯했답니다. 가슴이 찔려 며칠을 고민하다가 그것이 하나님의 뜻으로 알고 순종하기로 했답니다. 그들은 집을 청산하고 저축해 놓은 통장도 정리하고, 신대원 M.Div. 과정까지 그만둔 채 2014년 10월 말, 캄보디아 바탐방으로 떠났습니다. 그들에게 간절히 부탁했던, 두려울 만치 선교사역에 열성적이었던 분은 그해 12월 현지에 한 선교대학을 세웠는데 그곳은 어학 연수원과 유치원, Pre-School, 신학교까지를 망라한 학교였습니다.

김삼순 선교사 부부는 자기들이 가지고 온 사재를 다 바치고 하루 12시간씩 봉사했는데 8개월여 일하다가 그곳을 떠났습니다. 깊은 내막은 모르지만 같이 일할 형제가 아닌 것을 깨달은 것 같았습니다. 그들은 빈 몸으로 2015년 7월 중순에 프놈펜으로 떠났습니다. 투자한 돈도 다 돌려받지 못했다고 합니다. 그러나 프놈펜에서 좋은 선교사와 목사님을 만나 그곳 한인교회를 섬기고 남편은 프놈펜 대학생 학사(學舍)에서 사역하며 이제는 조금 안정을 얻은 듯했습니다. 그런데 이제는 그들을 후원해 주던 한국의 미자립교회가 더 도울 수 없다는 연락을 해 와서 그녀는 지금 막막한 상태에 있습니다.

이렇게 선교지에서 고생하는 이들 부부 선교사에게 측은한 생각이 드시거든 좋은 길을 열어 주시기를 간청합니다. 저는 CCC 동아리를 창건하신 김중곤 목사님을 존경하며 따르던 사람입니다. 그분이 살아계신다면 김삼순 선교사에게 어떤 도움이라도 주었으리라고 믿습니다. 이 목사님께서도 CCC 동아리 출신이라는 말을 들었습니다. 목사님, 큰 교회의 높은 담과 교파를 초극해서 측은한 손길을 뻗어 주실 수는 없을까요?

2018년 3월 26일

박ㅇㅇ 장로 올림

박 교수는 그 편지에서 자기가 출판한 에세이집에 올린 김삼순 선교사의 평소 삶을 소개한 글, '청빈낙도'도 읽어봐 달라고 부탁했다는 내용도 언급했다. 김삼순은 이미 알고 있는 내용이었다.

청빈낙도

청빈낙도는 우리나라 가난한 선비들이 자주 썼던 말이다. '청렴결백하고 가난하게 사는 것을 옳은 것으로 여기고 도를 즐긴다'는 뜻이다. 부자로 살지 못한 실패자의 푸념처럼 들린다. 그런데 왜 청빈한 선비들은 존경을 받았을까? 그들은 덕을 쌓고 자신을 위한 치부에 눈을 돌리지 않으면서, 어렵게 사는 사람들에게 옳게 사는 본을 보였기 때문이다. 성경에 나오는 바울은 평생 복음 선포로 다른 사람의 영혼 구제에 힘을 썼는데 자기는 어떤 궁핍에도 스스로 만족하는 법을 배웠다고 말하고 있다. 가난하게 산다는 것 자체가 탐욕을 이겨낸 도인으로 옳은 길을 권할 수 있는 자격을 갖추는 것이라고 볼 수 있다.

지난해 8월 한국을 방문한 프란치스코 교황은 한국 수도자들에게 "청빈은 수도생활을 돕는 방벽(防壁)이고, 올바른 길로 이끄는 어머니"라고 말한 바 있다고 들었는데 하나님께 몸 바친 사람들은 청빈한 삶이 없으면 대중 앞에서 방벽이 없는 것과 같으며 그것 없이는 성도들을 올바른 길로 인도하는 어머니 역할도 할 수 없다는 말로 생각된다. 성직자가 호화로운 주택에 살고 호화로운 차를 타고 다니면서 가난한 사람들을 위해 아무리 복음을 전파해도 그것은 소귀에 경 읽는 꼴이 된다는 말이다. 정말, 예수 그리스도를 전하려면 청빈한 삶을 살아야 하는 것일까?

나는 CCC 동아리에서 전도훈련을 받고 남의 후원만 가지고 수십 년간 예수님께 헌신하고 사는 자매를 알고 있다. 1996년 내가 봉직하는 대학교 CCC 동아리 간사로 와서 봉사하다가 지금은 네 자녀의 어머니가 된 그녀는 CCC 동아리 간사로 함께 일하던 신랑과 결혼했다. 이들은 밥그릇 둘, 국그릇 둘, 물컵 두 개로, 방 하나 딸린 옥탑방에서 신혼살림을 시작했다. 성경에서 말한 대로 이 세상의 모든 것을 버리고 주를 따랐다. 시골에서 부모님이 택배로 보낸 쌀과 반찬은 학생들을 불러다 먹이고, 일주일 분량의 장을 봐서 만든 반찬이 이삼일 만에 남의 입에 들어가도 나머지 날은 없는 대로 만족하며 살았다. 마트에서 반짝 세일로 몇 개 한정으로 파는 세일 상품 방송을 하면 물건을 고르되 늦게 올 사람을 위해 좀 못한 것부터 샀다고 한다. "돈은 일체 가지고 가지 말라. 여행 가방이나, 갈아입을 옷 그리고 여분의 신발이나, 지팡이도 갖고 가지 말라."라는 성경 말씀대로 산 것이다. 그것이 성경의 말씀이었고 CCC 동아리에서 가르쳤던 삶의 방법이었다.

그러나 나는 두 사람이 지금까지 간사로 또는 선교사로서 일정한 수입 없이 교회 봉사나 후원금만으로 사는 가난한 삶이 불안하고 안타깝다. 은퇴연금도 없이 어떻게 하루하루 살 수 있다는 말인가? 그런데 더 대책이 없다고 생각한 것은, 그들에게는 귀여운 딸과 아들이 있었는데 이들이 다 자라기도 전에 또 다른 아들과 딸을 입양해서 지금은 모두 여섯 가족이 살고 있다. 그들은 결혼한 지 3년 뒤에 연년생으로 남매를 가졌다. 7년 뒤 업고 안고 병원을 오가며, 힘들게 기른 아이들에게서 숨을 좀 돌릴 때가 되었다고 생각된 때였다.

귀한 생명을 낳자마자 핏덩이 채 검은 비닐봉지에 넣어 버리기도 하고, 그렇게까지는 아니지만 철없는 어린 미혼모는 입양시설에 세워진 '베이비 박스'에 어린 생명을 버리고 간다는 기사를 읽자 그녀는 다시 두 살 터울로 남매를 입양하여 4남매의 부모가 된 것이다. 여섯 식구의 빨래만 해도 큰일이었다. 애들의 털옷, 털모자, 목도리, 장갑, 심지어 부츠, 실내화, 운동화도 모두 손빨래를 하는데 작은 세탁기를 돌려서 빠는 양말만 마흔네 짝이어서 어디로 빠졌는지 그 짝을 한 번도 제대로 맞춘 적이 없었다고 한다.

옛날 자기가 캠퍼스 전임간사로 있을 때 CCC 동아리 학생으로 자기에게 신세를 졌던 학생들은 졸업하여 직장을 갖거나 잘 사는 남편을 만나 부유하게 지내고 있다. 그런데 내가 아는 이 자매는, 옛 순원(筍員: CCC 동아리에서는 조직의 기본단위 cell을 筍이라고 한다.)들이 자기들만 잘사는 것이 미안해서 보내온 후원금으로 생활을 유지하고 있다.

이들을 보면 나는 이탈리아의 아시시에서 태어난 성 프란체스코를 생각한다. 그는 중류층 마포 상인의 아들이었는데 25세 때 허물어져 가는 성당의 십자가상 앞에서 기도하다가 하나님의 음성을 듣고 모든 세속적인 것을 버리고 십자가에 돌아가신 예수 그리스도에게 헌신할 것을 결심하였다. 그는 철저한 가난을 실천하며 탁발하는 수도자, 순회하는 설교자로 살았다. 그는 자기를 따르는 수도사 중에서 예수님처럼 열두 제자를 뽑았다. 그리고 성경대로 둘씩, 둘씩 짝지어 세상으로 보내 전도하게 하였다. 자신은 동반자로 마세오를 택하여 함께 떠나, 소위 '거지 순례'를 시작하였다. 사랑의 빵을 걸식하러 마을로 나갔는데 갈림길이 나타났다. 두 사람은 거기서 헤어졌다. 그들이 마을을 지나 다시 만났을 때는 성 프란체스코의 손에는 마른 빵 몇 조각이 있을 뿐이었다. 그는 왜소하고 보잘것없는 외모여서 나이 어린 거지 취급을 받은 것이었다. 그러나 마세오는 키가 크고 수려해서 그의 손에는 많은 음식과 빵이 있었다. 그들은 가까운 데서 샘물을 찾아 널찍한 바위 위에 앉아 식사를 하게 되었는데, 프란체스코는 "마세오야, 우리는 이와 같은 보물을 받을 자격이 없는데…."라는 말을 되풀이했다.

"선생님, 이처럼 가난한 채 빵 몇 조각 얻은 것을 어떻게 보물이라고 부를 수 있습니까? 우리는 옷도 없고, 나이프도 접시도 없으며, 그릇도, 집도, 식탁과 요리사도 없습니다."

"그것이 바로 큰 보물이니라. 이것들은 우리 수고로 준비된 게 아니라 하나님의 섭리로 마련되었다. 빵과 편편한 돌, 식탁, 깨끗한 샘물을 보라! 우리, 온 마음을 다하여 하나님이 주신 '거룩한 청빈'이라는 매우 고귀한 보물을 사랑할 수 있도록 기도하자."

나는 이런 구절을 읽을 때 성 프란체스코는 독신 수도사이며 오직 예수를 믿고 그와 하나 되기를 원한 사람이었기에 그렇게 할 수 있었다고 생각한다. 그러나 그런 성자는 교부시대에도 그렇게 흔하지 않았다. 그런데 결혼한 부부가 자녀를 기르면서 성 프란체스코를 흉내 낼 수 있을까를 생각한다. 이것은 강요된 새로운 율법이 아닐까? 바울의 자비량(自費量) 선교는 그런 것이 아니었을지 모른다.

이런 편지를 보낸 얼마 뒤에 김 선교사로부터 답신이 왔다.

 교수님

답답해 보일 수도 있지만, 교수님도 아시다시피 고난은 축복의 통로로 반드시 돌아오잖아요. 여기 저희가 교제한 선교사님들이 모두 그렇게 살아왔습니다. 저는 이때를 잊지 않을 것입니다. 가난하고 한치 앞도 모르지만 그런 가운데서도 우리를 인도하신 주님을 간증할 날이 언젠가는 오겠지요. 너무 염려 마시고 깊은 중보기도를 부탁드립니다. 그리고 그렇게까지 애쓰시지 않아도 됩니다. 처음부터 지원교회를 생각하고 시작한 일이 아닙니다. 지금 잘살고 있습니다. 걱정하지 마십시오.

그러나 한 달 뒤, 박 교수는 '사랑하는 내 딸 김삼순 선교사'에게 또 편지를 썼다. 청원했던 교회에 많이 화가 나고 불쾌한 어조였다. 김 선교사를 후원해 달라는 청원서를 등기로 보내고 우체국에서는 모바일을 통해 배달되었다는 연락까지 받았는데 한 달을 기다려도 답이 없어 교회 홈페이지를 검색하여 그 교회의 행정목사에게 어떻게 된 것인지 영문을 문의했다고 말했다. 당회장 목사는 집 주소도, 전화번호도 숨기고 철저히 베일에 싸여 일반인에게는 접근이 허락되지 않은 것 같아서 자신이 보낸 청원서가 어찌 되었는지 따지고 싶어 행정담당 목사에게 분풀이했는데 이번에 그 경위를 알아 조처하겠다는 내용의 글이었다. 그러면서 박 교수는 행정담당 목사에게 보낸 편지 내용을 첨부문서로 김 선교사에게 보냈다. 다분히 그녀도 자기처럼 분개하리라고 기대하며 쓴 글이었다. 첨부문서의 내용은 다음과 같았다.

 행정담당 정 목사님

저는 현재 85세의 은퇴 장로입니다.
지난 3월 26일(전후 2, 3일 내)에 귀 교회의 담임 목사님께 교회 주소를 통해 등기로 택배를 보낸 일이 있습니다.
제가 궁금해하는 점은, 택배가 도착하면 행정목사님께서 미리 이것을 받아 선별한 뒤에 당회장 목사님께 폐가 되겠다고 생각하는 것은 아예 쓰레기통에 버리는지, 아니면 일단 당회장 목사님께 드리기는 하는지요. 만일 전자라면 교회가 잘못된 길을 걷고 있다는 생각이 듭니다. 당회장 목사가 자신은 철저히 베일 뒤에 숨어서 규칙과 명령으로 교회를 움직이고 심지어 부목사까지도 독재자 수족처럼 쓰고 있다는 생각이 들어서입니다. 이것은 천주교의 교황제도와 무엇이 다릅니까? 귀 교회만은 다른 대형 교회와는 다르다고 생각했는데 실망입니다.
예수님은 누구와도 불통을 원하지 않고 소통을 원하셨습니다. 그분을 만나고 싶어 뽕나무에 오른 삭개오를 만나서 구원하셨고, 열두 해를 혈루증으로 앓던 여자가 생명의 위험을 무릅쓰고 군중 속에서 그분의 옷깃에 손을 댔을 때, 그분은 그것을 느끼고 그녀를 불러 병을 낫게 하셨습니다.
지금 한국교회가 어떻게 본질에서 벗어나고 있는지 아십니까? 목사는 돈과 권력과 명예를 탐하고, 교인들 앞에서 교황으로 군림하면서 귀신 들린 자, 병든 자, 가난한 자들을 돌보지는 않고, 하나님께 바치는 헌신과 헌물을 자기가 가로채고 있습니다. 주님과 직접 교제하는 개별적 교인은 온데간데없고, 구원받았다는 각 지체는 자신이 바로 예수님이 사시는 '성령의 전(殿)'인 교회인 것을 망각하고, 교회공동체의 일원으로서만 종으로 헌신하고 있을 뿐입니다. 목사는, 매주 바리새인이 율법을 강론하듯 설교해서 스스로는 '주의 종'이 되고, 교인들을 자신에게 순종하는 종으로 만들어 놓은 것입니다. 모든 교회는 대형교회를 흠모하며, "3천 명을 주시옵소서.", "4천 명을 주시옵소서." 하고 외치며, 교인들을 노방전도에 동원시키거나, 총동원 주일 같은 행사를 기획해서 교회로 사람들을 초대하고 그들에게 상품 공세를 퍼붓기도 합니다. 마치 돈으로 '주의 백성'을 살 수 있다고 훈련을 시키는 것 같습니다. 영적인 것을 물질적인 것으로 대체하고, 하나님의 백성이 모인 무형의 교회는 눈에 보이는 치장된 대형교회로 바뀌어 가고 있습니다. 큰 예배당을 지으려다 빚에 쪼들려 교회가 경매로 넘어가기도 하며, 교회가 눈에 보이게 커지면 목사는 자녀에게 교회를 세습하기도 합니다. 부흥회로 복을 나누어줄 뿐 아니라 자기가 축귀(逐鬼)의 권능을 받지 못했거나, 신유(神癒)의 은사를 받지 못했을 때는 그런 기적을 행하는 목사를 초빙해서 하나님의 초능력을 체험하도록 부흥회를 하기도 합니다. 예배당의 이름을 바꾸어서 그 건물을 '성전', 교회 조직 명칭을 '성역' … 그래서 이제는 목사는 옛 제사장, 성역장들은 레위인들이 되어, 교회는 제사 지내는 성전같이 되어가고 있습니다.

목사님, 제발 이 평신도의 외침을 신학교에서 신학교육을 받지 못했다고 외면하지 말고 귀 기울여 주십시오. 말씀을 이렇게 이해하고 교회를 이렇게 보고 있는 평신도도 있구나 하고 역지사지의 입장이 되어봐 주십시오. 나를 위한 것도 아니요. 내가 사랑하고 아끼던 선교사에 대한 청원이었는데 답이 없어 서운했습니다. 어떻게 되었는지 행정절차를 알려 주어서 내가 어떤 무례한 짓을 하고 있는지 알게 해 주십시오.

2018년 4월 26일

박○○ 장로 드림

얼마 만에 또 김삼순 선교사로부터 회신이 왔다.

교수님

딸처럼 여러 가지로 걱정해 주신 것 감사합니다. 시골에는 낳아 주신 부모님이 계시고, 여기 예수님을 깊이 아시는 또 한 분의 아버님이 계신 것에 감사합니다. 저는 하나님 은혜로 잘살고 있습니다. 이제는 더 그 교회의 부정적인 이야기를 하거나 저를 위해 부탁하는 일을 그만두어 주십시오. 그 교회는 건전한 대형교회입니다. 그 교회는 그 교회대로 규칙이 있습니다. 그 교회에서 해외선교사를 보낼 때는 반드시 그 교회의 교인으로서 자격심사에 통과된 사람을 선교훈련을 시킨 뒤 파송하게 되어 있다고 들었습니다. 물론 자비량(自費量)이 원칙입니다. 또 은퇴 후 퇴직금으로 나가고 싶은 자기 교인도 심사 후 훈련을 마친 뒤에 보낸다고 합니다. 그 교회 교인만으로도 자원이 넘치는데 어떻게 제가 해당되겠습니까? 이제 제발 수고를 그만 두십시오.

다만 제가 아쉬운 것은 제 후원과는 상관없이 그 교회 목사님 몇 분이라도 교수님이 쓴 에세이는 읽어 봤으면 좋았을 것이라는 생각을 합니다. 교수님은 단편소설도 쓰시는데 거기에는 "요단강 건너가 만나리."라는 것도 있었습니다. 그것을 읽고 저는 많은 생각을 했습니다. 장례식 때 천국에 가시라고 부르는 찬송인데, 저는 죽은 뒤 정말 천국에서 가족을 만날 수 있을까를 다시 생각하게 되었습니다. 우리는 지상에서 죽을 때 육의 몸으로 죽지만, 천국에서는 전혀 다른 모습인 영의 몸으로 존재하는 것인데 훗날 내가 죽어서 어떻게 어머니를 알아볼 수 있을지, 또 천국에 있는 어머니가 지상에서 가족들이 모여 추도예배를 드릴 때마다, 무한의 세계에서 유한의 세계로 와서 지상의 우리와 교제할 수 있는 것인지? 또 막내아들 결혼을 못 보고 안타깝게 돌아가신 분이 그 아들을 잊지 못하고 천국에서 그 아들을 위해 기도를 쉬지 않고 있다면 이 세상의 고통과 슬픔을 그대로 안고 천국에 갔다는 말이 되는데 다시는 사망이 없고 애통해하는 것이나 곡하는 것이나 아픈 것이 다시는 있지 아니한 천국에서, 그런 부담을 안고 어찌 안식할 수 있겠는가? 이런 교수님의 주장에 저는 많이 흔들렸습니다. 목사가 교인들에게 천국을 잘못 가르치고 있는 것은 아닐까? 잘 가르치고 있다면 교수님 같은 오해가 잘못된 것이라는 것을 밝혀야 되는 것이 아닐까? '불신지옥, 예수천당'이라는 구호로 불신자들에게 잘못된 인식을 심어주어 그들을 교회로 유인했다면 이것은 범죄행위가 아닌가? 이런 생각도 했었습니다.

사실 교역자들이 신학대학, 신학대학원, 교회, 그리고 바로 젊어서 설교현장에 뛰어들었다면, 기독교 세계관의 지평이 편협할 수도 있겠다는 생각도 듭니다. 그런 점에서 저는 교역자들이 교수님의 에세이를 한 번쯤 읽어봐 주었으면 좋았을 것 같다는 생각을 해 본 것입니다. 그러나 제 문제에 대해서는 제발 더 걱정하지 마시고 교회 후원문제도 손을 놓으십시오.

박 교수는 의외의 답변에 약간 놀랐다. 자기는 편협한데 김 선교사가 더 너그럽고 의연한 것 같았기 때문이다. 자기는 세속적이고 초조하고 근심 걱정이 넘치고 예수 그리스도를 온전히 의지하지 못하고 늘 불안해하는데 그녀는 하나님의 요새와 반석에 앉아 하나님의 구원을 찬양하고 있는 것 같은 느낌이 들었기 때문이다. 가뭄 속에 요단 앞 그릿 시냇가에 숨어 있는 엘리아 선지가 하나님이 까마귀를 통해 보내주는 떡과 고기를 먹으며 다음 명령을 기다리고 있는 것처럼 그녀는 자기는 잘 있으니 아무 걱정을 하지 말라는 것이 자기를 더욱 초조하게 하였다.

한 달 뒤에 박 교수는 다시 김삼순 선교사에게 이것이야말로 자기가 최선을 다한 마지막 편지라는 뜻으로 메일을 또 보냈다.

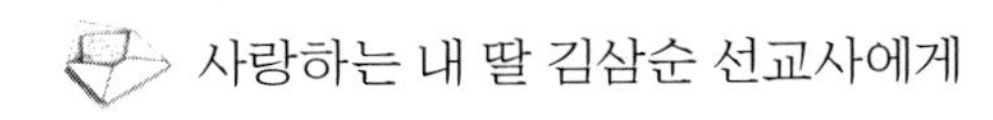
사랑하는 내 딸 김삼순 선교사에게

나는 지난번 네 편지 때문에 협력교회의 청원은 잊어버리기로 하였다. 그러나 혹 그 목사가 어떤 부담감이 있어 답을 주지 않을까 해서 한 달을 더 인내하고 기다리기로 하였다. 그러나 아무런 답변을 받지 못했다. 다만 그때 내가 서운했던 것은 교회는 다양성을 가진 개별 교회로 나타나면서, 전체로서 그리스도의 몸을 이루는 우주적 교회로 존재하는 공동체라는 것을 왜 그는 인정하지 않을까 하는 안타까움이었다. 예수 그리스도를 '주'라고 고백하는 성도들의 모임인 교회는 시대와 장소와 교파와 교리에 구애받지 않고 하나님을 아버지로, 우리는 그의 백성이며 형제로 세상으로 나가 예수 그리스도의 복음을 전하여 하나님의 나라를 확장하는 사명을 받은 공동체가 아니냐? 그래서 나는 그리스도의 형제로서 어떤 조언이 있을 것을 기대하고 있었다.

나는 여러 면에서 교회가 참 생명이신 예수님을 잃어가고 있다고 생각해서 마음이 아프다. 우리나라는 현재 국운이 풍전등화처럼 위태로운 상태에 놓여 있는 것을 너도 알겠지. 그래서 얼마 전 나는 주간 지방지에 '우리의 생명줄은 예수 그리스도'라는 글을 기고한 일도 있다. 우리나라의 불안한 장래는 미국이나 중국, 러시아 등의 동아줄을 붙잡는다고 살길이 열리는 것이 아니고, 오직 생명의 동아줄은 예수 그리스도라고 강력히 주장하기 위해서였다. 그런데 내가 주장한 최후의 보루인 교회가 국내에서 무너져가고 있다면 오직 방황이 있을 뿐이다.

나는 『성 프란체스코의 작은 꽃들』이라는 책 속에서 '어떻게 프란체스코는 구비오의 매우 사나운 늑대를 길들였는가'를 읽은 일이 있다. 프란체스코가 구비오 마을에 머물고 있을 때 그 도시의 주변에는 굶주리고 광포한 늑대가 한 마리 살고 있었다. 그 늑대는 짐승뿐 아니라 사람까지도 잡아먹곤 해서 사람들은 너무 공포에 사로잡혀서 어느 누구도 성문 밖으로 나갈 수가 없었다. 프란체스코는 자기가 늑대를 만나 담판을 짓겠다고 산중으로 늑대를 만나러 갔다. 이것은 영웅적인 행위로 아무나 쉽게 할 수 있는 일이 아니다. 늑대는 그와 그의 제자를 향해 달려들었다. 그는 십자가의 성호를 늑대를 향해 보였다. 그러자 늑대는 유순해졌다. 프란체스코는 늑대를 부르면서 말했다.

"나에게 오라. 늑대여! 그리스도의 이름으로 명하노니 나와 누구도 해치지 말라."

그때 참으로 놀라운 기적이 일어났다. 늑대는 머리를 숙이고 프란체스코 앞에 어린 양처럼 앉았다.

"형제 늑대여, 너는 이 지방에서 많은 해를 끼쳤다. 그리고 너는 무자비하게 하나님의 피조물을 파괴함으로써 크나큰 죄악을 저질렀다. 너는 짐승을 해쳤을 뿐 아니라 심지어 하나님의 형상을 가진 사람들조차도 잡아먹었다. 그러므로 너는 극악무도한 강도나 살인자처럼 사형을 받기에 합당하다. 또한, 모든 사람이 너를 증오하고 미워하는 것이 당연하며 도시 전체가 너의 적이 될 수밖에 없다. 그러나 형제 늑대여, 나는 너와 시민들 사이에 평화를 맺어주기를 원한다. 그래서 그들이 너로 말미암아 더 해를 받지 않게 되고 그들도 너의 지나간 모든 죄를 용서한 후에 사람이나 개들조차도 더는 너를 미워하지 않게 되기를 바란다."
늑대는 이 모든 것을 알아듣고 수긍하는 모습을 보였다. 프란체스코는 다시 말했다.
"형제 늑대여, 너는 이 평화조약을 지키기를 원하였으므로 나는 너에게 약속한다. 나는 이 도시 사람들에게 네가 살아 있는 동안 날마다 너에게 음식을 갖다 주고, 네가 더는 굶주림으로 고통을 당하지 않도록 해주라고 말하겠다. 왜냐하면, 네가 여태까지 행한 모든 악은 굶주림 때문에 나온 것임을 나는 알고 있기 때문이다. 그러나 나의 형제 늑대여, 내가 이와 같은 은혜를 베푸니 너는 다시는 어떤 동물이나 사람도 해치지 않을 것을 약속하기 바란다. 너는 나에게 그것을 약속하겠느냐?"
프란체스코가 그 맹세를 받기 위해 손을 내밀었을 때 늑대도 그 앞발을 부드럽게 얹어 놓았다. 그는 말하였다.
"형제 늑대여, 나는 너에게 예수 그리스도의 이름으로 명한다. 두려워하지 말고 나와 함께 마을 안으로 가서 주님의 이름으로 평화조약을 맺자."
마을로 내려온 그는 마을 사람들에게도 말했다,
"사랑하는 여러분 앞에 서 있는 형제 늑대는 나에게 약속했습니다. 그리고 맹세했습니다. 늑대는 여러분과 화평할 것이며 여러분이 매일 그를 먹이기로 약속한다면 그도 여러분을 해치지 않을 것입니다. 그리고 나는 형제 늑대를 위하여 나 자신을 보증인으로 맹세합니다. 그는 신실하게 이 평화조약을 이행할 것입니다."
이렇게 해서 늑대와 마을사람 사이에 평화가 이루어졌다는 것이다.

너는 이것을 어떻게 생각할지 모르지만 나는 이것은 현실성이 없는 동화 같은 이야기라고 생각한다. 어떻게 그 호전적인 늑대가 그 본성을 드러내 언제 표변할 줄 모르는데 영원히 유순해진다는 것을 믿으며, 두려워 떨던 사람들이 그 늑대와 평화조약을 맺을 수 있겠느냐고. 그러나 내 간절한 소망은 혹은 내 믿음이라고 해도 좋은데 나는 우리나라 기독교인이 참 예수의 제자가 되어 다 프란체스코와 같은 마음이 된다면 8·15 광복과 같은 하나님의 선물이 이 나라에 임한다고 믿는다. 평화는 결코 상대방을 위협해 궁지에 몰아넣거나, 눈치를 보고 비위를 맞추거나 해서 얻어지는 것이 아니며, 늑대의 마음을 움직이는 하나님의 섭리가 있어야 하기 때문이다. 모든 주의 백성들이 함께 모여 "보라 내가 새 일을 행하리니" 하고 선언하시는 하나님의 음성을 듣고 믿는다면 그때는 동화가 현실로 나타나는 기적의 순간을 볼 수 있게 될 것이라고 나도 믿는다. 엉뚱하게 평화협정의 성사를 인간적인 방법으로 미리 꿈꾸고 그것을 정치적인 거래로 이용하려 한다든지, 군중의 인기를 사로잡는 포퓰리즘의 도구로 삼으려 한다면, 하나님께서는 기적을 거두실 것이다.

그런데 나는 지금 한국 교회의 실상에 절망하고 있다. 최근 우리나라에서 2,000명이 넘는 교인을 가진 한 교회가 장로 선출을 하는데 '장로피택 후보추천 수락서'라는 것을 후보자들에게서 돌리고 받았다는구나. 거기에는 최근 3년간 교회에 낸 헌금 내역을 전 교인에게 공개하겠다는 것과, 교회 건축 등 필요할 때는 자기 재산을 담보로 연대보증을 서겠다는 것, 그리고 교회의 공집회에는 빠지지 않겠다는 서약 등이 들어있었다는 것이다. 그런 서약의 당위성을, 진정한 죄의 회개는 "지갑이 먼저 회개해야 한다."라면서, "제물 앞에 사람을 세워보아야 그 신앙의 깊이를 알 수 있기 때문"이라고 당당히 말했다는 것이다. 그리고 재정보증은 현 시무(視務) 장로도 과거 교회 건축을 할 때 다 집을 잡히고 재정보증을 섰기 때문에 현재의 교회가 세워졌고, 그렇게 해서 세운 교회의 부채는 현재 거의 다 갚아가고 있다면서 새로 세울 장로도 옛 시무장로와의 형평성을 고려해서 그 항목의 서약은 마땅하다고 했다는 것이다. 이렇게 물질 중심, 율법 중심으로 뽑힌 장로가 어떻게 교인의 권징을 관리하고 교회의 영적인 관계를 살피며 또 교인들이 교리를 오해하거나 도덕적으로 부패하지 않도록 권면할 수 있겠니? 영적인 지도자들은 마지막 날 하나님의 심판대 앞에 설 때 자기들이 교인들을 양육할 때에 했던 일들을 하나하나 하나님 앞에서 보고(會計)해야 할 사람들인데 이것이 그런 장로를 뽑을 때 있을 법한 서약 항목이니? 이것은 더는 교회이기를 그만둔 속인들의 모임이다.

사랑하는 삼순 선교사야, 나는 너희 후원에 관한 것을, 왜 인간인 교회의 당회장 목사나, 행정담당 목사를 의지하여 문의했는지 심히 후회하였다. 내가 물어야 할 하나님께 왜 기도하며 묻지 않았는지 너무 죄스러웠다. 그래서 내가 뒤늦게 회개하고 하나님께 기도하며 받은 응답은 "남의 살을 떼어 주려고 하지 말고 네 살을 떼어 주어라."라는 말씀이었다. 왜 그 생각을 진즉 하지 못했는지 너무 하나님께 죄스러웠다. 그래서 이번에 내 살을 깊이 도려내지는 못했지만, 다음 내 에세이집의 자비 출판을 위해 비축해 놓은 돈을 너에게 보내기로 하였다. 나는 당장 책을 내지 않아도 된다. 큰돈은 아니지만 받아 유용하게 써 주었으면 한다.

그리고 이번 기회에 너에게 부탁하고 싶은 것은 해외선교를 접고 귀국해라. 그 나라에 귀화해서 그 백성과 함께 괴로움을 나누고 평생 살 생각이 아니면 조국으로 돌아와 우리나라 선교사로 일하면 어떠냐? 우리나라는 지금 선교사를 파송할 형편의 나라가 아니다. 자기 나라는 원전을 폐기하면서 다른 나라에 가서는 원전 수주를 받으려고 로비스트가 되어 가고 있는 것과 같다. 지금 우리나라 기독교의 현주소와 너의 선교활동은 무관하지 않다. 지금은 역선교로 우리나라에 선교사를 받아들여 참 교회를 세우고 모든 교회의 교인들이 진정한 하나님의 백성으로, 천국 백성 증인의 삶을 사는 모습을 세상에 보여야 할 때다. 왜 목사의 아들들이 빗나가며 왜 선교사의 부모가 교회에 안 나가는지 생각해 보았니? "그런 하나님이면 나도 믿고 싶다."라며, 세상 사람들이 기독교 교인들의 변화된 삶을 보고 따르고 싶어 해야 하는데 예수 믿는 사람을 보고 다 외면하는구나. 깊이 생각해 보아라.

김삼순 선교사는 일주일 후에 이에 답신을 보내왔다.

교수님

답신이 늦어 죄송합니다. 큰 충격으로 많이 울고 기도했습니다. 무엇보다도 부모님을 회심시키지 못한 죄책감 때문에 괴로웠습니다. 많이 기도하면서 제가 정말 하나님을 모르는 나라에 와서 선교사로서 잘하고 있는지를 생각했습니다. 지금까지 주님을 위해 산 제 삶은 무익한 것이었는지를 돌아보았습니다. 주님께 합당한 열매를 드리지 못한 삶을 살았다면 제가 심판을 받아야지요. 그런데 지금까지의 제 삶은 끊임없이 주의 인도하심에 따른 것이었습니다. 그렇지 않았다면 지금까지의 제가 고통 중에 이겨낸 고난의 뜻은 설명할 길이 없습니다. 또한, 형제자매들을 주 앞에 인도했을 때의 환희와 기쁨도 설명할 길이 없습니다.

저는 주님께서 교수님께 주신 계시가 있는 것처럼 제 개인에게도 제게 합당한 계시가 계속 있었다고 생각합니다. 그리고 제게 중요한 것은 주님께서 저 자신에게 주신 계시입니다. 저는 주께서 어려서부터 지금까지 불러주셔서 저는 저에게 맡겨주신 사명을 수행하며 열심히 살아왔다고 확신합니다.

제가 주님의 어떤 인도로 여기까지 왔는지를 말씀드리겠습니다. 저는 예수를 모르던 초등학생 때 마을에 있는 어느 작은 교회에 호기심을 가졌는데 하나님은 그때부터 저를 부르셨다고 생각합니다. 그때 교회에 가보고 싶다고 했더니 아버지는 "네가 무엇이 아쉬워 그런 곳에 나가냐? 부모가 없냐? 무엇이 부족하냐? 동네 사람 창피한 짓 하지 말라."라고 노발대발하셨습니다. 집에서 40~50분 떨어진 고등학교에 다닐 때 친구의 권유를 따라 처음으로 교회라는 곳을 가보았습니다. 그때 부모에게 거짓말을 해가며 교회의 고등부 교사가 가르치는 대로 주기도문과 사도신경을 집에 가는 길에 외웠는데 그때의 기쁨은 구름 위를 걷는 것처럼 황홀했던 것을 기억합니다. 대학은 집에서 아예 멀리 떨어진 곳이어서 거짓말하지 않고 자유롭게 교회를 다닐 수 있게 해 달라고 기도하기도 했습니다. 그리하여 대학에서는 CCC 동아리에 들어갔습니다. 그리고 2학년부터 졸업까지 순장으로 지냈습니다. 순장이 되어 순원들을 양육할 때는 그 삶이 그렇게 즐거울 수가 없었습니다. 처음으로 제 인생에 목표가 생긴 것을 깨달았습니다. 책임감이 생기고, 순원들을 권하여 신년금식기도회, 여름수련회 등에 열심히 참석하면서 점차 캠퍼스 전임간사의 꿈을 키우기 시작했습니다.
졸업 때 대학원에 진학할까, 직장을 다닐까 방황하기도 했습니다. 그러나 선배들의 충고와 금식기도 끝에 얻은 결론은 진학도, 직장도 아닌 CCC 동아리 간사로 사는 것이었습니다. 저는 지금도 하나님께서 저를 그렇게 불러 세워주셨다고 믿습니다. 제가 원해서 교회에 간 것이 아닙니다. 제가 원해서 순장이 된 것이 아닙니다. 저를 지금까지 이끌어주고 간사의 삶을 살도록 결심까지 하게 해 주신 분은 하나님이십니다. 하나님께서 20여 년간 저를 인도해 주시고 먹여주시고 입혀주셨으며 지금도 저는 주님의 심부름꾼이며 주님의 사역을 하고 있다고 확신합니다. 그 확신을 저에게서 빼버리면 지금까지의 제 삶은 공허 바로 그것입니다.

교수님
저를 향한 주님의 계시는 분명합니다. 죄송하지만, 그래서 주님의 일을 방해하는 것은 마귀의 장난이라고 생각하기로 했습니다. 예수님께서도 열두 제자를 세상에 내보낼 때 먼저 주님의 일을 방해하는 귀신을 제어하는 권능부터 주셨습니다. 심히 죄송하지만, 교수님께서 아무리 그럴듯한 말로 포장할지라도 저는 교수님의 유혹을 마귀의 궤계(詭計)로 생각하기로 했습니다. 제가 의지한 성경 말씀은 "마귀의 간계를 능히 대적하기 위하여 하나님의 전신갑주를 입으라(엡 6:11.)"와 "근신하라 깨어라. 너희 대적 마귀가 우는 사자 같이 두루 다니며 삼킬 자를 찾나니(벧전 6:11)"입니다. 저는 마귀의 유혹을 이기고 승리할 것입니다.
교수님, 거듭 죄송합니다. 저는 교수님의 권고에 따라 한국에 돌아가는 것을 하지 않겠습니다. 이제부터는 "사랑하는 내 딸 김삼순 선교사"라고 부르는 것도 거부합니다. 그리고 이번 일회성 후원금과 매월 보내주시는 후원금도 거절하겠습니다.
언젠가는 제가 탕자처럼 아버지 품으로 갈 때가 있을지 모르겠습니다. 그러나 현재는 교수님 후원과 권고가 너무 부담스럽고 제 사역을 방해하는 궤계 같습니다. 지금까지의 사랑과 돌보심에 감사드립니다. 또 일시 후원금은 교수님 댁으로 우편전신환으로 송금될 것입니다. 20여 년간 만나와 메추라기로 먹이신 하나님을 저는 의지하고 믿습니다. 믿음은 바라는 것의 실상입니다. 저를 통해 주님의 뜻을 이루소서.

박 교수는 김 전도사의 최후 통첩에 머리가 하얗게 되고, 정신을 잃고 쓰러질 뻔하였다. 부흥강사가 손가락으로 자기를 가리키며 "주의 일을 훼방하는 마귀여, 물러나라!"라고 외치고 있었다. 그러자 모인 청중들이 "아멘!" 하고 큰소리로 외치는 소리가 들렸다.

박 교수는 이때 "정신을 잃지 말아야 한다."라고 자신을 진정시키고 있었다. "김 선교사의 모든 말은 들어줄 수 있다. 그러나 나는 마귀가 아니다."라고 큰소리로 외쳤다. 이 우주에 자기를 변호해 줄 누가 있는가? 자기가 믿는 예수 그리스도가 자기 손을 들어주지 않으면, 자기는 영원히 마귀일 수밖에 없다고 박 교수는 생각했다. 그것이 신앙이 아니던가?

2장

목자와 교회

교회에도 수문장이 있다

1.

신 명예권사(권사가 되지 못해 교회에서 예우해서 권사라고 부르고 있는 사람)는 조카딸 신보라가 자기 발로 교회에 나와 준 것이 너무 신기하고 고마웠다. 농사를 짓는 가정에서 자기만 어쩌다가 교회에 늦게 나와 열심히 다녔으나 권사 투표 때마다 낙방하여 나이 들어 교회에서 명예권사라는 명칭을 받았는데 자기는 예수를 믿고 구원은 받았으나 마치 부끄러운 구원을 받은 것인 양 누가 자기를 권사라고 부르면 조롱하는 것처럼 부끄럽게 생각하고 있던 터였다. 자기 손으로 한 사람도 전도하지 못하였는데 이렇게 보라가 자기 발로 교회에 나와 주니 얼마나 고마운 일인가? 신 권사는 보라에게 교회에 나와 주어 고맙다고 눈물을 흘리며 손을 잡았지만 혹 그 애가 마음이 변해 교회를 안 나올까 봐 눈치만 보고 교회 출석은 강요하지 않았다. 그러나 몇 주 동안 꾸준히 교회에 나오는 것을 보고 드디어 용기를 가지고 교회 카페에 그녀를 불러 마주 앉았다.

"어때, 교회를 나와 보니 다닐 만해?"

"좀 어색하지만, 사촌오빠 때문에 나온 거니까 열심히 다녀보려고 해요. 다음 주부터는 목사님이 인도하는 '새가족확신반'에도 나가기로 했어요."

사촌오빠란 대학을 나오고 신학대학원에 다니는 자기 아들 병수를 말하는 것이었다. 보라의 아버지인 신 권사의 오빠는 뒤늦게 발견된 췌장암으로 병원에 입원했는데 말기가 되어 사경을 헤매게 되었다. 이때 병수는 거의 매일 병실을 찾든지 아니면 전화 기도로 외숙이 하나님을 믿고 작고하기 전 침상세례를 받으라고 권하였다. 또 가까이에 있는 은퇴목사에게 부탁하여 자기가 문병하지 못한 날에는 병실을 방문하여 위로하고 예수를 믿고 구원받으라고 권하고 있었다. 그러나 올케는 독실한 불교 신자여서 이를 결사반대하였다. 하지만 오빠는 병수의 간절한 기도에 감격해서, 찾아오지 않으면 스스로 전화로 기도를 부탁하기도 했다. 결국, 오빠는 임종 전 세례를 받고 소천하였다. 그 뒤로 보라는 교회를 찾게 된 것이다. 신 권사는 보라가 자기처럼 부끄러운 권사가 되지 않고 잘 믿고 인정받는 교인이 되는 것이 소원이었다. 자기 친구들이 "너는 그렇게 오래 믿고 권사도 못 됐냐?"라는 말이 너무 듣기 싫었기 때문이었다.

"보라야, 너는 정말 바르게 믿고 구원받아라. 네가 알아 둘 것은 교회는 이 세상과 다른 성스러운 또 하나의 사회란다."

"고모, 그게 무슨 소리야?"

"교회는 세상과는 가치관이 전혀 달라. 말, 행동, 생각이 다르다는 이야기야. 여기서는 일요일을 일요일이라고 부르면 안 되고 주일이라고 불러야 해. 주일이란 주님의 날이라는 뜻이야. 예수님이 돌아가신 지 사흘 만에 부활하신 날이 일요일이었거든."

"그럼 나는 이 세상에서 온 이방인이네."

"그렇지. 이제 세상을 보는 눈이 달라지는 딴 세계에 들어온 거야. 천당에 가려면 먼저 교인이 되어야 하고 교인이 되려면 교회에 나와야 하는데 그 첫 관문은 주일성수이야. 주일을 거룩하게 지켜야 한다는 뜻이야."

"어떻게 하면 거룩하게 지키는 건데?"

"복잡하게 생각하지 말고 쉽게 생각하면 돼. 그냥 매 주일 교회에 나와 예배를 드리는 거야. 성경에는 일주일 중 하루를 거룩하게 성별하여 하나님께 드리고 집 안에 있는 모든 사람에게도 그날을 쉬게 하라고 했어. 그래서 교인들은 옛날에도 주일에는 장사하지 않았어. '육일 양복점'이라고 주일에 장사를 안 하는 기독교인이 경영하는 양복점이 있을 정도야. 이제 좀 세상과 교인의 차이점을 알겠어?"

"그래서 예배당에 들어가면 찬송을 부르고 손뼉 치게 해서 예배 전 잡담을 금하는 거군요."

"세상은 흙탕물처럼 더러운 곳이야. 그곳의 모든 죄 된 생각을 버리고 정하게 되려면 그렇게 해야 해. 찬양대가 세상의 옷을 감추고 유니폼을 입고 하나님을 찬양한 뒤에 목사님이 하나님의 말씀을 대언하도록 회중을 넘겨주면 그때 주의 종이 나와 말씀을 선포하는 거야."

"목사님은 좀 부담스럽겠어. 모인 교인들이 하나님의 말씀을 들을 준비를 그렇게 철저히 하고 초롱초롱한 눈으로 쳐다보고 있으면 농담도 못 하고 허튼소리도 못 할 게 아니에요?"

"그럼. 목사님은 신학교를 나온 특별한 주의 종이지 않아? 그 입에서 나오는 하나님의 말씀이 땅에 떨어지기도 전에 우리는 받아먹고 주의 백성으로 살아가야 하는 거야."

"너무 숨 막힐 것 같아. 고모는 어떻게 이런 생활을 해 왔어?"

"좀 더 있어 봐. 교회에 들어와 있으면 서로 도와주고 너무 편해. 꼭 비행기를 타고 있는 것처럼 이 속에 들어와 있으면 천당까지 태워다 주거든. 편하고 기쁘기만 해. 너무 따지지 말고 주일성수만 하면 돼."

2.

일 년 뒤, 신 권사는 보라와 또 교회 카페에서 마주 앉았다. 이번에는 보라가 세례를 받은 기념으로 화환을 갖고 있었다.

"나는 네가 정말 자랑스럽다. 이제 너는 이 교회의 세례교인이 되었구나."

"다른 사람은 세례를 받으면 눈물을 흘리고 간증도 하고 하는데 왜 나는 그런 감격이 없는지 모르겠어."

"그건 네가 아주 순탄하게 신앙생활을 시작했고 순종하며 살고 있기 때문이야. 이상할 건 하나도 없어, 너는 이제 교인이 되는 둘째 관문인 세례를 통과한 거야. 하나님께서 너를 구원받은 딸로 영접해 주실 거야."

"누구든지 주의 이름을 부르는 자는 다 구원을 받는다고 했는데 꼭 세례를 받아야 해?"

“그럼 ‘나는 구원받았다’고 여러 사람 앞에서 선포해야지. 서로 사랑하는 사람이 ‘우리는 사랑한다’라고 공표하며, 여러 사람 앞에서 결혼식을 하는 거나 마찬가지야. 기독교 공동체에서는 세례가 얼마나 중요한데.”

그러면서 세례를 받아야 공동의회에서 투표권도 생기며, 기독교 기관에도 세례증으로 취직할 수 있고 교회에서 장로 권사가 되려고 해도 세례교인이라야 한다고 말했다. 이건 세속적인 정치적 이야기였다.

“고모, 그것은 거룩해야 한다고 주장하는 교회에서 속물같이 살라는 이야기 아니야?”

“지금까지는 기독교인이라고 알려지면 핍박을 받아 숨어 살아야 했어. 또 그것이 알려질까 봐 성경을 끼고 다닌 것도 부끄러워했지만 지금은 당당히 정체성을 드러내고 세상을 기독교 가치관으로 주도해 나갈 때가 된 거야. 너무 숨어 살 필요가 없어. 기독교 정당을 만들다가 실패하기는 했지만.”

“고모. 나는 목사님의 설교나 교인들의 봉사적인 활동을 볼 때 기독교가 싫지 않아. 하지만 뭔가 내가 잘못 끌려가는 것 같은 느낌이 들어.”

“지금은 시작이어서 네가 잘 모르니까 그러는 거야. 교회는 마당만 밟고 왔다 갔다 하면 아무것도 모르게 돼. 너도 이제 세례를 받았으니 교회 안에 들어와 어떤 부서에 들어가 참여해 봐. 그래야 정말 교회가 어떤 곳인지 알게 돼. 어때, 교회에는 화요일마다 모이는 중보(仲保)기도 팀이 있는데 하나님과 동행하고 영통하는 삶을 살려면 기도밖에는 없어. 너도 거기 들어가 활동해봐. 나도 거기 나가는데."

이렇게 기도만이 사람을 변화시킨다고 신 권사는 권유했다.

3.

권유를 받은 지 일 년도 채 안 되어 보라는 중보기도 팀에 들어와 있었다. 고모의 이야기로는 이 기도는 교인이 되는 세 번째 관문이라고 말했다. 이 기도 팀에는 온갖 기도 요청이 들어오곤 했다. 부부의 불화, 속 썩이는 자녀 문제, 진학, 결혼, 음식점 오픈, 유치원 개원, 병실에 입원한 환자, 또 목사님이 설교를 잘하게 해 달라는 기도… 등. 모두 하나님께 기도해서 복 받고 잘되게 해 달라는 기도 부탁이었다. 이 일들은 다만 기도 팀원들만 알고 있어야 하며 이곳은 밖으로 비밀이 누설되어서는 안 되는 대통령 산하의 국가안보실이나 국가정보원 같은 막중한 책임을 갖는 곳 같기도 했다. 때로는 담당부목사와 함께 가정이나 병원을 심방하기도 하는 일이 있어 많은 교인의 가정을 찾아 교인들의 숨겨져 있는 삶을 볼 수 있게 되기도 했다.

보라는 중보기도 팀에 있으면서 자기가 너무나 서투른 기도를 하고 있는 것 같아서 그만 빠져나오고 싶었으나 고모의 강압에 못 이겨 참아내고 있었다. 그 기도 팀 회원들은 고급 기도훈련을 받은 사람들처럼 막히지 않게 수십 분씩 기도할 수 있을 뿐 아니라 대부분이 방언으로 기도하기도 했다. 그러면서 보라에게도 오래 기도하고 있으면 자연히 방언이 터진다고 다정하게 일러주는 것이었다. 한 번도 만나 보지 못했던 사람이나, 먼 곳에 있어 연락을 못 하고 있는 사람들을 위해서는 성령의 인도가 아니면 상대방의 사정을 모르기 때문에 방언이 아니면 자기 상상을 따라 기도할 수밖에 없다는 것이다. 예를 들어 죽은 사람을 살았다고 생각하며 계속 기도하고 있을 수도 있다는 말이다. 정말 그들의 이야기를 듣고 있으면 그 팀원들은 다 신들린 사람들 같다는 생각이 들어서 도저히 자기는 그들과 같은 류가 될 수 없다는 생각을 수십 번 하는 것이었다. 그들 이야기를 듣고 있으면 심방 갔을 때 어떤 집에서는 귀신들이 방구석에 우글우글 숨어 있는 것이 보이기도 한다고 했다. 분명 영안이 뜨인 사람들의 이야기였다.

도대체 중보기도라는 것이 무엇인가? 예수를 믿지 않아 도저히 하나님 앞에 나갈 수 없는 혹은 어떤 이유로 기도의 응답을 받을 수 없는 사람들을 위해 그들과 하나님 사이에 내가 끼어서 기도를 대신해 주는 사람이 중보자가 아닌가? 구약시대에는 제사장이 일반 회중을 대신해서 하나님께 사정을 호소하고 하나님으로부터 말씀을 들어 회중에게 전달했다. 그래서 중보자 노릇을 했다. 그런데 예수님이 세상에 오신 뒤로는 백성들의 죄를 대신해서 속죄하고 하나님과 백성 사이의 막힌 담을 헐어서 지금은 예수를 통해 구원받은 사람은 누구나 직접 하나님에게 기도하고 응답을 받을 수 있게 되지 않았는가? 지금 죄인을 위해 하나님께 중보할 수 있는 분은 오직 예수뿐이다. 그런데 내가 감히 누구를 위해 중보기도를 한다는 말인가? 특히 평신도가 목사를 위해 하나님께 중보기도를 한다는 것은 이해할 수가 없는 일이었다. 나는 그런 자리에 설 자가 아니다. 이런 이유에서도 자기는 중보기도 팀에는 어울리지 않는다고 보라는 생각했다. 그렇게 말하면 고모는 말했다.

"중보기도라는 말이 마음에 들지 않으면 합심기도라고 생각하면 돼. 뭐 생각 나름이야. 명칭이 문제야? 성경에도 두 사람이 땅에서 합심하여 무엇이든지 구하면 하늘에 계신 하나님이 이루게 해 주신다고 했잖아? 그냥 모여서 기도하는 거라고 생각하면 돼."

"그런데 교회 속사정들을 알고 나니 교회가 거룩하다는 느낌이 싹 가셨어요. 그냥 교회에 와서 사람들은 보지 말고 거룩해 보이는 목사님이나 거룩해 보이는 찬양대나 쳐다보고 집에 가는 것이 나에게는 유익할 것 같아."

"교회는 상처받은 사람들이 모여서 치유 받고 새 생명으로 거듭나 찬양하고 감사하며 사는 곳이야. 그런 현장을 보지 않는다면 교회생활을 하지 않는 것이며 하나님의 자녀로서의 증인 노릇을 않는 일이야."

보라는 교육을 받지 않은 고모가 교회에 들어와서 엄청 유식해졌다는 생각을 하게 되었다.

"고모, 기도란 무엇이라고 생각해? 나와 내 가족, 내 교인들이 복 받고 무병장수하며 성공하게 해달라는 그런 복을 비는 것이 전부인 거 같아."

"아니야. 기독교인들은 이 세상에서 잘 사는 것도 원하지만 우리의 소망은 하나님과 같이 살게 될 천국에 있어. 내세가 없으면 종교가 아니야. 이 세상의 사람들은 다 죄인이어서 악을 밭 갈아 죄를 거두고 사는 데 예수님께서 그들의 죄를 대신하고 죽으셔서 우리가 회개하고 돌아서면 하나님이 세상을 창조하신 태초의 천국으로 우리를 초청하고 계셔. 의로운 하나님이 심판주로 오셔서 억울하게 당한 핍박을 갚아주시며 죄인들을 지옥으로 그리고 우리를 천국으로 인도하셔. 이것이 우리의 소망이야. 따라서 그런 것도 기도해야 해."

"기도는 하나님의 뜻에 맞게 기도해야 들어주시는 것이 아니야? 그런데 나는 하나님의 뜻을 분별하기 어려워. 오늘 야외에 놀러 나가려면 비 오지 않게 해 달라고 기도하고 운동경기 때는 우리 백군이 이기게 해 달라고 기도하거든. 전혀 하나님의 뜻 같지도 않은데."

"그렇게 기도해도 돼. 하나님이 알아서 응답해 주시니까. 다만 진심으로 기도하고 싶은 대로 기도해. 아무도 하나님의 뜻을 바르게 알 수 없어. 알고 있다고 생각하면 자기 의에 빠져 있는 사람이야. 그런 사람은 기도 응답을 받지 못하면 하나님을 원망할 거야. 꼭 이것은 구해야 한다고 진심으로 생각되면 그렇게 해. 하나님께서 알아서 버릴 것은 버리고, 들을 것은 응답해 주실 거야."

4.

보라는 이렇게 힘들게 교회생활에 적응해 가고 있는데 과연 이것이 옳은 것인지 아니면 어떤 알지 못한 세력에 자기가 세뇌를 받는 것이 아닌지 판단이 서지 않을 때가 많았다. 종교란 신비하고, 빠져들면 헤어날 수 없는, 또 다른 사람이 보면 미치광이같이 되어가는 그런 마력을 가진 것이 아닌가 하는 생각도 하게 되었다. 그래서 이 북정권을 종교집단이라고 말하는 사람도 있었다. 그런데 중보기도팀에 들어간 지 3년째에 고모는 이것이 교인이 되는 아주 중요한

네 번째 관문이라면서 또 다른 십일조 이야기를 했다. 십일조를 남몰래 내지 말고 반드시 액수를 적어서 매월 빠짐없이 하라는 것이었다. 보라는 남편이 가져온 월급을 관리하는 것뿐이어서 남편의 동의 없이 그렇게 할 수 없다고 말했는데, 그래도 남편을 설득해서 꼭 수입의 십일조를 하라는 것이었다. 그러다간 가정이 파탄 나며 자기도 교회에 나올 수 없다고 말했는데도 고모는 완강했다. 남편을 전도해서 교인이 되게 하든지, 아니면 십일조라도 내게 하라는 것이었다. 그러면서 하나님께서 남편의 마음을 바꿀 수 있게 기도를 해 보라고도 했다. 교회에서 한 사람의 신앙의 척도는 세례교인으로서, 주일성수하고, 성실히 십일조를 드리는 일이라는 것도 덧붙였다.

"이런 것은 잘못된 생각으로 세상에서 구원받은 성도를 속박하려고 만든 율법이지 않아요? 꼭 교회가 교인들을 위협해서 돈을 더 많이 받아내려는 것 같아요. 하나님도 그런 교인이라야 생명책에 기록된 구원받은 성도라고 생각하시나요?"

"그것은 천국 간 뒤의 이야기이고 지금 우리는 이 세상에서 살고 있지 않아? 이 세상에서 하나님의 뜻을 이루려면 먼저 교회에서 관습적으로 하고 있는 법을 지켜야 해. 그래야 장로가 되어 당회에 들어가 목사와 협력하여 행정과 권징을 관장하지. 많은 교인이 장로만 쳐다보고 있는데 먼저 장로가 되지 못하면 새로 교회에 들어와 방황하는 교인들을 어떻게 바른 신앙으로 인도할 수 있으며 하나님의 나라를 확장할 수 있겠어."

"고모, 그러나 예수님께서 저주하던 바리새인 같은 장로들이 거짓 교사가 되어 순진하게 따르는 많은 교인을 잘못 인도하면 어떻게 되는 거야. 천국에서 '나는 도무지 너를 알 수 없다'고 예수님이 말씀하실 것 아니야?"

"그러나 당회에서 장로 후보자를 7년 이상 된 세례교인, 주일성수, 십일조 교인으로 기준을 정해 놓고 2배수로 선정 발표한다면 어떻게 하겠어. 먼저 장로는 되어야 하는데. 그 기준에 미치지 못하지 않아."

"장로 안 하면 되죠."

"교회에 교인만 데려다 놓는다고 하나님의 백성이 되는 것이 아니야. 예수님을 영접하고 세례를 받았다 할지라도, 그들이 예수님의 삶을 닮아가도록 성화의 과정을 밟아서 장로가 되어 먼저 방황하는 양들에게 본이 되는 모습을 보여야 해."

보라는 남편의 너그러운 양해로 교회를 다니고 있으나, 남편은 교회에 대해 매우 부정적이었다. 그는 교회에 대한 교묘한 예화를 많이 알고 있었다. 어느 경합에서 맨손으로 짜서 귤 즙을 잘 짜내는 시합이 있었는데 내로라하는 역도 선수, 차력 선수, 기계체조 선수가 다 참여했는데, 그중에서 삐쩍 마른 60대 남자가 일 등을 했다는 것이다. 그래서 그의 직업을 알아보니 교회 회계장로였다는 이야기 등… 그런 남편이 자기에게 통장을 맡겼다 할지라도 생활비 이상을 지출하는 것을 십일조로 허락할 리가 없었다. 교회에서는 십일조를 내지 않으면 십일조를 훔쳐서 사는 못 된 놈이라 하겠지만 남편은 십일조를 내면 자기 봉급을 훔쳐 간 못 된 마누라라 할 것이다. 물론 보라가 짬짬이 학생들의 과외수업을 한 수입을 다 털어 넣을 수는 있다. 그러나 그것이 어찌 십일조가 되겠는가? 고모는 드디어 말했다. 하나님은 물질에 관심이 없으신데 십일조의 액수가 무슨 문제겠는가? 하나님은 감사해서 드리는 마음을 받으실 분이셔. 그러니 낼 수 있는 만큼의 헌금을 십일조로 작정하고 십일조 헌금 봉투에 이름과 액수를 적어 내라는 것이었다.

"교회는 왜 십일조 헌금 낸 사람의 이름을 꼭 주보에 발표해서 여러 교인에게 알리는지 모르겠어요. 십일조 안 내는 사람을 부끄럽게 하려는 것처럼."

"어떤 사람은 헌금을 냈는데 명단에 나오지 않는다는 불평을 해서 그것은 영수증을 대신해서 발표하는 거야."

"이렇게 개인정보를 누출하지 말고 개개인의 헌금 고유번호를 정해서 알려 주어 헌금을 낼 때마다 이 고유번호로 저장해 두고 이름 대신 이 고유번호를 발표하면 더 좋지 않아요? 그럼 연말정산 때 회계도 고유번호로 검색하면 정확히 헌금액수를 알 수 있을 텐데."

"아무튼, 헌금은 개인 신앙의 척도도 되지만 교회의 중요한 수입원도 돼."

"헌금의 종류가 너무 많은 것 같아요. 주정헌금, 절기헌금, 감사헌금, 지정헌금, 일천번제헌금… 그래서 무당에게 복채를 내는 것처럼 기분이 안 좋을 때가 있어요."

"액수를 생각하지 마. 하나님 은혜에 감사해서 아낌없이 내면 되는 거야. 이웃 사람과 비교하지 마. 나는 다만 이 세상에서 교회를 다니고 있는 이상 이 세상의 교회법을 따르는 것이 좋다고 말하는 것뿐이야."

"그러나 잘못된 관행은 바로잡아야 하지 않아요?"

"바로 잡기 전에 바른 장로가 당회원이 되어 교인들에게 성경을 바로 가르치고, 무엇이 참다운 순종인지 바른 삶을 살도록 먼저 신도들을 의식화해야 해."

5.

보라가 거룩한 교회에서 기독교인이 되어 무의식중에 세속화되어 가고 있을 때, 교회의 장로, 권사, 안수집사 선거가 있었다. 관례대로 당회에서 필요한 인원만큼 장로, 권사, 안수집사를 배수 공천하여 공동의회에서 장로는 2/3. 권사, 안수집사는 과반수 찬성으로 당선자를 확정하게 되었다. 보라가 놀란 것은 자기가 장로 후보로 당회에서 뽑힌 것이었다. 자기는 교회 출석한 지 10년에 불과했고 나이도 40대 중반으로 가장 젊은 장로 후보에 해당하였다. 어떻게 해서 이런 일이 생긴 것인지 알 수가 없었다. 어쩌면 신 권사의 입김이 작용하였을지도 모른 일이었지만, 이런 교회의 정치내막을 알 도리가 없었다. 자기를 아는 몇몇 집사들도 놀라는 표정이었다. 피택(彼擇) 장로와 권사, 안수집사가 공표되자 교회 내는 어수선해졌다. 탈락된 사람의 불만과 피택된 사람에 대한 인신공격이 카톡을 통해 올라오기 시작했다. 보라에게는 어떻게 해서 장로로 당회에서 피택이 되었는지는 모르지만 권사도 되지 않은 사람이 장로 후보가 되었다는 것은 있을 수 없는 일이라고 말하며 이것은 한국의 새 정부에서도 있을 수 없는 파격적인 후보지명이라고 비아냥거리기도 했다. 또 어떤 사람은 교회에 출석한 지 얼마 되지 않은 사람이 장로 후보가 되었다는 것은 웃기는 일이 아니냐고 말하며 교회의 평온과 조직의 엄연한 서열을 위해서도 자진사퇴하라고 직격탄을 날린 사람도 있었다. 연이은 댓글은 장난이 아니었다. 보라도 자기가 단상에 올라가 대표기도를 하고 당회의 정치판에 끼어들며 주일 아침마다 교회 입구에서 잘 알지도 못하는 교인들과 악수하고 교회에 출석하는 교인을 맞는 일은 자가 체질에 맞지 않는 일이었다. 처음 보는 신입 교인을 악수로 맞으며 '나와 주셔서 감사합니다'라고 말하면, '내가 교회 나오는데 당신이 왜 감사한데.'라고 자기를 쏘아붙일 사람이 있을 것 같아 얼굴이 붉어질 것만 같았다.

목사는 선거일까지 시간이 나는 대로 장로나 권사는 직분이지 결코 계급이 아니라고 강조하면서 앞으로 자기를 대신해 교회의 막중한 직분을 맡아 수고할 분들을 위해 기도하고, 험담이나 루머로 인격을 모독하는 일을 삼가라고 말하고 있었다. 보라는 "고모, 어떻게 된 거야. 나 장로 하고 싶지 않아. 성경 지식도 부족하고. 그만 자진 사퇴할까봐."라고 말했더니 "무슨 소리야. 모르겠어? 네 개의 관문을 통해 여기까지 올라온걸? 너는 교회를 지키고 있는 엄격한 수문장(守門將)들의 심사를 거쳐 여기까지 온 거야. 너는 꼭 장로가 되어야 해. 장로가 되는 것이 마지막 다섯 번째 관문이야. 장로가 되어 이 교회에 새 바람을 일으켜야 해."라고 적극 말리는 것이었다.

"네가 장로가 되는 것은 내 평생의 꿈이었어. 네가 네 개의 관문을 통과할 때마다 나에게 질문한 걸 난 똑똑히 기억하고 있어."라고 말하며, 신 권사는 계속했다. 1. 주일성수, 2. 세례, 3. 중보기도, 4. 십일조. 이것은 구약시대에 예수님께서 제일 싫어하는 율법이라고 보라가 자기에게 반격했었다고 말했다. 그때마다 자기는 뭐라고 타일렀는가? 이 관문을 통과하면서 자기의 일을 다 했다고 자만하는 사람은 바로 그것이 율법이 되어 우상숭배나 토속신앙인 미신에 빠지는 걸림돌이 되지만 관문을 통과할 때마다 하나님의 은혜를 깨닫고 감사하며 기쁨으로 감당하겠다는 생각을 하는 사람은 거듭난 사람으로, 세상을 보는 관점이 달라진다고 말하지 않았냐고 되물었다. 이런 관문을 통해 우리는 예수님께 한 걸음씩 다가가는 성화(聖化)의 길을 걷고 드디어는 죽어 주께서 주신 면류관을 받는 영화(榮華)의 단계에 이른다는 것이었다.

보라는 고모를 생각할 때마다 성경은 정말 사람을 변화시킨다고 깜짝깜짝 놀라곤 했다. 누가 고모를 교육을 받지 않은 사람이라고 생각하겠는가? 완전히 거듭나서 세상을 보는 눈이 달라진 것이다. 자기의 눈으로 세상을 보지만, 실상은 자기의 생각을 죽이고 하나님의 눈으로 세상을 다시 보는 것 같았다.

6.

항존직(恒存職) 투표일이 다가왔다. 이날 신 권사는 특별히 고운 옷을 갈아입고 교회에 출석했다. 보라가 장로가 되는 것을 보는 날이기 때문이었다. 이를 위해 하나님께 얼마나 오래 기도했는가? 자기의 부끄럽고 서럽던 명예권사의 오명을 씻는 것은 보라가 당당히 장로 당회원이 되어 주는 것이었다. 대예배가 끝나면 바로 공동의회를 열어 항존직 투표를 하게 되어 있었다. 그때 장로후보자들은 전면에 나와 한 줄로 서서 인사를 할 것이었다. 그들에게 주어진 기호대로 교회에서 요구하는 장로 수만큼 세례교인은 각자 투표용지에 표를 찍게 되어 있었다. 그런데 예배에 나와 있어야 할 보라가 보이지 않았다. 예배 직전에 갑자기 보라 남편이 나와 예배당에서 두리번거리는 것이 보였다. 신 권사는 깜짝 놀라 그 곁으로 갔다. 조카사위는 무엇 때문인지 화가 머리끝까지 나 있었다. 신 권사는 그를 데리고 예배당 밖으로 나왔다.

"자네가 웬일인가?"

그러자, 그는 버럭 화를 내며 말했다.

"보라가 미쳤어요. 교회에 열심을 내더니 이제는 집을 나갔어요."

"뭐라고? 어딜 갔어?"

"기도원인가 뭔가 하는 데 간다고 집안 살림도 팽개치고 나가 버렸다고요."

"아니, 오늘같이 중요한 날 어딜 가?"

두 사람 다 억울한 것은 마찬가지인 것 같았다. 신 권사는 수십 년의 꿈이 사라졌기 때문이요, 조카사위는 아내가 교회에 미쳐서 집을 뛰쳐나갔기 때문이었다.

"거기가 어딘데?"

신 권사는 가까운 곳이면 지금이라도 가서 잡아 올 기세였다.

"나도 모르죠. 이런 쪽지를 남겨 놓고 집을 나갔으므로 교회가 가정파탄을 냈다고 지금 항의하러 온 길이요."

그 쪽지는 다음과 같았다.

> QT
>
> 종이 되신 여러분, 모든 일에 육신의 주인에게 복종하십시오. 사람을 기쁘게 하는 자들처럼 눈가림(eye-service, as men-pleasers)으로 하지 말고 주님을 두려워하면서 성실한 마음으

로 하십시오. 무슨 일을 하든지 사람에게 하듯이 하지 말고 주님께 하듯이 진심으로 하십시오. (표준새번역 골로새서 3:21, 22)

이 말씀은 바울이 종들에게 권면한 말씀이다. 나는 주님의 종이다. 따라서 이것은 나에게 하신 말씀이다. 그런데 나는 지금까지 눈에 보이는 내 상사에게는 두려워서 열심히 그를 위해 일했으며 주님께는 그분이 눈에 보이지 않기 때문에 눈가림으로 건성건성 했다. 나는 주님을 어떻게 섬겼는가? 어렵고 힘들 때만 요술방망이 두들기듯 해서 불러내어 이렇게 해 달라, 저렇게 해 달라고 기도만 했고 주일성수와 십일조도 진심으로 하지 않았다. 주님은 병든 자를 고치셨고, 어렵고 힘든 사람을 찾아가 그들 편이 되셨기 때문에 나는 그분을 두려워하지 않았다. 그분은 내 편이기 때문이다. 나는 완전해지려고 노력해도 완전해질 수 없으며 어떤 노력과 행위로도 주 앞에 의롭게 될 수 없기 때문에 하나님의 사랑에 의지해서 그분의 용서만 믿고 주님을 눈가림으로 섬겼다.

지금까지 나는 세상 사람을 하나님 섬기듯 했으며 주님을 세상 사람 섬기듯 그렇게 살아왔다. 바울은 주님을 심판주로 두렵고 떨림으로 섬기고 그가 상(賞)주심을 소망으로 살도록 권면하고 있다. 내가 세상일을 할 때 주님께 하듯이 하라는 뜻은, 우리의 속사람을 아시는 주님은 눈가림할 수 없기 때문에 주님이 불꽃 같은 눈으로 보고 계신다고 생각하고 그렇게 세상일을 하라는 뜻이다.

교회가 항존직을 선정하여 교회의 신령한 관계를 살피고 교인들이 도덕적으로 부패하지 않도록 권면하는 일을 맡긴다고 할지라도 그 방법이 옳지 않거나, 나는 모르지만 그 속에 인간의 부패한 생각들이 끼어 있다면 우리 마음을 꿰뚫어 보시는 주님의 분노는 피할 수 없을 것이다.

교인들이 의심의 눈으로 나를 보는 것처럼 내가 장로 후보로 선임된 것을 나도 믿을 수 없다. 또 주일성수, 십일조 헌금을 장로의 조건으로 세운 것을 나는 옳다고 생각하지 않는다. 그릇된 방법으로 옳은 일을 하겠다는 궤변은 하나님을 속이는 것이다. 따라서 세상일을 주님께 하듯 하려면 나는 장로가 되어서는 안 된다.

교회 공동의회에서의 항존직 투표는 보라의 궐석으로 진행되고 아무 일이 없는 듯 막을 내렸다. 목사는 선거가 끝난 뒤 이제 교회의 막중한 일을 맡게 될 항존직들을 뽑게 되었으니, 하나님께 감사하다는 것과 그들께 영력을 더하시어 죽도록 충성하며 주께서 명령하신 지상 명령을 충실히 수행하여 금년에는 주님의 집인 이 성전에 3천 명의 신도를 채울 수 있게 해 달라는 기도로 선거를 마무리했다. 낙선된 후보들의 불만스러운 표정을 볼 수 있었다. 그러나 "하나님의 일에는 오직 순종이 있을 뿐이다." 얼마 동안 낙선된 후보들의 불만은 계속될 것이었다. 그러나 그것은 언제나 있는 선거 후유증이다.

교회에는 언제나 마귀의 장난이 있기 마련이었다.

지옥 이야기

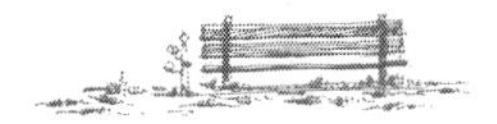

나는 '예수천당, 불신지옥'이라는 기독교의 전도 구호를 많이 들어서인지 지옥에 대한 꿈을 꾸었다. '예수천당, 불신지옥'이란 "넌 예수 믿고 천당 갈래? 안 믿고 지옥에 갈래?"라는 양자택일의 위협이다. 그러나 지옥을 안 믿는 사람에게는 이것은 조금도 위협이 되지 않는다.

내가 죽음, 마귀, 지옥을 평소에 두려워하지 않기 때문에 하나님께서 내게 지옥을 한 번 보여주려고 했는지, 꿈에 지옥을 다녀왔다는 분의 간증 집회를 참석하게 하셨다. 그분은 여자 전도사였는데 너무 실감 나게 지옥을 설명해 주었다. 전도사는 천당은 좋지만, 지옥은 정말 보고 싶지 않다고 했는데도 무서우면 천사를 대동시켜 주겠다며 굳이 두 천사를 대동시켜 지옥을 보게 해 주었다는 것이다.

1.

한 마디로 지옥은 빛도 없는 동굴 속에 숨겨진 어둠의 세계였습니다. 예수님은 빛이시지만 마귀는 죽음이요 어둠이기 때문입니다. 저는 앞이 안 보이는 어두운 동굴을 한없이 가고 있었는데 점차 오물처리장에서 나는 것 같은 퀴퀴한 냄새가 나기 시작했습니다. 그러더니 서로 욕하고 헐뜯는 아비규환 속에서 갑자기 "사람 살려, 나 좀 살려줘." 하고 뚜렷한 소리가 들렸습니다. 어둠에 점차 눈이 익숙해지자 희미한 그림자들이 보이기 시작했는데 그들은 바다같이 넓은 큰 끓는 가마솥 속에서 다른 사람을 밟고 일어서려고 서로 싸우고 있었습니다. 바로 가마 속 지옥이었습니다. 몸은 벌겋게 익었고 서로 끌어당기자 살갗이 찢어져 흰 뼈가 나왔습니다. 자세히 보니 그들 몸에는 구더기가 붙어 있었어요. 지옥은 뜨거운 물도 식지 않고 사람도 구더기도 영원히 죽지 않는 그런 곳입니다. 죽고 싶어도 죽을 수 없는 영원한 형벌의 지옥이니 얼마나 무서운 곳이겠습니까? 그들은 소리치고 있었습니다. 여러분! 지옥은 이런 곳입니다.

"나는 세상에서 모든 권력과 재력을 쥐고 있어서 너희들이 원하는 것을 다 들어주었다. 그런데 너희는 왜 나에게 한 번도 예수 믿으란 말을 하지 않았느냐? 모르긴 해도 너희도 나에게 예수를 전하지 않은 죗값을 치를 것이다. 이 나쁜 놈들아."

가마 속 지옥에서 외치는 소리가 들렸습니다. 여자 전도사는 말했습니다. 에스겔서 3:18절에 의하면 "네가 악인을 깨우치지 않거나 악한 길을 떠나 생명을 구원하지 않으면 내가 그 피 값을 네 손에서 찾을 것이라."라고 하나님은 말씀하셨습니다. 이 지옥에 있는 사람들은 여러분이 전도해서 악인을 깨우치지 않았기 때문에 온 사람들입니다. 전도해도 그가 그의 악한 행위에서 돌이키지 않으면 그들은 죄 중에서 죽지만 만일 여러분이 전도하지 않아서 이들이 이 지옥에서 고통을 받고 있다면 이제는 여러분이 죽어 이곳에 올 것입니다. 여러분 아시겠습니까? 여러분도 전도하지 않고 죽으면 지옥의 형벌을 면치 못합니다. 하나님께서는 사랑의 하나님인데 왜 이런 지옥을 만들어 영벌(永罰)을 받게 하느냐고 묻는 사람이 있습니다. 그러나 하나님은 공의의 하나님이십니다. 불의한 자에게는 벌을 주고 의로운 자에게는 상을 약속하신 분입니다. 죽어서도 악인이 벌을 받지 않는다, 누가 이 불법의 세상을 의롭게 살겠다고 인내하고 살겠습니까? 따라서 세상에 살 때 죄를 회개해야 합니다. 지옥에 와서는 너무 늦습니다. 아무리 외쳐도 천국에 옮겨갈 수 없습니다.

천사는 저에게 말했습니다. 하나님께서 저로 하여금 이 지옥의 처참한 모습을 보게 한 뒤에 온 세상 교회에 나가 전하라고 말입니다. 말세에 세상 사람들은 아무리 깨어 있으라고 해도 깊은 잠에 빠져 있습니다. 그들은 영의 눈이 가리어져서 죄가 무엇인지를 모릅니다. 여러분은 그들이 영의 눈이 띄어서 죄가 무엇인지 깨닫게 해줄 의무가 있습니다. 이제 제가 전한 이 지옥을 세상 사람들에게 전해서 이 고통을 면할 수 있는 방법을 여러 사람에게 가르쳐 주십시오. 누가복음 16장에 있는 한 부자와 거지 나사로의 이야기가 생각이 안 나십니까? 자색 옷과 고운 베옷을 입었던 호화로운 부자는 죽어서 지옥으로 가고 거지 나사로는 죽어 낙원에 가서 아브라함의 품에 안겼습니다. 부자가 불꽃 가운데 괴로워하며 나사로의 손가락

끝에 물을 찍어 자기 혀를 서늘하게 해 달라고 했는데 낙원과 지옥 사이는 큰 구렁이 있어 건너갈 수 없다고 했습니다. 그때 세상에 살아 있는 형제에게 지옥의 소식을 알려 그들이 회개하게 해 달라는 말을 기억 못 하십니까? 그렇게 해도 회개하지 않을 것이라고 아브라함은 말했지만, 여러분은 이번에 제가 본 '가마솥 지옥'의 끓는 물 심판을 세상 사람들에게 알려 주십시오.

2.

그곳을 지나자 저는 유황 냄새가 숨을 막히게 하는 '불 못 지옥'이라는 곳에 도착했습니다. 불 못은 물이 있는 연못이 아니라 활화산의 분화구처럼 끓는 바윗물들이 있는 곳입니다. 촛대바위나 남근바위 등 쭈뼛쭈뼛 솟은 바위들이 아래서부터 녹아 용암이 되고 그 끓는 용암 속에 인간들이 불과 유황으로 타는 불 못 속에 던져져 뒤엉켜 있는 것이 보였습니다. 이글이글 타는 불길이 온 연못을 덮고 있었는데 불 못 안에서는 기포처럼 솟아오른 것이 하늘로 치솟았다가 다시 내려앉았습니다. 이 속에서 허우적거리는 악인들이 가끔 공중으로 떠올라오는 것을 보았는데 이들은 낙지처럼 벌겋게 익어 있었고 몸에는 벌레들이 엉켜 있었으며 그 몸을 뚫고 속에서 나온 뱀이 몸을 칭칭 감고 있었습니다. 붉은 몸의 마귀가 흐느적거리는 모습으로 다가와 그들 몸을 도끼로 찍었는데 그들은 몸이 갈기갈기 찍혔으나 죽지도 않고 하늘을 향한 낙지 발 모양이 되어 위로 솟았다가 다시 가라앉곤 했습니다. 잠깐 세상을 지배하고 있던 것은 죄와 죽음과 마귀였는데 이 죄의 유혹을 이기지 못하고 이곳에 온 인간들이 아비규환을 하고 있었습니다.

이곳은 유혹을 이기지 못한 성범죄자들이 모인 곳이라고 천사가 설명했습니다. 어린이들이나 지체 부자유자를 성폭행한 파렴치한이나 성폭행을 남몰래 저지른 기관의 점잖은 책임자들, 모두가 '미투!' 고발이 있기 전에 행한 그런 성범죄자들입니다. 정부(情夫)와 함께 자기 아내를 살해해 토막 내서 버린 짐승 같은 자들, 연약한 소녀들을 이용한 성매매업자들도 여기 끼어 있다고 했습니다. 노회(老會)에서 경건하게 목사안수를 받고 교회에서 목회를 하고 있던, 내가 아는 목사도 그 속에 있었습니다. 그들은 한국교회가 어떤 위기에 있는지도 모르고 교계의 물을 흐리게 하고 다니던 미꾸라지 같은 존재들이었는데 성경 말씀을 빙자해서 교인들을 잘 훈련시켜 자신이 어떤 나쁜짓을 해도 자기를 사랑하고 따르도록 세뇌시켜 놓은 자들입니다. 그들이 심판을 받고 여기 왔는데 여기서도 미꾸라지처럼 용암 위를 기어 다니며 뜨거워서 이리 뛰고 저리 뛰며 몸의 중심을 잃은 채 다니고 있었습니다. 마귀가 불길에서 솟아오른 악인을 도끼로 치는 것을 보았지요? 이들은 사탄의 유혹에 빠져 여성도들과 윤리적으로 문란한 행위를 하고 자기 행위를 정당화하기 위해 교회 내에 파벌을 만들어 교회를 분열시킨 자들입니다.

히브리서 13:17에는 성도를 인도하는 자는 그들의 영혼을 보살피며 마지막 날 하나님 앞에 설 때는 그 성도의 열매를 회계(會計)하는 것처럼 하나님 앞에 보고해야 한다고 했습니다. 여러분, 하나님은 교역자도 심판하십니다. 아니, 더 큰 심판을 하시는 것을 믿어야 합니다. 여러분 믿습니까? 아멘, 할렐루야.

구약의 바리새인, 서기관들, 제사장, 그리고 사울 왕도 그곳에 있었습니다. 아무리 기름 부어 세운 왕이라 할지라도 하나님의 뜻을 어기면 하나님께서는 버리십니다. 아말렉을 쳤을 때 가장 좋은 기름진 짐승을 제사를 위해 남겼다 할지라도 선지자 사무엘상 15장에서 사무엘은 말했습니다. "주께서 어느 것을 더 좋아하시겠습니까? 주의 말씀에 순종하는 것이겠습니까? 아니면, 번제나 화목제를 드리는 것이겠습니까? 잘 들으십시오. 순종이 제사보다 낫고 말씀을 따르는 것이 숫양의 기름보다 낫습니다."라고 말씀하셨습니다.

여러분 말씀에 순종하십시오. 나는 또 대형교회의 목사도 그곳에 와 있는 것을 보았습니다. 천사가 말했어요. 그는 교회를 세속화시켜서 하나님이 원하시는 방법으로 목회하지 않아 그곳에 왔다고 했습니다. 교회가 세상으로 들어갈 수는 있어도 세상이 교회 속으로 파고들면 안 됩니다. 여러분, 믿습니까?

많은 사람을 전도해서 하나님 앞으로 인도한다는 명목으로 하나님이 사명을 가지고 세상에 보낸 교회를 '교회성장공장'으로 전락시켰어요. 세상 사람이 좋아하는 방법으로 프로그램 중심, 이벤트 중심의 행사로 교인을 유인했어요. 어느 정도 커지면 중단하는 것이 아니라 이제는 세속적인 이벤트가 교회를 좌지우지하게 된 것입니다. 교회는 성스러운 곳이며 속된 곳이 아닙니다. 교회는 그리스도의 몸이며 세상의 성장 프로젝트가 교회를 키우는 것이 아닙니다. 성과는 더 큰 성과를 만들어낼지 모르지만, 안식일도 안식년도 없는 제도화된 교회는 결코 주님의 몸이 아닙니다.

주여, 보십시오. 대형교회는 대형교회대로 행사에 밀려 피곤하게 되고 군소교회는 따라가지 못해 좌절하고 교인이 줄고 생명력을 잃어 가고 있습니다. 이사야 58:8에는 "내 생각은 너희 생각과 다르며 내 길은 너희 길과 다르다."라고 하나님은 말씀하셨는데 이제는 교회에 세상의 가치관이 들어와서 하나님의 생각을 세상의 생각으로 바꾸어버렸으며 하나님의 일을 세상의 일로 만들어버렸다는 말입니다. 그러기 때문에 하나님은 이를 싫어하시는 것입니다. 이것이 교회가 정체성을 잃고 세상에서 사라져갈 위기를 가져온 것입니다. 또 출애굽기 14:13, 14는 "두려워하지 말아라. 너희는 가만히 서서 주께서 오늘 너희를 어떻게 구원하시는지 지켜보기만 하여라. 너희가 오늘 보는 이 이집트 사람을 다시는 볼 수 없을 것이다." 이렇게 말하고 모세가 지팡이를 드니 홍해가 갈라졌습니다. 이렇게 전진을 중단하고 가만히 서서 하나님의 은혜에 의존할 때 새로운 생명을 회복했습니다. 궁지에 몰린 고난의 때가 하나님께서 개입하시는 최상의 때입니다. 우리는 너무 부유를 향유하고 있습니다.

여러분, 가난한 마음으로 기도해야 합니다. 눈물로 침상을 떠내려가게 해야 합니다. 예레미야애가 2:18은 이렇게 말하고 있습니다. "도성 시온의 성벽아, 큰 소리로 주께 부르짖어라. 밤낮으로 눈물을 강물처럼 흘려라. 쉬지 말고 울부짖어라. 네 눈에서 눈물이 그치게 하지 말아라."

우리는 지옥에 있는 이들을 보면서 눈물로 회개의 기도를 해야 합니다. 이것이 저에게 '세상에 나가 네가 본 것을 전하라'는 하나님의 뜻입니다.

3.

나는 또 '토막 지옥'이라고 불리는 곳에 갔습니다. 이곳은 인간의 몸 지체가 토막 나서 떠내려가고 있는 곳이었습니다. 음식물 처리장 같은 곳으로 온갖 쓰레기가 용암 위를 떠내려가고 있었는데 그곳에 먼저 입술이 떠내려오고 있었습니다. 남을 욕하고 저주하고 파당 짓고 시기하며 분열을 일삼는 입술들이 몸통에서 잘려 이곳에 와 있었습니다. 아마 남을 속이고 재물을 축적한 악덕기업자의 입술도 있을 것이고 권력을 탐하여 이곳저곳 빌붙어 다니며 거짓말과 공수표를 남발한 정치인의 입술도 있을 것입니다. 사탄숭배자로 록 음악가의 입술도 있었습니다.

> 이것이 남아 있는 유일한 해결책이다/ 자살하라. 자살하라/지금이 바로 시험해 볼 때다/ 자살하라. 자살하라/ 지금이 네가 죽을 시간이다.

이런 록 음악의 쇳소리가 들리는 것 같지 않습니까? 이 입술 때문에 얼마나 많은 젊은이가 자살하여 지옥에 빠졌습니까? 사탄은 죽음을 주관하는 왕입니다. 죽음으로 얼마나 많은 사람을 두려워 떨게 했으며 죽음을 찬양하는 마귀의 글과 달콤한 노래로 얼마나 그들을 유혹했습니까?

"사탄아! 물러가라. 사탄아! 물러갈지어다."

여러분은 나약한 존재들입니다. 이 토막 지옥의 화를 면하기 위해서는 죽음을 이기신 예수님의 이름으로 사탄을 물리쳐야 합니다.

또 손과 팔이 잘려져 떠내려왔습니다. 도박을 하거나 마약에 중독되거나 도벽에서 헤어날 수 없었던 사람들의 손이나 팔입니다. 또 인터넷 중독에 걸렸던 어린 소년의 손도 있었습니다. 이들은 모두 기능공, 기술자, 운동선수, 컴퓨터의 전문인이었습니다. 그들의 재능을 마귀는 칭찬하기를 좋아합니다. 마귀는 결코 싫은 말을 하지 않고 듣기 좋은 달콤한 말만 합니다. 그래서 그 달콤한 말에 우쭐해져서 중독에서 헤어나지 못하고 이곳에 온 것입니다. 마귀는 하와를 유혹한 뱀처럼 간교한 자입니다. 그러나 그들은 자기 죄를 인정하지 않고 고래고래 소리를 지르며 세상을 향해 욕하고 있었습니다.

"내가 무슨 죄가 있어. 못된 생각은 몸통이 하고, 죄는 자기가 짓고 나는 하수인에 불과했는데 나를 잘라내서 이곳에 던지고 자기는 천국 간다고? 말도 안 돼. 이것이 개독교인의 수작이야. 눈에 보이는 팔과 손목 하나 잘라냈다고 자기 죄가 없어져서 천당에 가? 미친놈들. 손발 다 붙이고 몸통이 회개하여 거듭나야지, 손발 잘랐으니까 자기는 거룩하다고 위선 떨 거야? 나는 억울해. 나는 억울해. 정말 지옥에 올 자는 그 위선적인 개독교인이야."

어린 손목도 소리 지르고 있었습니다.

"내가 피시방에서 좀 놀았다고 죄인인가? 뭐, 내가 중독자라고? 내가 중독자라면 세상에 중독자 아닌 사람이 어디 있어. 다 중독자지. 안방에서 TV에 미친 엄마 아빠도 중독자요, 쇼핑에 미친 자, 명품에 미친 자, 돈에 미친 자, 권력에 미친 자, 스마트 폰에 빠진 자, 자기 생각만 옳다는 자, 예수만 믿어야 천국 간다고 하는 개독교인도 다 미친 자 아니야?"

"나는 억울해. 나는 억울해. 누가 지옥은 만들어 놓은 거야. 사랑이 많은 하나님이 만든 거 맞아?"

하나님은 너무 늦었다고 말합니다. 지옥에 들어와서는 아무리 소리치고 욕해도 용서받을 수 없다고 말합니다. 세상에 있을 때 예수 믿고 천당에 가야 한다고 말합니다. 그래서 저더러 이런 간교한 자들의 꼬임에 빠진 것이 얼마나 비참한지 본 대로 여러분께 전하라고 합니다. 여러분은 마귀를 대적할 힘이 없습니다. 그러므로 하나님의 전신갑주를 취해야 합니다. 이것이 악한 날에 여러분이 마귀를 능히 대적하고 모든 일을 행한 후에 서기 위함입니다.

"주여, 이 손과 팔이 몸에서 떨어져 나와서도 자기 뜻대로 쾌락을 추구하지 못해 아우성을 치고 있는 것을 봅니다. 우리 몸을 쳐서 주께 굴복하게 하시며 주께서 우리를 대신해서 마귀와의 싸움을 승리하게 해 주시옵소서. 할렐루야, 아멘."

여러분은 예수님을 아셔야 합니다. 참으로 그분을 아셔야 합니다. 왜 하나님이신 예수님께서 죽지 않은 천사로 이 땅에 오지 않고 죽을 운명을 가진 사람으로 태어났습니까? 그는 육신의 아버지가 없습니다. 죄 없이 성령으로 태어나신 분입니다. 사실은 하나님이 아버지이십니다. 그런데 왜 그는 육신의 아버지를 가진 우리를 형제라고 부릅니까? 그가 인간으로 태어났기 때문입니다. 그것으로 충분합니까? 아닙니다. 그분은 십자가에 돌아가시면서 우리 죄를 사하시고 우리를 하나님의 아들로 삼아 주셨습니다. 그래서 우리는 하나님을 아버지로 갖는 형제가 된 것입니다.

"여러분, 믿으십니까? 믿으시면 '아멘' 하세요. 예수님이 십자가에 돌아가시면 우리는 다 하나님의 아들이 되는 것입니까? 아닙니다. 그를 마음으로 믿고 입으로 그가 구주이심을 시인해야 합니다. 이 때 성령이 우리 안에서 우리를 새 사람으로 변화시켜 주십니다. 디도서 3:5에는 '우리를 구원하시되 우리가 행한 바 의로운 행위로 말미암지 아니하고 오직 그의 긍휼하심을 따라 중생의 씻음과 성령의 새롭게 하심으로 하셨나니'라고 씌어 있습니다. 거듭남의 체험이 없으면 구원을 받을 수 없으며 하나님의 아들이 될 수 없습니다. 교회에 나와 앉아 있다고 다 구원받으며 천당 가는 것이 아닙니다. 성령으로 거듭나야 합니다. '성령으로 아니하고는 누구든지 예수를 주라 할 수 없느니라.'라고 말하고 있습니다. 여러분 성령을 받으십시오."

> 불길 같은 주 성령 간구하는 우리게/ 지금 강림하셔서 영광 보여 주소서/ 성령이여 임하사 우리 영의 소원을/ 만족하게 하소서, 기다리는 우리게/ 불로, 불로 충만하게 하소서. 아멘.

4.

내가 지옥의 이야기를 하려면 몇 달 걸려도 부족합니다. 그러나 시간이 없어서 하나만 더 말씀드리고 마치겠습니다. 이곳은 '절벽지옥'이라는 곳입니다. 이 길을 가고 있으면 아슬아슬한 절벽에 이릅니다. 그 무서운 절벽 밑은 죽은 자들의 피바다입니다. 억울한 성도들과 선지자들이 흘린 피로 된 바다입니다. 이 절벽에 떨어지는 사람은 피바다에 떨어지기 전에 뜨거운 태양에 의해 타 죽습니다. 그렇지 않으면 바다에 닿을 때 지독한 종기로 신음하며 혀를 깨물고 죽습니다. 이곳은 고요한 곳이 아닙니다. 우레와 번개와 큰 지진이 있어 바다가 흔들리고 절벽이 큰 쓰나미를 만난 것처럼 무너져 내리기도 합니다. 그 바다 위로 일곱 머리와 열 뿔을 가진 짐승을 탄 여자가 피를 마시고 취해서 물 위로 올라오고 있었는데 자줏빛과 붉은빛 옷을 입고 금과 보석과 진주로 꾸미고 있었습니다. 그녀는 절벽으로 오는 사람마다 잡아 자기 품 안에 넣었습니다.

내 눈에는 이렇게 무서운 절벽 아래 '피 못'이 보였는데 군중들은 앞을 다투어 그곳으로 뛰어가고 있었습니다. 그들이 가는 목적지는 죽음의 피바다입니다. 나는 이들을 막아보려 했으나 막을 수가 없었습니다. 그 옆에는 루시퍼 천사가 박쥐 같은 검은 날개를 하고 멸망의 가증한 수문장처럼 서 있었습니다. 그는 소리쳤습니다.

"앞으로 달려가라. 집에 있는 것을 가지러 가지 말라. 옷도 가지러 가지 말라. 그리스도가 여기 있다 해도 따르지 말며 골방에 있다 해도 믿지 말라. 세상의 종말을 향해 너희는 달려야 한다."

나는 안타까웠습니다. 여러분은 그들이 멸망의 길을 가고 있는데 보고 있을 수가 있겠습니까? 나는 외쳤습니다.

"예수 믿고 천당 가시오. 믿지 않으면 지옥 갑니다. 왜 남이 달린다고 자기도 덩달아 따라 달립니까? 그곳은 생명의 길이 아니고 사망의 길입니다."

그러나 아무도 듣지 않았습니다. 천당 가는 길이 왜 하나뿐인가?

모로 가나 기어가나 천당만 가면 된다. 세상에 절대적인 가치가 어디 있는가? 모든 것은 상대적이다. 그래서 최선책과 차선책이 있는 것이 아닌가 하고 외쳤습니다. 군중 속에는 돈을 뿌려서라도 권력은 잡고 봐야 한다는 각 종교단체의 총회장, ○○연합회 대표회장, ○○대책 위원회 위원장들도 있었습니다.

"이제 말세가 되었습니다. 이사야서 42장에는 '너희 못 듣는 자들아 들으라. 너희 맹인들아 밝히 보라'라고 이사야는 하나님의 말씀을 외쳤습니다. 하나님의 사명을 받고 보내심을 받은 지도자들이 영적인 맹인과 귀머거리가 되어 세상을 바로잡지는 못하고 세상의 물결에 휩쓸려 흘러 떠내려가니 말세가 아닙니까? 지옥은 이들 때문에 만원입니다. 여러분! 주님은 나더러 이 지옥을 본대로 전하라고 합니다. 여러분! 깨어 기도합시다. 이제 이 지옥들을 생각하며 영적 각성을 위해 기도합시다."

내가 보니 부흥회에 모였던 성도들이 기다렸다는 듯이 '주여!'를 큰소리로 외치고 손을 들고 전후좌우로 흔들며 기도하기 시작했다. 믿음이 충만한 성도들 위에 충만한 성령이 부어져서 온 집회장을 감싼 듯이 느껴졌다. 희미한 불빛 속에서 그들의 움직임과 방언으로 외치는 소리는 내가 다시 지옥으로 들어가 그곳의 한 장면을 보는 듯했다. 여자 전도사의 지옥 간증이 끝나자 사회자가 단상에 나와 이들의 기도를 인도했고, 키보드 연주를 따라 찬양 팀이 복음성가를 부르기 시작했다.

여자 전도사는 또 다른 집회가 있는지 살며시 밖으로 빠져나갔는데 이때 나도 빠져나와 여자 전도사를 만났다.

"전도사님, 전도사님은 최근 언제 지옥을 다녀오셨습니까?"

그녀는 어처구니없다는 듯이 나를 쳐다보더니 말했다.

"나는 하나님의 계시로 수시로 지옥을 다녀옵니다. 뭐 묻고 싶은 것이 있습니까?"

"아니요. 저도 최근에 지옥을 다녀왔거든요."

"그래요? 뭐 특별히 다른 것을 보았습니까?"

"제가 지옥에 갔더니 거기에는 사람이 하나도 없는 빈 지옥이었습니다."

"뭐라구요? 아브라함 품에 안긴 나사로에게 지옥에 있는 부자가 한 이야기를 안 들었습니까?"

나는 예수님께서 계시 중에 내게 해 주신 말을 해 주었다.

"마지막 날 백 보좌의 심판(최후의 심판)을 하는데 그때 죽은 자들이, 큰 자나 작은 자나 그 보좌 앞에 서면 나는 그들의 행위를 따라 생명책에 기록된 대로 심판을 하는데 그때 생명책에 기록되지 못한 자는 제2의 사망이라는 지옥에 던져 넣는다. 그런데 아직 내가 재림하지 못했다. 그래서 그 마지막 심판 때까지 지옥에는 아무도 없는 것이다."

이렇게 말씀했다고 설명해 주었다. 그러자 그 여자 전도사는 불같이 화를 내며 손을 들어 나를 치려 했다.

"이 마귀의 자식아, 이곳을 떠날지어다. 저주받은 입술이여, 너는 잘려서 토막 지옥에 던져질지어다. 주여! 이대로 이루어지게 하시옵소서."

그러면서 손칼로 내 입술을 쳤다.

나는 소스라치게 놀라 잠을 깼다. 얼마 동안 정신이 멍했다. 그러나 나는 세상에 생명수를 공급할 교회가 이런 지옥의 위협을 느껴

서라도 정신을 차리고 갱신이 된다면 얼마나 좋을까 하고 한동안 생각했다.

낙원 이야기

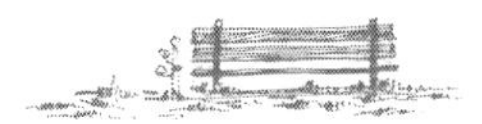

노숙주는 눈앞의 화려한 관경 때문에 눈이 부시고 몸이 공중으로 뜨는 느낌이었다. 하늘 문이 열렸는데 그곳에 보좌가 있고 하나님의 보좌 주변은 무지개가 있어 보좌를 둘렀는데 그 후광이 눈이 부셔 감히 쳐다볼 수가 없어서 머리를 숙이고 쭈그려 앉았다. 하나님의 얼굴은 볼 수도 없고 보이지도 않았지만 보좌에 둘려 24 장로들이 흰옷을 입고 앉아 있는 것과 보좌 가운데와 보좌 주변에 여섯 날개를 가진 네 짐승이 둘러 있는 것은 보였다. 숙주는 정말 자기가 죽어 천국에 온 것일까 하고 생각하였다. 얼마나 오고 싶었던 천국인가? 처음으로 교회에 나와서 성경공부도 하고 세례도 받았으며 이웃 사람들로부터 하나님의 사랑을 체험하자 천국을 소망하며 살게 되었는데 천국에 오다니 놀라운 일이었다.

정신을 차리고 다시 보니 보좌 앞에 예수님 같은 분이 서 있었고 또 그 앞에는 오동포동하고 예쁘게 생긴 사람이 서 있었다. 옷을 걸치고 있지 않았다. 그런데 자세히 보니 남자도 아니고 여자도 아니었다.

"당신은 누굽니까?"
"나는 당신을 안내하는 천사입니다."
"그럼 여기가 천국이요?"
"아닙니다."
"그럼 당신이 나를 천국으로 인도하려고 여기 나와 있소?"
"아닙니다."
"당신은 무엇을 안내하는 천사입니까?"
천사는 슬프거나 기쁜 표정이 아니었다. 다만 온화하고 부드럽다는 느낌을 줄 뿐이었다. 온 세상은 대낮보다도 밝은 곳이었다.
"여기를 찾아오는 사람은 모두 당신 같은 질문을 하기 때문에 이곳 천상에 적응하도록 설명하고 돕는, 오히려 도우미라고 생각하면 더 좋을 것입니다."
"천국에 오면 하나님을 거울로 보는 것처럼 보지 않고 얼굴과 얼굴을 대하여 볼 수 있다고 했는데 하나님은 왜 안갯속에 가려져서 보이지 않습니까?"
"아직 그때가 차지 않았습니다. 이곳은 천국이 아니라고 했지요. 천국이 아니고 낙원입니다."
"그 말이 무슨 말입니까?"
"아직 예수님께서 재림하지 않으셨습니다. 사람은 영과 육이 있는데 예수를 믿는 분의 영은 죽어서 이곳 낙원으로 와 있으며 육체는 무덤에 가 있습니다. 당신은 영과 육이 다 이곳에 와 있는 것이 아니며 영만 와 있는 것입니다. 보십시오. 많은 죽임을 당한 영혼들이 흰옷을 입고 재단 아래 있어 큰 소리로 '거룩하고 참되신 통치자님, 우리가 얼마나 더 오래 기다려야 땅 위에 사는 자들을 심판하시고 또 우리가 흘린 피의 원수를 갚아 주시겠습니까?'라고 호소하는 소리가 안 들립니까? 이들도 예수님의 재림을 기다리고 있는 성도들의 영입니다."

"우리 교회의 박 장로님은 예수 믿고 죽으면 요단강을 건너 천당 간다고 했는데 천당이 아니고 낙원이라니 이게 무슨 말입니까?"

"나더러 주여, 주여 하는 자마다 다 천국에 들어갈 것이 아니라는 주님의 말씀을 못 들었습니까? 천국, 천국 하는데 당신은 정말 천국에 갈 확신이 있습니까?"

"구원받았는데 물론이지요. 나는 내 모든 재물을 하늘에 쌓았습니다. 나는 노숙자로 가진 것이 없습니다. 또 이제부터는 예수만 믿고 살기로 결심한 사람입니다."

"그러나 천국은 당신의 뜻이나 행위로 가는 곳이 아닙니다. 당신보다 훨씬 많이 일한 영혼들이 다 이곳에 잠들어 있습니다. 아니 주님과 영적인 교제 속에 안식하고 있다 해야 옳겠지요. 주께서 호령과 천사장의 소리와 하나님의 나팔소리로 친히 하늘로부터 강림하시면 그때 홀연히 다 변화되어 주를 맞게 될 것입니다."

"그때 천국에 간다는 말입니까?"

"아닙니다. 크고 흰 보좌 앞에서 모두 심판을 받게 되는데 그때 생명책에 기록된 사람이 드디어 천국에 가게 됩니다. 당신의 뜻대로 천국에 가는 것이 아닙니다."

"그럼 아직 아무도 천국에 가본 사람이 없습니까?"

"그렇습니다."

그는 머리가 혼란해졌다. 요단강을 건너면 주의 손을 붙잡고 기쁨으로 주의 얼굴을 볼 수 있는 곳이 천상의 세상이 아니었던가? 생명 시냇가에는 생명나무가 무성하고 그 나무는 열두 가지 열매가 매월 열리고 주의 보좌에는 만국 백성이 둘러서 천사의 노래로 화답하며 흰옷 입고 황금 길로 다니며 황금 문, 황금 종이 있는 보좌에서 우리를 위해 예비한 면류관을 씌워 주시는 것이 아니던가? 그렇게 노래하던 천국을 아직 아무도 가보지 못했다는 말인가?

"천국에는 하나님의 영광의 빛이 태양 빛보다 밝다고 했는데 그곳에는 다이아몬드의 빛과 석류석과 사파이어와 루비의 반짝거림과 값진 진주의 광채도 있습니까? 또 지상에서 쌓은 공력으로 들어가 누릴 고대광실도 있다고 들었는데 정말 그런 것이 있습니까?"

"그런 말을 많이 듣는데 주께서 재림하시기 전에는 천국에 가본 사람이 없으며 아직 들어간 사람이 없습니다."

"무슨 말인지. 그럼 돌아가신 박 장로를 나에게 보여 주십시오. 그분은 나 같은 노숙자들을 모아 주일마다 예배인도를 돕고 계셨던 분입니다. 나를 새 사람으로 태어나게 해 준 사람이란 말입니다. 노숙자들에게 교통비도 주고 점심도 주고 이발도 해 주었으며 자기를 희생하여 예수를 전한 분입니다. 분명 그분은 이곳에 있을 것입니다."

"물론 만날 수 있습니다. 어떤 모습을 보기 원하십니까? 교회에서 활동하실 때 아니면 돌아가시기 직전?"

"그런 여러 가지 모습으로 장로님이 이곳에 계십니까?"

"그렇습니다. 이곳은 우주만큼 광활한 천상입니다. 당신이 말하는 박 장로뿐 아니라 돌아가셔서 낙원에 온 모든 사람의 모든 과거 모습들이 다 이곳에 있습니다. 대용량 메모리칩에 여러 가지 형상이 다 들어있다고 생각해도 됩니다. 단추만 누르면 그들이 3차원의 가상현실의 영상으로 나타날 것입니다."

"무슨 단추를 어떻게 누른다는 것입니까?"

"간단합니다. 눈을 감고 2, 3분만, 보고 싶은 그분의 모습을 상상하십시오. 그리고 눈을 뜨면 됩니다."

노숙주는 박 장로의 사랑을 특별히 많이 받았다. 그가 회사 임원으로 있으면서 전산처리도 잘하고 통솔력도 있는 것 같아선지 박 장로는 집에 있는 옷도 갖다 주며 노숙자 반 예배 인원이 2백 명이 넘자 자기 어깨에 손을 얹고 예배 모임의 책임을 맡아 달라고 부탁했던 분이다. 갑자기 간암으로 돌아가셨지만 그분의 인자한 모습을 보고 싶다고 생각했다. 이 교회는 베데스다 부에서 각 노숙자에게 주일마다 교통비를 주며 그들과 함께 예배를 드렸는데 강 부목사가 노숙자들의 예배도 인도하며 성경공부도 인도하였다. 그들을 돕는 많은 바나바라는 명칭을 가진 도우미들이 사랑으로 그들을 도왔다. 그러자 노숙자들이 변하여 용기를 얻고 작은 일자리를 찾아 나서며 교회에서 주는 교통비를 거절하고 일반예배에 참석하는 사람도 많아졌다. 이 모든 것은 이 팀, 박 장로의 희생적인 봉사 때문이었다. 산뜻하게 이발을 해주면 목욕탕을 찾아가고 목욕을 하고 나면 깨끗한 옷을 입으려 하고 깨끗한 옷을 입으면 노숙자 생활을 청산하였다. 새롭게 거듭나고 세례를 받은 자도 많아졌다.

눈을 감고 이렇게 교회에서 희생적으로 일하던 박 장로를 상상하다 눈을 떴다. 그러자 그의 생시의 영상이 나타났다. 마치 박물관의 전시실에서 내용을 설명하는 사람의 입체영상처럼 눈앞에 나타난 것이었다. 온화한 얼굴이었다. 그러나 웃고 있지도 울고 있지도 않았다. 슬픈 모습도 아니었다. 노숙주는 반가워 "장로님!"이라고 부르며 다가가 보듬었다. 그러나 아무것도 잡히지 않고 그는 한자만큼 뒤에 다시 서 있었다.

"이건 박 장로 같지 않습니다."

"당연하지요. 박 장로는 지금 영계에 계십니다. 육의 몸으로 심고 신령한 몸으로 이곳에 오셨습니다. 이곳에는 다시 사망도 슬픔도 눈물도 아픈 것도 없습니다. 육체를 가진 사람들의 흔히 갖는 감정이 없다는 말입니다."

"박 장로는 나를 못 알아보는 것입니까?"

"알아보십니다. 세상에 있었던 과거에 살아 있던 노숙주 씨가 아니라 영계에 온 친구로서 영통하는 것입니다."

"그럼, 박 장로님은 돌아가신 뒤 예수님 곁에 앉아 세상에 있는 우리 교회 노숙자 반을 위해 계속 중보하고 기도하지 않으셨다는 말입니까?"

"그럴 수가 없습니다. 이곳에 오는 순간 세상에 있는 모든 것은 다 망각해 버리니까요. 죽으면 누구나 요단강이라고 하는 망각의 레테 강을 건너게 됩니다. 흐느적거리며 온몸을 감싸듯이 조용히 흐르는 이 강이 생각나지 않습니까? 이 강을 건너면서 시간과 역사 속에 있는 이승은 완전히 그 강의 망각 속에 묻어버리고 이곳에 오는 것입니다."

"그럼 돌아가신 박 장로와 살아 있던 우리는 아무 상관이 없었다는 결론이네요."

"있었다고 생각해 보세요. 박 장로가 기도해서 일이 잘되고 저주해서 망한다면 세상에서는 예수님 말고 박 장로를 숭배해야지요. 박 장로가 우상이 되는 것입니다."

"그렇군요. 죽은 망령들은 살아남은 사람들을 위해 아무 도움이 안 되는군요. 그런데 죽기 전에 왜 예수를 영접하고 가라고 그렇게 애를 쓰셨을까요?"

"그렇게 해야 사후에 '오늘 네가 나와 함께 낙원에 있으리라.'라고 예수님께서 약속하신 낙원에 들어올 수 있기 때문입니다. 죽어 낙원에 있는 영들은 세상에 살아 있는 가족과는 아무 상관이 없지만, 낙원에 있는 영들과 교제하시는 예수님만이 하늘의 영계와 땅의 세계를 자유로 오가며 성령을 받은 자녀들에게 자신을 계시하십니다. 이분은 낙원에 잠든 모든 영을 대신합니다. 그 특수계시 속에서 당신이 원하는 박 장로의 음성도 들을 수 있습니다."

"그럼 믿지 않고 죽은 사람은 어디로 갑니까?"

"영은 스올이라는 곳으로 가고 육은 무덤으로 갑니다."

"그곳에 간 사람은 어떻게 됩니까?"

"예수님이 재림하시면 다 육체를 입고 부활하여 심판을 받겠지요. 그래서 지옥 불에 던져지게 되거나 천국에 가게 될 것입니다. 그러나 더 자세한 것은 나도 모릅니다. 다만 나는 이곳 낙원의 영들을 돌보는 일을 맡아 있을 뿐입니다."

숙주는 자기가 죽을 때 망각의 강을 건넌 것이 분명하다는 생각을 하였다. 왜냐면 아내나 자녀뿐만 아니라 자기 가정을 파산케 하고 도망친 원수도 생각나지 않았기 때문이었다. 어쩌면 지긋지긋한 세상을 다시는 생각하고 싶지 않아 그들을 잊었는지도 몰랐다. 하긴 그들이 생각난다면 하루도 걱정 근심이 떠날 날이 없고 이곳은 주의 품에 안식하는 곳이 아니며 다시 긴장과 근심의 장소가 될 것이 분명했다. 그런데 궁금한 것은 왜 이 낙원에 면류관을 받고 기뻐하는 성도들의 모습이 보이지 않느냐는 것이었다. 환난과 핍박 속에서도 이생을 견딘 것은 하나님의 면류관을 받기 위해서였고 각각 자기의 일한 대로 상을 받기 위해 공력을 쌓았으며 이 세상과 다른 천국을 꿈꾸고 모든 부끄러움을 참았는데 낙원에 그런 모습이 보이지 않는 것은 이상한 일이었다.

"낙원이 이런 곳이라면 나는 세상에서 더 환락을 즐기고 살았지 그렇게 인내하며 살지 않았을 것 같습니다."

"사후의 세상이 어떤 곳이라고 생각했습니까?"

"사시사철 아름다운 꽃이 피어 있고 무엇보다도 거룩한 성, 새 예루살렘이 있는 곳입니다. 금으로 꾸민 성, 다이아몬드로 꾸민 성벽, 진주로 꾸민 성문, 보석으로 꾸민 기초석, 즉 열두 기초석은 벽옥, 즉 다이아몬드요, 남보석은 청옥색, 옥수는 하늘색, 녹보석은 녹색, 홍마노는 분홍색, 홍보석은 붉은색, 황옥은 금색, 녹옥은 청록색, 담황옥은 엷은 녹색, 비취옥은 자주색, 청옥은 붉은 주황색, 자정은 보라색으로 꾸며진 화려한 성을 볼 수 있는 곳입니다. 시온 산에는 어린 양이 서 있고 하늘의 보좌 앞에 네 생물과 12 장로들이 둘러앉았는데 이마에 어린 양의 이름과 아버지의 이름을 쓴 14만 4천의 성도들이 노래하는 것이 들리는 그런 광경을 상상했습니다. 생명수의 강가에 생명나무가 서 있고 우리가 나아가면 들고 있던 면류관을 씌워주는 그런 장면도 상상했습니다. 그런데 이곳은 우리의 고생을 보상해 줄 만한 것이 아무것도 없습니다."

"2, 3분 동안 눈을 감고 그런 광경을 상상한 뒤 눈을 뜨십시오. 아무도 천국을 가보지 못했지만 그런 천국이 눈에 보일 것입니다."

나그네는 아름다운 천국을 상상했다가 눈을 떴다. 과연 그 모든 것이 눈 앞에 펼쳐지는 것이었다. 시들지 않은 꽃, 하늘에서 내려온 새 예루살렘, 그리고 생명수의 강이 눈앞에 있었다. 그는 눈이 휘둥그레졌다.

"이게 웬일이요."

"만일 하나님의 뜻에 합당하면 예수님께서 재림하실 때 당신은 이런 천국에 가게 될 것입니다."

들판은 그냥 들판이 아니었다. 하나님께서 온갖 귀한 보물을 포장해 두었다가 그 속에 무엇이 있을까 하고 비밀을 찾고 싶어 궁금해하도록 한 뒤 포장을 열고 놀라운 것을 보여 주는 것 같았다.

"그래요. 이런 천국을 가고 싶었는데 흡족하게 보여 주시는군요. 그런데 이런 천국을 가기 위해 이 낙원에서 또 주의 재림까지 여러 해를 기다려야 한다는 말입니까?"

"그것은 사람마다 다릅니다. 이곳에서 천년을 하루같이 기쁘게 지내는 사람이 있고 하루를 천년처럼 지루해하는 사람도 있습니다."

"나 같은 사람은 친구도 없고 어떻게 이런 곳에서 천년을 하루 같이 지낼 수 있다는 말입니까?"

"이곳은 세상과는 인연을 끊었지만 예수님과 친근한 교제를 가까이서 한없이 할 수 있는 곳입니다. 바울은 차라리 세상을 떠나 주와 함께 있고 싶다고 간절히 원했으며 에녹은 계속 주와 동행함으로 하나님이 데려가셨습니다. 이곳은 주를 간절히 사모하는 사람은 말씀과 함께 사는 것이 너무 행복하고 기쁜 그런 곳입니다."

"그 말은 곧 세상에서 주의 말씀을 마음에 두고 살며 주의 궁전에서의 한 날이 다른 곳에서의 천 일보다 낫다고 생각하고 살아온 사람은 지상에서 벌써 낙원의 삶을 살고 있었다는 말이군요."

"그렇습니다. 세상에서 낙원의 삶을 그림자로만 체험하다 죽어서는 진짜 낙원에 들어와 사는 것이지요. 매일의 삶이 얼마나 황홀하겠습니까? 에녹 같은 사람은 세상과 낙원의 경계선에 있던 죽음을 뛰어넘어 바로 낙원에 와버린 사람입니다."

"한 가지 궁금한 것이 있는데 여기에도 하루와 천년 같은 시간 개념이 있습니까? 하루가 지나고 이틀이 지나면 새것이 낡은 것이 되고 낡은 것은 부패하는 그런 일이 있을 수 있느냐는 이야기입니다."

"천상에는 시간이 없습니다. 시간은 오직 지상에만 존재합니다. 지상에서의 하루나 천년은 이 천상에는 없지만, 지상에서 온 사람에게 설명하기 위해 편의상 그렇게 말하는 것입니다."

"그럼, 세상은 유한하게 창조되어서 창조한 시간과 멸망하는 시간이 정해져 있다는 말이지요? 하나님께서 세상을 창조하셨을 때에 시간이 생겼고 주께서 재림하여 세상을 최후 심판하시고 멸망할 때 시간이 자연 없어진다는 것 아닙니까?"

"세상 창조 전에 시간이 있었다 하더라도 그 시간은 이 우주 생성과 아무 상관이 없으며 또 종말 후에 시간이 있다 하더라도 그 시간은 아무 쓸모가 없는 것입니다. 다만 사후에 이 천상에는 '영원'이 있을 뿐입니다. 다시 말하면 지상에서는 크로노스의 시간이 있었다면 천상에는 카이로스의 시간이 있다고나 할 수 있을까요?"

나그네는 천사로부터 많은 설명을 들었지만, 아직도 풀리지 않은 문제가 많았다. 시간은 무엇이고 영원은 무엇인가?

"혹 제가 여기서 돌아가신 아인슈타인 박사를 만나볼 수 없을까요?"

"무엇 때문이지요?"

"그분은 과학자기 때문에 물어볼 말이 많이 있습니다. 성경에 의하면 우주는 최근 약 주전 5천 년쯤에 만들어졌다고 합니다. 그런데 하나님은 영원부터 영원까지 계시는 분인데 주전 5천 년까지는 뭘 하고 계셨는지 또 왜 꼭 그 시점에 우주를 만들 생각을 하셨는지 정말 그전에는 시간이 존재하지 않았는지 궁금해서 물어보고 싶어서입니다."

"그분을 내가 만나도록 해 드릴 수는 없습니다. 또 그분이 이 낙원에 계시는지 안 계시는지도 알 수 없습니다. 꼭 만나고 싶으면 만나고 싶다는 신호를 하십시오. 나타날지도 모릅니다."

노숙주는 눈을 감고 여러 가지로 그분을 상상했지만 과학자라는 것밖에 뚜렷한 신호를 찾지 못했다. 이 낙원에 과학자는 수없이 많을 것이었다. 결국, 그분은 나타나지 않았다. 기독교 신앙은 가졌지만, 주를 영접하지 않고 군중의 한 사람으로 살다가 죽었는지도 모르는 일이었다.

"천당과 지옥은 언제 갈 수 있는지 알 수 없습니까?"

"그것은 아무도 모릅니다. 다만 하나님께서는 되도록 많은 사람이 구원을 받도록, 또 하나님께서 예정하신 이방인의 수가 차기까지 인내하고 계시는 것만 알 수 있습니다."

"그럼 천년 왕국이란 무슨 말입니까?"

"사탄이 세상의 왕 노릇을 하고 있습니다. 하나님은 그들이 하나님 찾기를 기다리시나 그들이 하나님을 인정하기를 싫어하므로 하나님께서는 사람들이 해서는 안 될 일도 할 수 있는 자유를 주셨는데 이것이 타락한 마음자리에 내버려 두는 벌입니다. 드디어는 마귀들과 타락한 자들을 무저갱(無底坑)에 던져 넣어 잠그고 그 위에 인봉하여 천년이 차도록 다시는 만국을 미혹하지 못하게 하셨습니다. 이 평화로운 천 년 동안을 천년 왕국이라고 합니다."

"그 뒤는 어떻게 됩니까?"

"천년이 찬 뒤에 모든 사탄이 옥에서 풀려나고 대환란이 있게 되는데 그 뒤 하나님께서 크고 흰 보좌에 앉으셔서 부활한 모든 신자와 불신자를 모으고 심판하시게 됩니다. 그리고 하나님의 생명책에 기록되지 못한 사람은 '불 못'에 던져지게 되는데 이것을 둘째 사망이라고 합니다. 노숙주 씨께서 말하는 지옥이지요."

노숙주는 이번에는 도우미가 사라지기 전에 꼭 궁금했던 것 하나를 알아내고 싶었다. 그것은 자기가 대기업 직원으로 일을 잘하고 있었는데 중국과 작은 무역을 하고 있던 중소기업 사장이 자기 회사에 와서 사장을 맡아 달라고 간청해서 어쩔 수 없이 떠맡은 회사가 있었다. 그 뒤 사업이 부진해지자 은행 빚을 내기 시작했는데 부도가 나자 먼저 회사 돈을 횡령하여 해외로 도망친 천 씨라는 사람이 있었다. 그는 도망가서 결국 죽었는데 그때 자기는 회사 사장으로 있었고 빚을 내면서 자기 집도 담보가 되어 있어 모두 날리고 결국 아내는 애들을 데리고 이혼하고 자기는 노점상을 하다가 그것도 안 되어 노숙자로 전락했다. 그런데 자기를 그렇게 만든 천 씨가 어떻게 되었는지 궁금하였다. 평소에 자기는 죽으면 그 천 씨가 반드시 꺼지지 않은 지옥 불에 던져 죽지도 않고 신음하고 있는 것을 보고 싶어 견딜 수가 없었던 것이다. 악한 자는 죽어서라도 벌을 받아야 한다는 것이 그의 신념이었다.

"꼭 한 가지, 내 친구 천 씨를 어떻게든 만나보고 싶은데 그것은 안 될까요?"

"무엇 때문입니까?"

"그가 부도를 내고 도망가서 죽었습니다. 그래서 저는 그놈 때문에 지상에서 지옥 같은 삶을 살았습니다. 이제 그가 죽어서는 지옥에서 살 차례입니다. 그가 불과 유황으로 타는 '불 못'에 들어가 그가 구더기도 죽지 않고 불도 꺼지지 아니해서 모든 사람이 소금에 절이듯 불에 절여져 아비규환 하는 모습을 꼭 보고 싶습니다."

천사는 노숙주를 의아하다는 듯이 뚫어지게 쳐다보았다.

"당신은 그 사람을 결코 만나 볼 수 없을 것입니다. 그의 영혼은 스올로 갔기 때문에 이 낙원과 그런 죄인이 가는 곳은 큰 구덩이가 놓여 있어서 결코 건널 수가 없습니다. 꼭 만나고 싶으면 세상으로 돌아가서 당신도 그 죄인들이 있는 스올로 가야 합니다."

"천국을 미리 볼 수 있듯이 지옥에서 신음하는 그도 볼 수는 없을까요? 나는 억울해서 꼭 그 녀석의 모습을 보고 싶습니다."

천사의 표정이 굳어지는 것 같았다.

"당신이 원수를 미워하는 그런 마음을 가지고 어떻게 이 낙원에 와 있는지 모르겠습니다. 아마 내가 당신을 잘못 보고 지금까지 안내한 것 같습니다. 당신은 온전히 망각의 레테 강을 건너지 못하고 지상과의 인연을 지금도 지속하고 있는 흔적이 역력합니다."

그러면서 천사는 단호하게 말했다.

"지금 당장 지상으로 내려가시오."

그러면서 천사는 사라졌다.

노숙주의 영혼은 낙원에서 쫓겨나 지상을 맴돌다가 한 병원의 병실 시체 속으로 들어갔다. 교통사고로 병원 응급실로 옮겨온 그가 산소호흡기로 연명하고 있다가 갑자기 영혼이 떠나자 산소 호흡기를 떼고 의사로부터 사망 선고를 받은 뒤 일반병실로 옮겨온 시체 속이었다.

사람들이 웅성거리고 있었는데 노숙자 담당이었던 강 목사도 보였다. 그는 벌떡 일어나 강 목사의 손을 잡았다. 모두가 놀라고 어리둥절한 표정이었다. 노숙주는 울컥 울음이 솟아났다. 그래서 강 목사의 손을 잡고 소리 내어 울었다.

"목사님, 저 같은 죄인을 이같이 사랑으로 돌봐주시니 감사합니다. 저는 아직도 구원받지 못한 죄인입니다. 예수님은 낙원에서 과거의 제 죄를 하나도 기억 못 하시고 받아주셨는데 저는 아직도 원수를 용서하지 못해서 낙원에서 지옥으로 쫓겨난 죄인입니다."

그곳에 모인 사람들은 노숙주가 무슨 말을 하고 있는지 알지 못해 멍하게 바라보고 있었다.

임종예배

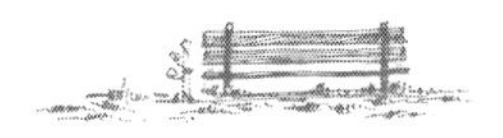

1.

도시교회에서 부목사를 하고 있던 정 목사는 변두리에 있는 '산돌'교회의 원 목사로 취임해서 가게 되었다. 전임교역자는 전도사였는데 이곳에서 목사안수를 받고 도시교회로 떠났다. 결국, 두 사람은 교외와 도시로 자리바꿈을 한 것이다. 전임목사는 전도사 시절부터 부흥강사로 이곳저곳을 다니면서 부흥회를 인도해서 교회를 비우는 일이 많았었다. 그래서 새 교역자를 구하는데 교회의 반응은 엇갈렸다. 이번에는 차분하고 교회에 붙어 있는 목사였으면 좋겠다는 사람들과 전임자와 같이 성령 충만한 부흥목사를 다시 모셨으면 좋겠다는 신도들로 갈렸다.

교회의 당회는 전자를 원했는데 정 목사가 그렇게 보였는지 선정되었다. 부임하자 당회에서 교회를 비우지 말고 차분히 교인들을 일일이 잘 보살펴 달라는 부탁을 받았다. 즉, 일과 교회 행사를 우선하지 않고 사람 중심의 목회를 해 달라는 그런 당부였다. 사실 정 목사는 도시교회의 부목사로 있으면서 프로그램 중심, 일 중심, 교회 성장 중심의 활동에 알레르기 반응을 일으켰던 사람이었다. 예사제(예수사랑대축제) 등을 열어 여성 집사들에게 한복을 입혀 안내를 맡기고, 불신자를 초청해서 CCM(Christian Contemporary Music: 기독교 현대음악)으로 젊은이들에 영합하는 찬양하고 기분이 고조되었을 때 전도하는 설교를 하고 예배 마치고 나갈 때는 식사를 제공하고 상품을 나누어 주고 연락처를 받아놓고… 이런 예배에 거부감을 느껴 시골교회를 찾고 있었던 것이다.

처음 일 년 동안은 탐색기였다. 이 교회는 새벽기도에 비교적 많은 교인이 참석하는 것 같았다. 먼저 예배가 끝나면 교회의 대표급인 유 장로가 앞으로 나와서 기도 제목이 없느냐고 물었다. 그러자 서슴없이 손을 들고서 아무개가 아팠고, 아무개는 입원했고, 아무개가 개업했는데 사업이 어렵다는 등 이야기를 하면 이들을 위해서 기도하였다. 그리고 나면 '주여!' 삼창하고 통성으로 기도하는데 방언으로, 또는 울면서 큰 소리로 교회에 큰 파도가 밀려닥친 듯이 기도하였다. 그리고 나면 더 계속해서 기도할 사람을 남겨 두고 썰물처럼 사라져 갔다. 이것이 교회의 새벽기도 전통인 것 같았다. 두 주도 지나기 전에 유 장로가 목사에게 귀띔하였다. 새벽기도 때 강대상에 올라온 헌금봉투는 일일이 성명을 부르고 그를 위해 기도 제목을 따라 간단히 기도를 해 준 뒤 설교를 시작하라는 것이었다. 그리고 1부 예배가 끝나면 목사는 집에 가도 된다고 했다. 그 뒤는 자기들이 다 알아서 처리한다는 것이다.

대예배는 매우 보수적인 방법으로 드리고 있었다. 강단은 자색 카펫을 깔았는데 슬리퍼가 놓여 있고 그 위를 올라갈 때는 신발을 벗고 올라가야 했다. 성전의 강단에 올라갈 때는 신을 벗고 올라가야 한다는 것이었다. 찬송은 공식 찬송가집에 나와 있는 것을 제외하고는 복음성가를 부르지 않았다. 수요예배 등에 외래강사를 초빙할 때는 본 교단에 속한 전도사나 목사라야 했다. 그들은 목사를 선지(先知)동산에서 공부를 한 제사장이라고 불렀는데 제사장이 아닌 사람이 하나님의 말씀을 선포할 수 없다고 말하였다. 그래선지 그들은 목사라면 대우가 아주 깍듯했다.

유 장로는 도시에서 땅값이 덜 나가는 이곳 변두리로 이사 와서 비교적 넓은 땅을 매입하여 창고와 공장을 지어 계열회사에 제품을 만들어 납품하기도 하고 또 제품을 맡아 보관해 주기도 하는 일을 하는 분으로 재력도 있고 신앙도 돈독한 분이었다. 그는 새벽기도에 빠진 적이 없고 이 교회에 없어서는 안 될 분이었다. 또 20~30명 되는 종업원을 집합시켜 아침 업무가 시작되기 전에 예배를 드렸다. 반은 안 믿는 사람들이었지만 이렇게 해서라도 그들을 교회에 인도할 셈이었다. 그런데 그의 고정관념은 예배 때 설교는 목사라야 한다는 것이 문제였다. 전임교역자는 부흥회로 교회를 비울 때가 많아 매일 공장에 와서 예배를 인도해 줄 수는 없어 이웃교회의 전도사에게 부탁해서 예배를 드려왔는데 이번에는 부흥강사가 아닌 정 목사가 왔기 때문에 아주 잘 되었다는 생각으로 좀 어렵겠지만 불신자를 구원한다는 생각으로 꼭 와서 주중 아침에는 공장에 와서 예배를 드려 주었으면 좋겠다고 정중히 부탁하였다.

"교회도 매일 예배를 드리지 않는데 직장 근로자들을 강제로 모아 매일 예배를 드리면 그들이 부담스럽지 않겠습니까?"

그러자 유 장로는 말했다.

"나는 일과를 시작하기 전에 예배로 시작하면 하나님께서도 우리 사업을 축복하실 것이며 직원들 가정도 축복하시리라고 믿습니다. 또 이것이 불신자를 전도하는 방법입니다. 이 예배는 근무시간에 포함된 것이기 때문에 그들에게 부담이 될 것이 없습니다."

"축복을 바라고, 또 전도하려는 목적으로 드리는 예배는 예배가 아닌데…."

"예배는 영과 진리로 드리는 것이 아닙니까?"

"그렇습니다. 그러나 영과 진리는 믿는 사람에 해당하는 말입니다. 안 믿는 사람이 영과 진리로 예배를 드릴 수 있겠어요?"

그럼에도 불구하고 정 목사는 유 장로의 강권에 못 이겨 월요일 아침 예배를 드리러 갔다. 사실 기독교 대학 채플에서도 불신자가 많은 학생 앞에서 예배를 드린다. 좌석을 체크하기 때문에 불신자도 의무적으로 자기 좌석에 앉아 있기는 하지만 휴대전화로 문자를 보내거나 신문을 읽다가 얼굴을 가리고 자기도 한다. 그들에게 말씀을 전하는 것은 콩나물시루에 물 붓기지만 콩나물이 자라듯 신앙도 성장한다는 것이 교목실의 주장이었다. 그러나 이것은 '영과 진리'로 드리는 참 예배를 모독하는 것이라고 정 목사는 생각하고 있었다.

유 장로는 예배가 끝나자 차를 대접하면서

"나는 노방전도는 못 하지만 우리 공장에 온 사람들은 어떻게 해서라도 하나님을 믿고 살게 하고 싶습니다. 나를 위해서가 아니라 그들을 위해서입니다."

그러면서 떠날 때는 봉투를 하나 주었다.

"뭡니까?"

"교통비입니다. 제사장은 마땅히 받아야 할 보수가 아닙니까?"

그는 "주께서도 복음을 전하는 사람들에게 복음 전하는 일로 먹고살라.(고전 9:14)"라고 했다는 성경 말씀을 이야기하고 있는 것 같았다.

정 목사는 놀라서 거절하였다.

"다음에 교회에 감사헌금을 하십시오. 저는 돈 받고 출장 예배드리러 온 사람이 아닙니다."

돌아오면서는 자기가 너무 심한 말을 한 것이 아닌가 생각하고 목사는 미안한 생각이 들었다. 그는 무당이 굿해 주고 보수를 받는 것처럼 예배드리고 사례를 받는 것이 마뜩잖았던 것이다. 그러나 이것이 불신자를 구원하는 좋은 방법이라고 믿고 있는 유 장로에게 상처를 준 것 같다는 생각 때문에 미안했다. 지금까지 수고했던 전도사에게 예배를 부탁해 보라고 할 수도 있었지만 옳은 일이 아닌 것 같았다. 이것은 유 장로와 자기 사이에 시급히 해결해야 할 문제 같았다.

"예배 대신에 성경공부를 하는 것이 어떻겠습니까? 이것이 불신자에게 예수를 영접하게 하는 첩경입니다. 그리고 하나님을 두려워하지도 않고 알지도 못하는 사람들과 함께 불경한 예배를 드리는 것보다 그날을 기도로 시작하는 것이 훨씬 좋을 것 같습니다."

이렇게 해서 주중 아침 한 시간을 공장 식구들에게 성경공부로 할애하기로 결심하였다. 그런데 얼마 뒤 하나님께서 그에게 지혜를 주셨다. 그 교회에는 나이가 많은 박 장로가 계셨다. 젊어서 신학교를 마쳤지만, 목회자 되기를 거부하고 장로로 늙은 분이었다. 그분은 은퇴해서 공기 좋은 곳에서 살기 위해 시골로 옮겨 왔다가 이 교회에 출석하게 된 분이었다. 얼마 전 부인을 사별하고 홀로 되었는데 소일거리가 없어 적적한 분이기도 했다. 그는 성경공부를 가르치는 데는 적격이었다. 예배가 아니기 때문에 공장 직원들에게 성경을 가르치는 것은 유 장로에게도 문제가 되지 않았다. 사실 그는 이 교회에 오기 전 오랫동안 성경공부를 인도해 온 분이기도 했다. 그래서 그때부터 정 목사와 박 장로가 교대로 공장 식구들을 위해 성경공부를 맡기로 했다. 물론 끝날 때는 그날 하루를 시작하는 기도도 잊지 않았다.

이 교회의 또 한 가지 문제는 구역예배였다. 제사장이 아니면 설교할 수 없다면서 구역예배 때는 구역장과 인도자가 있어서 인도자가 예배를 인도하고 말씀을 전하는 것이었다. 이것은 선지학교를 안 나온 사람이 예배를 인도하는 것이 되어 그들에게는 일관성이 없는 처사였다. 그래선지 전임교역자는 각 구역의 인도자는 지난주에 자기가 선포한 말씀을 요약하고 반추해서 구역원들에게 전하도록 교육을 하였다고 한다. 재탕은 원액보다 맛이 없는 법이다. 그래서 교인들은 한물간 설교는 듣고 싶지 않았다. 밤늦게 피곤하기도 하고 모이는 사람도 없어 대부분 구역이 헌금만 걷고 말아버리는 경우가 많았다. 어느 때는 소집 책임자인 구역장이 사람을 모으지 못해 한 사람이 참석해서 인도자의 인도를 받아 예배를 드리는데 꾸벅꾸벅 잠들었다는 일화도 있다. 구역예배에서 모은 헌금은 선교헌금으로 쓴다고 했다. 정 목사는 도시 교회에서도(그들은 구역예배를 순 모임이라고 했다.) 이렇게 교회를 활성화하기 위해서는 구역을 활성화해야 한다고 바쁜 사람들을 밤늦게 붙들어 놓는 것이 마음에 맞지 않았던 사람이었다. 주일은 예수님과 함께 즐겁게 놀아야 하고 주중은 예수 안에서 즐겁게 살아야 한다는 것이 그의 생각이었다. 가정예배란 교회의 예배 의식을 본 따 사도신경, 찬송, 기도, 성경, 헌금, 기도… 이런 식으로 형식을 따르지 않고 말씀을 묵상하고 나누며 기도하는 것을 원칙으로 하되 하나님을 경배하고 찬양하고 싶은 마음이 솟는 대로 찬송을 택하여 찬양하고 예수님을 모시고 사는 선한 삶을 형성해 가는 것이면 바로 예배가 된다고 정 목사는 생각하고 있었다. 그런데 모든 구역은 출석 인원, 헌금액, 새로 인도한 신자 이름 등을 교회에 보고하기 위해 서로 구역 간에 경쟁하고 있었다. 그래서 또 하나의 의무를 지고 모이는 것이 구역 예배였다.

수요예배는 사도행전으로 강해설교를 했다고 하는데 전임목사는 부흥회로 워낙 빠진 때가 많아 초빙 강사가 와서 이와는 관계없는 설교를 했기 때문에 일관성이 없었으며 청년들은 불만이 많았다. 그들은 이날을 특히 청년을 위한 예배로 바꾸고 열린 예배로 형식을 바꾸어 달라고 요청하고 있었다. 이때까지는 출석교인이 150명 내외여서 장년과 청년 예배를 구분해서 드릴 처지가 못 되었다. 이것은 일리 있는 요구라고 정 목사는 생각하였지만 어디서부터 무엇을 어떻게 개혁해 나가야 할지 알 수가 없었다. 자색 카펫에 슬리퍼를 신고 올라가서 설교하는 제사장의 말을 일방적으로 들어야 하는 젊은이들은 주형(鑄型)에 맞추어 부어진 주물(鑄物)처럼 자신들이 만들어지는 것이 너무 답답했을 것이 분명했다.

2.

정 목사는 2년 만에 그 교회의 위임목사가 되자 3년째에는 강대상에 신발을 신고 올라갔다. 그리고 자기는 구약시대에 제사를 지냈던 제사장이 아니라고 선언하였다. 더는 하나님과 백성 사이에 끼어 있는 제사장이 아니며 지금은 하나님이 택하시어 자기 소유로 삼으신 모든 신자는 불신자를 위한 제사장이라고 말하였다. 교회의 건물은 성전이 아니고 예배당이며 성령의 집(성전)은 예배당뿐 아니라 믿는 사람의 몸이 바로 성전이라고 말하였다. 예배를 2부로 나누어 장년예배와 청소년예배로 드리며 청소년예배 때는 악기(드럼, 키보드 등)를 동원하여 건전한 복음성가를 허용하고 크리스마스 때는 강대상에 신을 신고 올라가 합창, 성극 등을 하게 하였다. 처음에는 반대가 심했지만 젊은층과 성령파 교인들은 오히려 환영하였다.

그런데 당회에서 문제가 생겼다. 몇 달 앞둔 교회 50주년 기념행사 때문이었다. 희년 기념식이기 때문에 설교는 되도록 짧게 하고 예배 중에 창립 멤버와 그동안의 공로자에게 시상하는 순서를 넣고 연혁은 종전의 방법을 바꾸어 영상으로 배경음악을 넣어서 하자는 것이었다. 그리고 희년 기념행사로 그동안 교회예배가 너무 가라앉아 있었으므로 주일 오후부터 수요일 새벽기도까지 부흥강사를 초청하여 부흥회를 하자는 안이 당회에 제출되었다.

정 목사는 행사 때 잘못된 예배를 증오하는 사람이었다. 3.1절 기념예배 때에는 그때 독립운동이 어떻게 일어났으며 무자비한 일경과 헌병대의 진압에도 불구하고 이에 항거한 만세사건은 어떠했으며… 이런 상투적인 보고식 예배 방향에 견딜 수 없었다. 성경에 있는 말씀은 설교자의 주장을 위한 인용구에 불과했다. 또 6.25 기념 예배는 어떤가? 동란으로 한국인의 사망자 수는 몇 명이며 UN군의 희생자는 몇 명이었으며 공산군의 잔학상은 어떠했는가? 그때를 모르고 있는 젊은이들은 지금도 북한 찬양을 하고 있다. 이는 나라를 망치는 행동이라는 등 이런 내용이 정 목사에게는 진정한 설교라고 생각되지 않았다. 그는 행사를 위한 예배를 증오하였다.

그런데 얼마 전 전임교회의 원로장로로부터 전화가 왔었다. 자기의 팔순 잔치에 좀 참가해 달라는 것이었다. 그리고 온 김에 예배인도를 좀 해 달라고 했다. 그 교회에 있을 때 정 목사가 사랑을 많이 받았던 장로이고 이쪽 교회로 옮길 때도 많은 도움을 받았던 장로이기도 했다. 그는 거절할 수가 없었다. 일부러 기사를 시켜 차까지 보내주어서 팔순예배에 참석하였다. 호텔에서 호화로운 잔치였는데 이미 초청을 받은 듯한 레크리에이션 강사가 와서 장내 분위기를 고조시키고 있었다. 원탁 테이블에 앉아 있는 분들은 할아버지와 할머니뿐 아니라 사업하고 있는 자녀들인 듯 건장한 젊은이도 많이 앉아 음료수를 마시며 분주하게 이 테이블 저 테이블을 오가고 있었다.

사회자가 "조용히 하십시오. 이제 1부 예배를 드리겠습니다. 모두 협조해 주시기를 바랍니다."라고 말하였다.

기도할 때나 찬송할 때 분위기가 썰렁하였다. 설교 전에 작은 실내악단의 특별연주가 있었고 설교 후에는 장로의 약력소개와 가족소개, 꽃다발 증정에 이어 각계 인사의 축사가 계속되었다. 답사가 끝난 뒤 록그룹의 특별축하연주가 있었고, 그것이 끝난 뒤 축도로 예배를 마치었다.

2부는 다시 레크리에이션 인도자가 이어받았다.

"자, 이제는 여러분의 식사가 준비되는 동안 즐거운 음악과 놀이가 시작되겠습니다. 원하시는 분은 색다른 음료수도 있습니다."

이러면서 맥주나 샴페인도 권하고 있었다. 식사가 끝나면서 곧바로 들여다 놓은 노래방 기기로 새로운 흥을 돋울 생각인 것 같았다. 정 목사는 특석 테이블에 좌석을 배정받아 사회, 축사, 기도, 축도 등 순서를 맡았던 분들과 함께 점심을 먹게 되었다. 이분들에게는 각각 사례비 봉투가 돌려졌다. 정 목사는 원로장로에게 자기는 교회에서 맡은 일이 있어 빨리 가보아야 한다고 말하고 빠져나왔다. 그분은 미안한 듯 두 손으로 악수하며 기사를 딸려 보내 집에까지 보내 주었다.

'하나님을 경외하고 찬양하며 영광을 돌리는 예배가 어떻게 그렇게 타락할 수 있는가?'

정 목사는 자기가 그곳에 참석한 것을 회개하며 이런 행사예배에는 다시는 참석하지 않겠다는 것을 마음으로 다짐하였다. 자기가 굿하러 불려 다니는 무당만도 못하다고 한심스럽게 생각하였다. 그런데 자기가 맡은 교회에서 창립 기념예배를 드리겠다고 하면서 세속적인 행사 위주의 예배프로그램을 짜온 것이었다.

정 목사는 설교는 짧게 할 수 있지만 연혁소개, 시상, 광고 등을 예배시간에 집어넣어 성스런 예배에 물타기를 하는 것은 반대라고 분명히 말하였다. 그리고 그런 일은 예배 후에 하도록 하라고 말했다. 애초 자기가 부임할 때 교회를 떠나지 않고 양들을 돌볼 차분한 목사가 되어 달라는 것이 당회의 부탁이었는데 부흥회로 다시 교회를 뒤흔들어 놓는 것은 반대라고 했다. 지금까지 잘못된 예배를 바로잡고 성경공부 등을 통해 하나님의 은혜로 믿음으로 구원을 얻은 확신을 다져가고 있는데 부흥회는 이 흐름을 망친다고 말하였다. 물론 믿음이 성경공부나 우리의 지식에 의존하지 않고 하나님의 능력에 의존하기 때문에 주의 사랑을 향한 성도의 정열이 필요하지만 믿음은 결코 부흥회 등에서 격앙시켜지는 감정에 의존해서는 안 된다고 말했다.

"무엇 때문에 부흥회를 하려는 것입니까? 만일 부흥회가 신자의 수를 늘리고 교세를 확장하기 위한 것이라면 이를 얼마 동안 멈추고 저를 믿고 따라주십시오. 2, 3년 내에 변화가 없으면 제가 물러나겠습니다. 숫자가 중요하지 않고 하늘나라의 확장에는 변화된 신자, 즉 거듭난 성도가 필요합니다."

이렇게 해서 부흥회는 물리쳤지만, 교회 안에는 영적인 지도자가 부족하였다. 지도자 양성에는 젊은 사람들이 필요했는데 시간이 부족했고 또 훈련해 놓으면 채 일 년도 되기 전에 도시로 떠나갔다. 무엇보다도 의지하고 있던 박 장로가 몸이 아팠다. 국민건강보험의 일반검진에서 위 검사를 다시 해보라는 말을 들었는데 재검 결과 위암 말기라는 진단을 받았다. 전혀 증후가 없었고 음식도 잘 드는 편이었다. 그런데 검진 결과를 안 뒤부터는 갑자기 몸이 쇠약해졌다. 그래서 가끔 교회를 빠지게 되고 그런 때는 도시에 있는 자녀 집에 가서 몇 주씩 쉬게 되었다.

그러던 어느 날 갑자기 임종예배를 드려달라는 전갈이 왔다. 정말 그렇게 빨리 증세가 나빠진 것인가 싶어 장로 몇 분을 동반하여 찾아갔다. 그런데 박 장로는 집에서 말짱하게 서서 그들을 영접하는 것이었다. 그들은 건네준 방석에 앉았다.

"장로님, 건강해 보이시는데 무슨 임종예배입니까?"

"아니요. 얼마 사이에 죽을 것 같습니다. 그냥 앉아 있기만 하면 죽는다고 해서 지금은 방 안에서 서서 걸어 다니느라고 잠도 못 잡니다."

그는 무언가를 예감하고 있는 듯 말했다. 전번에도 위 내출혈이 있어 혈압이 갑자기 떨어져 수혈로 회복했다는 것이다.

"그렇지만 이렇게 말짱하신데 임종예배라니 당혹스럽습니다."

임종예배란 아무래도 돌아가시겠다고 판단되면 가족들이 목사를 불러서 드리는 예배이다. 숨이 끊어지기 직전 드리기도 하고 또 임종 직후에 드리기도 한다. 그런데 이렇게 건강한 분을 앉혀놓고 임종예배를 드린다니 당황스러울 수밖에 없었다.

"정 목사, 너무 당황하지 말아요. 내 숨이 끊어지면 내 영은 낙원으로 가서 이제는 천상에서 예배를 드릴 것인데 이 지상에서 드리는 임종예배가 무슨 뜻이 있겠소. 나는 영과 육을 가진 상태로 이 지상에서 마지막 예배를 드리고 싶은 것이요."

그러면서 덧붙였다.

"그리고 내가 죽은 뒤는 버스에다 교인들 싣고 와서 위로예배 같은 것은 할 필요가 없소. 무엇 때문에 바쁜 교인들을 데려와서 그렇게 합니까? 또 떠날 때 발인예배도 할 것이 없습니다. 죽어서 장지에서 하관예배 같은 것을 하는데 한 사람의 죽음을 두고 이렇게 여러 번 많은 교인을 동원해서 예배할 필요가 무엇이 있습니까? 영이 떠난 육신 앞에서 하는 예배가 무슨 뜻이 있습니까?"

정 목사는 말했다.

"장로님, 이것은 평소에 장로님을 존경하던 교인들과 유족이 하나님을 찬양하고 영광 돌리는 예배입니다. 이 세상에서 하나님의 백성으로 본을 보이고 살 수 있게 해 주신 하나님께 영광을 돌리는 예배입니다."

"내가 무슨… 오히려 교인들을 실족하게 한 죄인인데. 그런 저를 땅에 묻기까지 따라다니며 위로예배, 입관예배, 발인예배, 하관예배, 이렇게 바쁜 분들을 인솔해서 예배를 모독하는 예배는 제발 하지 말아 주십시오."

정 목사는 박 장로의 설득을 받아 평생 처음 경험하는 임종예배를 드렸다.

'하나님, 늙어 백발이 되셨어도 주의 힘을 후대에 전하고, 주의 능력을 장래의 모든 사람에게 전하신 박 장로님을 통해 주께서 찬양과 영광을 받으시옵소서. 그의 삶 자체가 바로 예배였습니다.'

이 모든 말은 정 목사의 마음속에 있던 고백이었다.

급매물 교회

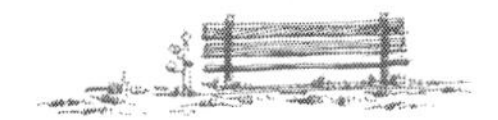

상가건물 3층에 이삼십 명 모인 교인들이 웅성거리고 있었다. 밖에는 눈발이 날리는 스산한 날씨였다. 날씨만큼 그들의 마음도 스산하였다. 교회가 부도가 나서 쫓겨나야 한다는 소문을 들었기 때문이었다. 그래도 실내에는 뒷방에 목회자 상담실도 있고 간이 설교단도 만들어져 있으며 전자키보드와 드럼도 있었다. 마이크, 스피커 등 음향 시설도 있어 작은 교회지만 교회로서 모습은 다 갖추고 있었다. 아직 목사가 안 보인 것뿐이었다. 교인들은 실내에 놓인 의자에 앉아 재정 장로인 이 장로의 눈치를 살피었다. 교회의 사정을 알고 있다면 그가 먼저 알고 있어야 할 것이기 때문이었다. 그러나 그는 아무 말이 없다.

이때 뒷문으로 검정 두루마기를 입고 목에 하얀 목도리를 두른 낯선 사람이 터벅터벅 걸어 들어왔다. 그는 서슴없이 강대상 위로 올라가 교인들을 돌아보았다.

"여러분, 오늘부터 제가 여러분의 목사입니다."

모두 웅성거렸다.

"조용히 하십시오. 제가 이 교회를 샀습니다. 교회뿐 아니라 교인 여러분 50명도 함께 샀습니다. 그래서 이 교회는 나의 것이며 여러분도 나의 것입니다."

"무슨 소리를 하는 거요? 우리를 샀다고요? 누구 맘대로 우리를 사요? 누구한테 샀다는 말입니까?"

"여러분의 이전 목사에게, 교회와 신도를 싸잡아서 흥정하고 샀다는 말입니다."

"무슨 개 같은 소리를 하는 거요?"

한 사람이 고래고래 소리를 질렀다.

"여러분은 그러나 기뻐하십시오. 내가 이 교회가 진 모든 빚을 다 갚았으니 여러분은 교회 빚을 걱정할 것이 없어졌습니다. 그뿐 아니라 여러분은 교회에 약정하고 내야 할 돈에서 해방된 것입니다. 이제 건축헌금 걱정하지 마십시오. 십일조 걱정하지 마십시오. 일천번제 헌금을 내지 않아도 됩니다. 여러분은 교회에 빚진 것이 없습니다. 내도 되고 안 내도 됩니다. 내고 싶으면 억지로 하지 말고 자원하는 마음 감사하는 마음으로 드리십시오. 여러분은 여기서 쫓겨날 염려 없이 예배를 드릴 수 있습니다."

교인들은 눈을 둥그렇게 뜨고 돌아보았다.

"여러분은 목사 사례 어떻게 할 것인가? 이 예배당 월세는 어떻게 낼 것인가? 이제부터는 걱정하지 마십시오. 나는 사례를 받지 않습니다. 월세는 헌금으로 넉넉히 내고 남을 것입니다. 교회 있겠다. 목사 있겠다. 교인 있겠다. 무엇이 걱정입니까? 여러분의 구원은 어디 가는 것이 아닙니다. 안심하고 주님께 붙어 있으십시오. 그러면 됩니다."

어리둥절한 가운데 예배를 마치고 그들은 재정 장로에게 정말 교회의 부도 위기는 끝난 것이냐고 물었다. 그는 고개를 끄덕일 뿐이었다.

새로 온 천 목사는 약간 떨어진 시골에 집을 가지고 있었는데 차도 없이 거기서 버스로 출퇴근한다고 말했다. 재정 장로는 무언가 좀 알고 있는 눈치였다.

천 목사는 다음 주 광고 시간에 더 큰 폭탄선언을 하였다.

"여러분 내 말을 잘 들으시오. 나는 이 교회에서 장로와 집사 직분을 다 없애고 모두 자매, 형제로 부르기로 하겠습니다. 이 직분은 교회의 계급이 아닙니다. 평신도가 집사가 되고 집사가 장로로 진급하고 그 위에 목사가 있는 것이 아닙니다. 이 직분은 주님의 몸인 교회의 손과 발이 되어 하나님의 청지기로 일하도록 받은 은사인데 잘못 인식하고 있어 원점에서 새로 시작하려고 합니다. 새 술은 새 부대에 담아야 합니다. 제가 새 목회를 시작하면서 모든 제도를 초대교회 정신으로 되돌려 새 부대에 담으려 합니다."

"기름 부은 장로를 목사가 마음대로 없앨 수 있습니까?"

한 교우가 손을 들고 말했다.

"이 교회는 어느 교단에 속하지 않은 독립 교단의 교회입니다. 다시 말하면 이 건물은 소속 교단의 재산이 아니며, 상부 기관의 허락을 받아 장로를 세운 것도 아닙니다. 목사가 교회 정관을 만들고 임의로 정한 것이란 말입니다. 그러나 나는 옛 정관을 무시하고, 제가 만든 새 정관으로 교회를 운영할 것입니다. 이것이 불만이어서 이 교회를 나가려면 나가도 됩니다. 그러나 다른 교회에 간다고 장로로 인정받을 수 있는 것은 아닙니다. 아예 여기서 새로 시작하는 것이 좋지 않겠습니까? 모든 제도를 없애고 교인이 얼마 안 되기 때문에 교회의 모든 문제는 전체 회의인 공동의회에서 결정하도록 하겠습니다."

재정이 약한 이 교회에서는 예배당 건물을 임대하기 위해 장로를 두 사람을 세웠었다. 그리고 그들 각자에게 삼천만 원씩 특별헌금을 부담시켰다. 그렇게 해서 세움 받은 두 장로가 교회의 직분을 없앤 것에 제일 불만이 많았다. 그러나 다른 교인들은 이런 계급을 없애는 것에 별 관심이 없었다. 오히려 더 좋아하는 것 같았다. 두 장로 중의 한 사람인 이인식 장로가 현재 재정 장로였는데 헌금 집계는 어떻게 할 것이며 자기의 위치는 어떻게 될 것인지 불안한 모양이었다. 천 목사는 앞으로 얼마 동안 재정 장로였던 이인식 형제가 헌금은 집계하되, 매주 천 목사 자기 명의로 된 통장에 입금하고 지출결의서를 만들어 결재를 받아 출금해서 쓸 수 있도록 하겠다고 선언했다. 급하게 지출해야 할 일을 위해 오십만 원의 소액 예비금을 회계에게 주어 선 지불, 후 결재를 한다고도 말했다.

천 목사는 이 장로를 어느 정도 알고 있었다. 이 건물을 임대하는데 보증금으로 일억 원이 들었다. 그런데 이 돈은 교회에서 장로 장립 때 낸 돈을 합해 준비한 돈 오천만 원을 내고 나머지 반은 은행 대부를 받으면서 이 장로가 자기 집을 저당했다. 그 대신에 교회의 임대계약은 자기 명의로 했다. 교회가 어려워지자 은행 상환금을 제때 못 내고 예배당 건물의 월세도 제대로 내지 못해 교회는 부도 직전에 몰린 것이다.

여기서 제일 위기에 처한 사림은 이 장로였다. 은행 빚을 갚지 못하면 자기 집이 위태롭기 때문이었다. 생각다 못한 이 장로는 자기 명의로 임대한 예배당 건물을 급매물로 내놓은 것이었다. 아무도 교회에 관심을 두지 않았는데 그래도 천 목사가 문제를 해결해준 것은 다행이었다. 그래서 급매물로 내놓은 교회가 팔린 것이었다. 그는 목사는 교체했지만 자기의 기득권은 가지고 교회에 군림하고 싶었다. 그런데 천 목사는 건물의 전세계약서를 자기 명의로 하고, 교회헌금도 자기 명의의 통장을 만들어 관리하겠다고 선언한 것이었다. 이건 교회와 신도들을 자기의 사유물로 만들겠다는 이단 교주들과 무엇이 다른가 하고 이 장로는 불만이었다. 적어도 교회헌금은 교회 명의로 은행 계좌를 개설하고 관리해야 한다고 주장했다.

6주 동안 수요일 저녁은 천 목사가 매주 주기도에 대한 강해설교를 하겠다고 말했다. 그런데 넷째 주일째 수요예배가 끝나자, 젊은 성도 몇 사람이 귀가하지 않고 목사와 면담을 하겠다고 신청하였다. 좀 심상치 않았지만 천 목사는 그들을 상담실로 인도하여 대면하였다.

그들의 첫 질문은 목사는 어디서 안수를 받았으며 어느 신학교를 나왔느냐는 것이었다.

“예수님이 말씀을 전하는데 그분이 어느 신학교를 나오셨는지, 병자를 많이 고치셨는데 그분이 어느 의과대학을 나오셨는지 문제가 되었습니까? 제 목사 안수가 왜, 문제가 됩니까?”

“목사님은 예수님이 아니잖아요? 목사님이 어느 교파에 소속된 것인지 신앙 노선은 어떤지 알아야 따라갈 것이 아닙니까?”

“한 3주 간 아무 말도 없이 잘 따라오기 때문에 순한 양인 줄 알았는데 이리였습니까?”

그리고 그는 계속하였다.

"저는 현재 어느 교단에 속해 있지 않지만, 성경을 정확하고 흠 없는 하나님의 말씀으로 믿으며, 삼위일체 하나님을 믿고 웨스트민스터 신앙고백을 나의 고백으로 삼습니다. 또 예수께서 오셔서 십자가로 구원을 이루셨으며, 예수님만이 나의 구주임을 믿습니다. 목사 안수와 출신 신학교에 대해서는 목사 안수 당시 내가 어느 교회에 속해 있었는지 여러분이 인터넷의 인물 정보를 통해 알아보십시오. 제가 청문회의 대상 인물이 되어 답변하고 있으면 신앙지도자의 권위를 잃게 됩니다."

"혹 우리 교회가 이단이 아니냐고 물으면 어떻게 대답하면 됩니까?"

"와서 말씀을 들어보고 함께 교회 생활을 해보라고 전하십시오. 내가 성경을 임의로 해석했습니까? 내가 예수님이 이루지 못한 구원을 이룰 유일한 말씀의 소유자라고 말한 적이 있습니까? '당신은 언제 몇 시에 거듭났느냐?'라고 질문한 일이 있습니까? 삼위일체를 부인한 적이 있습니까? 병역과 수혈을 거부하라고 말한 적이 있습니까? 내가 신비체험을 했으며 그리스도 및 세례 요한과 대화를 했으며 나만이 진리의 수호자라고 주장하고 여러분을 비밀집단에 가두어둔 일이 있습니까?"

"알겠습니다. 그런데 우리 교회는 왜 새벽기도를 안 합니까?"

"나는 새벽기도를 없앤 적이 없습니다. 언제나 교회는 열려 있습니다."

"그래도 목사님이 와서 인도하셔야지요."

"기도는 하나님과의 대화입니다. 하나님과 나 사이에 누구를 끼워 넣으면 남편과 아내 사이에 딴 남자를 끼워 넣은 것처럼 어색해지지 않겠습니까?"

"그래도 목사님이 나와서 사회를 하고 순서를 정해 찬송하고 말씀도 전하고 그리고 기도하는 것이 원칙이 아닙니까? 그때 일천번제 헌금도 걷고."

"다니엘은 바벨론에 포로로 잡혀갔을 때 어떻게 기도했습니까? 모여서 누구의 도움을 받고 기도했습니까? 그러나 여러분이 모여서 합심기도를 하고 싶으면 내가 다음 주부터 두 주간 매일 새벽기도 훈련을 하겠습니다."

이렇게 해서 새벽기도가 다시 시작되었다. 그러나 그때까지의 새벽기도와는 전혀 다른 형식이었다. 목사가 새벽기도 모범을 만들어 왔다.

사도신경, 찬송, 교회가 드리는 기도문으로 기도, 시편 교독, 신약성경 묵상, 기도 그리고 예수님께서 가르치신 주기도문으로 기도하는 것으로 끝나는 것이었다.

이십 명 남짓한 사람이 둥글게 앉았고 첫날은 이인식 성도가 사회를 하였다. 교회가 드리는 기도문은 목사가 만들어 순서지에 복사해 가지고 왔다. 시편 교독이 끝나고 신약성경을 읽었다. 마태복음 5장 39-42절이었다.

> "39나는 너희에게 이르노니 악한 자를 대적하지 말라 누구든지 네 오른뺨을 치거든 왼뺨도 돌려 대며 40또 너를 고발하여 속옷을 가지고자 하는 자에게는 겉옷까지도 가지게 하며…."

"이 말씀을 묵상하고 생각난 대로 말씀해 보십시오."

이인식 형제가 물었다. 모두 처음 당한 일이라 어리둥절하여 입을 여는 사람이 없었다. 침묵이 흘렀다. 그러자 어떤 학생이 입을 열었다.

"그냥 궁금해서 그러는데요. 왜 오른뺨을 때렸을까요? 때린 사람은 왼손잡이였나요? 왼뺨 때리기가 더 쉬울 것 같은데."

모두 웃고 분위기가 누그러졌다.

"저도 궁금한 것이 있어요. 왜 겉옷을 달라고 하지 속옷을 달라고 송사를 했을까요?"

모두 처음으로 성경을 보는 것 같은 느낌이었다. 여러 가지 상상한 대로 이야기를 나누었다. 속옷에 대한 것은 목사가 이스라엘 풍속을 이야기했다. 아무리 가난한 사람이라도 빚을 갚으라고 송사할 때는 겉옷은 덮고 자기도 하고, 일하러 갈 때 입을 옷이자 재산이기 때문에 송사해서 빼앗아 갈 수 없다는 것이었다. 그러나 예수님의 말씀은 오른뺨, 왼뺨의 문제가 아니고 예수의 제자가 된 사람은 악한 자라도 그렇게 대적하지 말라는 것이 요점이라고 말했다.

"천국은 정말 좁은 문인 것 같습니다. 그렇게 맞고 빼앗기면서도 천국에 가고 싶은 사람이 몇이나 되겠습니까? 예수님은 너무 할 수 없는 것만 가르치십니다."

여러 말이 오간 뒤 목사가 다시 말했다.

"이것은 천국에 가기 위해서 어떻게 살아야 한다고 가르치는 것이 아니고 구원받고 예수님의 제자가 된 사람은 천국 백성으로 이렇게 살아야 한다고 가르치는 것입니다."

말씀 묵상이 끝난 뒤 각각 기도 제목을 내놓았다. 그중 다섯 가지만 골라 주제를 따라 합심기도를 하고 마무리 기도를 하였다. 이 새로운 방식의 새벽기도는 모두에게 너무 생소하였다. 목사가 하라는 대로 하고 기도하라면 소리 높이 외치며 울고 기도한 뒤 돌아갈 때는 시원한 카타르시스를 느꼈는데 새로운 형식은 공부하는 것처럼 부담만 되었다. 싫은 사람은 점차 안 나오게 되고 또 꼭 새벽기도에 나와야 복 받는다는 신비감도 없어졌다. 그래서 수가 줄어들었다. 한편 새로운 형식에 호기심을 갖는 사람들이 자발적으로 나오기 시작하였다.

두 주가 끝날 때 목사는 예배위원회 팀장을 선출하였다. 그로 하여금 한 주간 동안의 새벽기도 사회자를 뽑게 하고, 그 사회자는 목사가 준 순서지 초안을 따라 새벽기도를 인도하도록 하기 위해서였다. 이 일에 익숙해지자 그들은 목사에게 새벽기도를 위해 앞으로는 먼 곳에서 택시로 왔다가 버스로 돌아갈 필요가 없다고 말했다. 스스로 하겠다는 것이었다.

목사는 처음 공동의회에서 이인식 형제를 회계에서 사임시키고 새로 회계를 가장 신임이 있는 사람으로 선출하게 했다. 그리고 부회계 한 사람은 회계가 임명하고, 감사 1명은 공동의회에서 뽑기로 했다. 그리고 매월 첫 주는 공동의회를 열어 한 달 동안 교회 헌금의 수지결산을 공개하도록 했다. 이래야 재정운영이 투명해지기 때문이라는 것이었다.

또 6주간의 주기도문 강해가 끝나자, 목사는 또 다른 광고를 하였다. 앞으로 누구든지 교회와 나라와 세계를 위해 교회에서 대표기도를 하고 싶다는 생각이 들면 기도 내용을 수요일까지 A4 용지에 11호 크기로 타자하여 예배위원회 팀장에게 보내라는 것이었다.

그러면 그중에 선택해서 기도할 수 있게 하겠다고 했다. 예배 때 대표기도는 누구나 할 수 있으며, 특히 기도를 중언부언하는 것은 하나님을 경홀히 여기는 것이기 때문이라는 것이었다.

기도를 시험 보듯이 내용을 써서 제출하여 뽑는 것은 말이 안 된다고 교인 중 어떤 사람이 반대했다. 이것은 유창하게 글 잘 쓰는 사람만 기도할 수 있다는 말이지 않으냐는 것이었다. 그리고 기도는 성령이 시키는 대로 하는 것이지 써서 읽는다는 것이 첫째, 말이 안 된다고도 했다. 그러나 목사는 꺾이지 않았다.

"기도는 자기 마음대로 하는 것이 아니고 성경에서 말하는 대로 배워서 하는 것입니다. 또 내가 유창한 기도를 뽑겠다는 것이 아닙니다. 눈물로 침상을 띄우는 간절한 기도를 뽑겠습니다. 기도의 질만큼 교인의 믿음은 성장하는 것입니다. 이런 대표기도를 통해 우리가 배우고 수준 높은 기도를 하는 교인이 되고 싶기 때문입니다. 또 읽는 것이 아니라 미리미리 기도를 준비하자는 것입니다."

이 교회는 직분이 없고 모두가 평신도이기 때문에 누구나 기도할 수가 있었다. 이렇게 되자 기도에 대해 비평하는 버릇이 없어졌다. 자기라면 어떤 기도를 했을까를 생각하면 모든 기도는 다 잘한 것이었다. 그러면서 스스로 기도 준비를 하고 있기도 했다. 기도가 길지도 않고, 여러 사람이 간구하고자 했던 내용이어서 기도의 격이 자연 높아졌다.

한 달에 한 번씩 있는 공동의회에서는 각 가지 생각이 튀어나왔다. 이 교회에서 남녀 각 4명씩 복사중창단(複四重唱團)을 구성해서 예배 때에 찬양하고 싶다는 안이 나와 예산까지 통과시켜 준 것도 이 공동의회에서였다. 인원이 50여 명밖에 되지 않았기 때문에 거창한 찬양대를 만들 수가 없었다. 그러나 성악도 하고 취미도 있는 대학생들이 스스로 찬양 팀을 조직해서 예배를 돕겠다는데 반대할 이유가 없었다. 또 거리에 나가서 노방전도를 하자는 의견도 나왔다. 그러나 이 의견은 말이 많았다. 옛날 말이지 노방전도로 구원받을 사람이 몇이나 되겠냐는 것이었다. 길 가는 사람에게 유인물을 돌리는 것이나 아파트의 편지함에 전도지를 넣는 것은 음식점 광고물보다 못한 재활용 쓰레기를 늘이는 것에 불과하다고 혹평하는 사람도 있었다. 그러나 나이 든 분은 예수님도 말씀을 뿌릴 때 옥토에 떨어지는 것은 1/4밖에 안 되었지만 계속 뿌렸다고 주장했다. 목사가 한마디 했다.

"만일 전도가 교인 수를 늘리는 것이라면 중단되어야 합니다. 교회가 건물의 크기나, 교인 수나, 일 년 예산을 자랑하는 것이면 이것은 주님이 제일 싫어하는 것입니다. 우리는 하나님이 기뻐하시는 삶을 살아야 합니다. 교회는 그 교회 교인들의 삶을 보고 무엇이 그들을 변화시켰는지 가봐야겠다고 생각한 사람들이 모이는 곳이라야 합니다."

"목사님, 그렇게 해서 언제 교회를 성장시킵니까? 불신자를 마구 찔러보는 '고구마 전도왕', 한번 물면 놓치지 않는 '진돗개 전도왕'들의 간증을 못 들어보셨습니까? 적극적인 전도를 위해 '세계전도왕사관학교'도 있습니다. 6주 단위로 훈련을 시켜서 5명씩 반을 짜서 불신세계에 침투작전을 하는 거지요."

"저는 하나님의 나라에 합당하지 않은 전투적인 용어 자체를 싫어합니다. 또 예수님이 제자들을 세상에 내보낼 때도 귀신을 제어하며 병을 고치는 능력과 권위를 주시며, 하나님 나라를 선포하고 병에서 회복되어 천국을 느끼게 하기 위함이었지, 그들이 만난 사람을 끌고 예수님께 데려오라고 하지는 않았습니다."

여러 논의 끝에 이 전도방법은 일단 보류되었다. 그러나 하나님의 지상명령이 전도인 만큼 전도는 끊임없이 대두되는 화제였다. 중동에 선교사를 파견하면 어떻겠냐는 안이 나왔다. 매월 이백만 원씩 후원하자는 것이었다. 이에 대해서는 회계 집사인 이인식 형제가 절대 반대였다. 현재 교인 수가 증가해서 앞으로는 2층에 있는 피아노학원까지 임대하여 교회를 확장할 비전을 가지고 있는데 그렇게 예산지출을 할 수 없다는 것이었다. 이인식 형제는 수완이 좋아서 새롭게 회계를 뽑았는데도 그 자리를 그대로 유지하고 있었다.

교회는 점차 인원이 늘어서 2년째는 2부 예배를 보지 않으면 안 되게 되었다. 그러자 교회의 조직이 필요하다는 말이 나왔다. 장로 두 사람을 공동의회에서 선출하고 서리집사 30명도 목사가 위임하지 않고 공동의회에서 선출하기로 하였다. 이것은 어려운 일이 별로 없었다. 새벽기도 때의 성경 묵상이나 예배 때의 대표기도들을 통해 어느 정도 자격자들이 검증되었기 때문이다. 놀라운 것은 이인식 형제는 이때도 무난히 장로로 뽑힌 것이었다. 이제 서서히 조직이 교회를 움직이기 시작했다. 두 사람의 장로로 당회를 구성하고 집사회 회장 및 총무가 방청으로 들어와서 목사가 이 네 사람과 함께 당회를 열고, 교회 행정을 상의하게 되었다. 하부에 재정, 예배, 찬양, 선교, 교육, 봉사위원회를 두고 어설프지만 예산을 편성한 뒤에 교회재정은 그 예산 안에서 집행하게 되었다. 이때부터 각 위원회가 예산 배정을 더 받으려고 경쟁을 시작했다. 그뿐 아니라 각 위원회가 자기 나름대로 이벤트를 기획하고 각종 행사를 확대해서 계획하기 시작했다. 다른 교회에서 하는 모든 프로그램을 가져오기 시작한 것이다. 찬양위원회는 유급지휘자를 구하고 성과를 높이기 위해 단원들을 확대하여 밤늦게까지 연습시키고, 또 주일에는 일찍부터 교회에 나오게 해서 예행연습을 하였다. 교육위원회는 3, 4명씩 각부 학생을 묶어주고, 축호방문(逐戶訪問)을 해서 학생 수를 늘리라는 명령을 내렸다. 선교위원회는 전도단을 조직해서 주중에 몇 그룹으로 나누어 축호방문을 하고, 유명한 전도왕들의 간증에 단체로 참석을 권유하였다. 봉사위원회는 장애우들을 방문하는 날을 정해 돕기도 하고, 외국인 노동자들을 초청하여 축구시합을 시도하기도 했다. 그러나 인원은 부족한데 이 모든 일을 하기 위해서는 한 사람이 두세 군데의 위원회에 참여해야 하는 것은 기본이었다. 그러자 각 교인들은 고단해서 일주일에 한 번도 제대로 쉬지를 못하고 집에 가면 졸도할 정도로 피곤이 쌓였다.

천 목사는 교회의 이 행사들을 없애라고 고래고래 소리를 질렀지만 아무 효과가 없었다. 이것은 하나님이 원하시는 일이 아니다. 하나님은 엿새 동안 일하고 제 칠일에는 쉬라고 하셨다. 그런데 왜 쉴 줄을 모르고 일 중독이 되느냐고 설득했지만, 아무도 듣는 위원회가 없었다.

"주일은 쉬는 날입니다. 하나님께서 엿새 동안 일하시고 일곱째 날에 쉬시면서 거룩하게 지내신 날입니다. 가족이나 종이나 가축까지도 쉬라는 날에 왜 이렇게 많은 행사를 가지고 들어옵니까? 그뿐 아니라 이 일을 평일까지도 확장해서 직장에서도 교회 일로 전화하고 유인물을 복사해 오고 하는 것은 있을 수 없는 일입니다. 쉴 틈 없이 성도들을 힘들게 하는 것은 하나님의 뜻이 아닙니다."

목사가 이렇게 말하자 반발이 빗발치듯 했다.

"목사님은 구약에서 지키던 토요일의 안식일은 창조와 관련된 율법시대의 성일이며 지금의 주일은 구원과 관련된 복음시대의 성일이라고 말하면서 구약의 안식일의 규례를 지켜야 한다고 말씀하시는 것입니까?"

"나는 비본질적인 문제로 시간을 허비하고 싶지는 않습니다. 그러나 분명한 것은 예수님은 우리가 지키지 못해 죄인이 된 율법에서 우리를 자유롭게 하시면서 자신이 돌아가신 십자가에 구약의 율법도 못 박으셨습니다. 이제 안식일에 대한 법조문이 주일에 우리를 구속할 수는 없습니다. 그러나 우리를 살리고자 하시는 생명의 법, 즉 안식일이든 주일이든 구원받은 자들이 하루를 쉬며 거룩하게 지키라는 명령은 변함이 없다고 생각합니다."

"예배도 드리지 않고 쉬면 더 좋겠네요."

"참 안식은 하나님 안에 있습니다. 하루를 거룩하게 구별하여 하나님의 임재를 깨달으며 예배하는 것이 참 안식입니다. 또 '이것이 우리와 하나님 사이에 여호와가 우리 하나님인 것을 알게 하는 표징'이라는 에스겔서의 말은 지금 주일에도 해당되는 생명의 말이기 때문에 예배는 일하는 것이 아니고 드려야 합니다."

"그 예배를 거룩하게 드릴 준비를 하는 행위를 왜 목사님은 반대하십니까?"

"행사가 지나쳐 예배를 망치고 있기 때문입니다. 성도들은 행사에 짓눌려 조용히 하나님을 만날 시간을 잃었습니다."

그러나 일단 조직이 만들어지자 다투어서 행사를 하고 교회는 천 목사가 생각하는 방향과는 점점 멀어지며 하나님과도 멀어져

가는 것 같았다. 또한, 점차 목사의 뜻에 반하는 기운이 감돌기 시작했다. 목사가 너무 이단 교주처럼 되어간다는 것이었다. 그래서 공동의회에서 헌금을 수납하는 은행 계좌는 목사 개인 명의는 안 되며, 교회 명의로 개설해야 한다고 제안해서 그렇게 통과되었다. 또 교회가 사유화되지 않고 법적 보호를 받으려면 기성 교단에 속해야 한다는 주장이 있었지만, 교단에 속하는 것은 교회가 아직은 초창기이며, 교단에 속하면 정치적 집단이 되기 쉽다는 것 때문에 일단 보류되었다.

교회를 시작한 지 2년이 다 되어 갈 때 천 목사에게 문제가 생겼다. 그의 절친한 친구가 미국에서 교회를 시작했는데 임파선 암으로 입원할 일이 생겼다. 교회가 말썽이 있어 분열 직전이었는데 이런 병이 걸린 것이다. 그래서 천 목사가 2개월 정도만 꼬박 도와주었으면 좋겠다는 간절한 부탁이 왔다. 당회에서 이야기했더니 이제 교회는 어느 정도 기반을 잡았으므로 다녀와도 좋겠다고 말했고 특히 이인식 장로는 정말 걱정하지 말라고 간곡히 말하며, 2개월 정도 교회를 비워도 된다고 했다. 그래서 천 목사는 대학에 있는 교수나 기관목사들에게 자기가 빈 주일의 설교를 맡기고 떠나기로 했다.

교회의 회계 업무는 자기 인감도장과 함께 이인식 장로에게 맡기고 예산대로 집행하라고 말한 뒤 미국으로 떠났다. 미국의 친구는 비호치킨 종양이었는데 다행히 수술이 잘되어 6주 만에 화학요법으로 퇴원하게 되었다.

천 목사는 두 달이 채 안 되었는데 한국의 찬양위원회 팀장으로부터 자기네 교회가 급매물로 나와 다른 목사에게 팔린 것 같다는 이상한 메일이 와서 급하게 귀국하였다. 과연 교회는 딴 목사에게 더 많은 값으로 팔려있었다. 천 목사가 전세 계약을 한 삼층은 그냥 비어 있었고 피아노학원을 하고 있던 이층을 새로 계약하여 교회 건물로 쓰고 있었다. 이인식 장로는 아주 태연하게 천 목사가 체결한 삼층의 전세 계약은 만기가 되면 목사에게 전세금을 돌려줄 것이라고 말했다. 그런 조건으로 이 교회를 급매물로 팔았다는 것이었다.

"그건 사기가 아닙니까? 내 인감도장을 도용해서 교회를 판 것이 아닙니까?"

이인식 장로는 케이크를 사 들고 천 목사의 집으로 저녁에 찾아왔다. 그리고 무릎을 꿇고 머리를 조아리며 사죄하였다. 그의 이야기는 다음과 같았다.

천 목사가 소송하면 자기는 감옥에 갈 수밖에 없다. 그러나 이것은 다 교회를 성장시키기 위한 하나님의 일이다. 새 목사가 2억을 들고 와 교회에 투자하겠다는데 어떻게 거절할 수가 있겠는가? 또 교회가 사유화되어 있다고 교인들의 불만이 많아서 어쩔 수가 없었다. 그래서 차제에 우리 교회도 한국 독립교회 및 선교단체 연합회에 교회 가입신청서를 제출했고 공동의회 결의서 및 교인연서 날인 동의서도 이미 만들어 보낸 바 있다. 새 목사가 그런 일에는 능통해서 모든 서류를 갖추었다. 이제는 연합회에서 실사 팀이 와서 보기만 하면 끝난다. 천 목사도 하나님의 일을 하는 분이 아닌가? 이번 일만 용서해 주면 교회는 교회대로 더 확장되고, 천 목사도 투자한 돈을 건물 3층의 대여 기간이 만료되기 전에라도 찾아가면 되는 일인데 용서할 수 없는가? 이 일로 누구에게 금전적으로 피해를 준 일이 없다. 다만 천 목사의 허락 없이 이 일을 한 것이 잘못일 뿐이다.

"이제는 연합회에 교회를 등록했으니 급매물로 교회를 파는 일은 없겠군요?"

"목사님, 용서해 주시는 것입니까? 정말 그런 일은 절대 없습니다. 하나님의 일에 열심이다 보니 그리되었습니다."

"그럼 3층은 다시 내가 빌려 교회를 하나 시작하면 어떨까요? 하나님은 교회가 많이 생길수록 좋아한다고 생각하지 않으세요?"

"설마 신앙 좋으신 목사님께서 그러지는 않으시겠지요? 우리 교인 다 빼가서 복수하시겠다는 겁니까?"

"다른 사람은 안 빼 오겠습니다. 다만 유능하신 이인식 장로만은 꼭 빼 와야겠다고 생각하는데 어떻습니까?"

"무슨 그런 말씀을 하십니까?"

"진심입니다. 이 장로를 빼 와야 그 교회가 살 것이기 때문입니다."

이렇게 해서 급매물 교회 사건은 끝이 났다.

3장

콩트

개구리 잡창雜唱

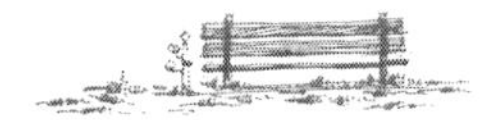

비가 오고 갠 날 아침이었다. 왕 두꺼비는 늘어지게 잠을 자고 있다가 시끄러운 개구리 울음소리에 잠을 깼다. 문을 열자 버드나무가 늘어진 널따란 연못가에서 더욱 시끄럽게 개구리 울음소리가 들려왔다.

"밖에 누구 없느냐? 저것들이 웬 소란이냐?"

그러자 충성스러운 개구리 심복들이 잽싸게 달려와 아뢰었다.

"자기들을 다스릴 지도자는 자기들이 뽑겠다고 그럽니다. 민주주의를 한답시고 저 야단인데 아무리 타일러도 듣지를 않습니다."

"지금까지는 아무 일도 없었지 않으냐. 그런데 왜 갑자기 저 야단이야."

"대왕께서 나이가 드셔서 후계자를 물색 중인 것을 알고 이번 후계자는 자기네 손으로 민주적인 지도자를 뽑겠다는 것입니다."

"미친 것들. 내 아들 말고 이 왕국을 맡을 사람이 누가 또 있느냐? 고얀 것들."

그러면서 "그 주동자가 누군지 알아보아라."라고 심복들에게 말하였다. 심복들은 주동자를 찾아 색출한 뒤 보고 하였다.

"주로 이 왕국에서 혜택을 받지 못한 민초들입니다. 그런데 그들의 주장은 계층마다 다르고, 집단 이기적이어서 도대체 종잡을 수가 없습니다."

"민초들이 무슨 목소리를 내겠어? 필사적으로 그들을 선동하는 전문 꾼들이 뒤에 있을 것이 아니냐?"

"그런데 그 꾼 중에 대왕을 옹립했던, 그런 사람이 끼어 있어서 문제입니다."

"그놈들을 잡아 와! 이들이 내 수법을 써서 민중을 선동하고 세상을 뒤집으려고 하는 것이 아니겠어?"

"아닙니다. 그들은 결코 혁명을 일으킬 수는 없습니다. 어떻게 민주적인 지도자를 뽑겠다면서 독재자를 뽑을 수 있겠습니까? 언어도단이고 모순이지요. 만일 뽑았다 하더라도 대왕을 대적하지는 못할 것입니다. 평화와 평등을 기치로 내세운 그들이 막강한 군사력을 가지고 있는 대왕을 감히 대적할 수 있겠습니까?"

"너희들은 나를 독재자라고 부르는 것이냐?"

"그렇습니다. 대왕님, 후계자를 내세우는 것은 독재자가 독재 체제를 유지하면서 하는 것이지요. 그러나 우리는 막강한 군사력을 가지고 반대자를 숙청하고 이 체제를 유지하는 대왕님을 존경하고 찬양하는 신하들입니다."

그러나 왕 두꺼비는, 반기를 들고 혁명을 꾀하는 개구리들의 뿌리는 뽑아버려야 한다고 말했다. 자기 지시를 받거나 자기를 지지하기 위해 하는 의거가 아닐 때는 초창기부터 잘라버려야 한다는 것이었다. 그러면서 항거하는 군중들을 방죽 광장에 모이게 하였다. 그런 뒤 그들 앞으로 나아가 입이 찢어지게 하품을 한 그는 개구리 합창단을 불러 먼저 대왕을 찬양하는 노래를 하게 하였다. 그는 언제나 연설에 앞서 합창을 시켰는데 이 찬가야말로 군중을 흥분하게 하고 강연에 심취토록 하는 최고의 마약이었다.

"너희들은 지도자가 얼마나 외로운 줄 아느냐? 나는 이 왕국이 적은 무리였을 때부터 지금 이 큰 군중의 왕국을 이룩할 때까지 모든 어려움을 한 어깨에 짊어지고 걸어온 왕이다. 너희는 어려움을 나에게 호소하면 되었지만 나는 닥치는 어려움을 누구에게 호소했겠느냐? 내 이 고독한 외로움을 누가 알아줄꼬?"

개구리들은 무슨 말을 하려고 저런 서두를 꺼내는지 알 수가 없어 서로 얼굴만 바라보며 눈을 끔벅거리고 있었다.

"또 나는 지금까지 홀로 부당한 비판을 받아왔다. 왕이 아니면 비판받을 것도 없을 것이야. 주는 것이나 받아먹고, 하고 싶은 노래나 부르고, 착한 일을 하면 상이나 받고. … 그러면 되는 것이지. 그러나 나는 누가 상을 주었어? 비판이나 받았지."

충성스러운 가신들이 옳다는 뜻으로 소리를 맞추어 울어댔다. 왕 두꺼비는 조용히 하라고 지시한 뒤 말을 계속했다.

"너희들 중에 이 큰 왕국을 다스릴만한 놈이 있으면 어디 나와봐. 왕은 누구나 되는 것이 아니야. 왕권이란 신이 내려 준 것이야. 이제 얼마 있으면 내 아들이 유학에서 돌아올 것이니 너희들이 그때 잘 판단해서 결정하도록 해. 나는 왕 중에서도 너희들이 거룩한 혁명으로 이룬, 그리고 너희들의 주장을 대변해 준 민주적인 왕인 것을 몰랐나? 섣불리 조무래기가 나라를 맡겠다고 나서면 나라만 분열되는 것을 모르느냐? 신중하게 해야 된다. 더는 이 일로 시끄럽게 하지 말고 내 아들이 오기까지 기다려라. 알겠느냐?"

온 방죽은 쥐 죽은 듯이 고요하였다. 그러나 이번만큼은 개구리들도 만만치 않았다. 좀 발언권이 있는 개구리가 말했다.

"대왕이여! 이 왕국은 대왕 개인의 것이 아닙니다. 또 대왕 혼자서 만든 것도 아닙니다. 그런데 어찌 개인의 재산처럼 돈을 뿌리며 권력까지 아들에게 물려 줄 수가 있습니까? 이 왕국을 평화롭게 하는 것도 우리 책임이며, 이 왕국을 지키는 것도 우리 책임입니다. 대왕께서 왕권은 신이 내려 주시는 것이라고 잘 말씀하셨는데 신은 왕권을 왕의 가족에게 대대로 물려주도록 신권을 주신 것이 아니며, 약한 자에게도 기름을 부으셔서 신의 뜻을 펴시는 것을 모르십니까?"

왕 두꺼비는 세상이 많이 변했다고 생각했다. 자기가 나이가 좀 들었기로서니 이 조무래기들이 이렇게 대들 줄이야 상상도 못 한 일이었다. 그는 큰 소리로 말했다.

"왜 이렇게 평화로운 나라를 시끄럽게 만드는 거야. 우리나라 같은 이런 왕국을 신정왕국이라고 하는데 이런 곳에서는 민주주의가 있을 수 없는 곳이야. 신의 뜻이 다수결로 결정되는 것 보았어? 신의 은총으로 복 받고 살면 그것으로 만족할 줄 알아야 해. 너희는 이것을 알겠느냐?"

이때 버들잎 뒤에서 가냘픈 소리가 들려왔다.

"대왕님, 우리는 대왕님을 우리 동족으로 생각하지 않습니다. 대왕께서는 우리처럼 낭랑한 목소리로 개굴개굴 소리를 낼 수 있습니까?"

왕 두꺼비는 머리끝까지 화를 내며 소리쳤다.

"왜 내가 너의 동족이 아니야? 내 눈이나 코나 입이나 생김새 모두가 너희보다 크고 위엄 있게 생긴 것밖에 근본적으로 다른 게 뭐야? 나는 태어날 때부터 왕으로 태어난 것이야, 또 설령 너희의 가까운 동족이 아니라 할지라도 너희의 왕이 되어 복을 나누어주는데 나쁠 게 뭐 있어?"

"대왕님, 그러나 대왕께서 모르고 계시는 것이 하나 있사옵니다."

청개구리는 대담하게 말했다.

"그게 뭔데?"

"대왕께서는 지금까지 신이 우리에게 내리시는 복을 다 가로막고 독점하셔서 우리에게 적당히 나누어주시며 선심을 쓰셨는데 신은 우리에게 큰 심판도 내리신다는 것도 아셔야 합니다. 이제 모든 것을 독점하시는 대왕께서는 그 심판도 독점해서 받으셔야 합니다."

"뭐라고?"

왕 두꺼비는 노발대발하여 탁자를 쾅 쳤다. 그러자 탁자는 두 동강이가 났다. 그뿐 아니라 버드나무 가지에 앉았던 청개구리는 혼비백산하여 오줌을 싸며 땅에 떨어져 기절했다. 이 광경을 본 모든 개구리는 소리를 높여 일제히 울어대기 시작했다. 이제는 합창이 아닌 잡창(雜唱)이었다. 너무나 다른 요란한 소리들을 냈기 때문에 그들은 왕 두꺼비의 왕권 세습 문제를 받아들이겠다는 것인지 결사반대하겠다는 것인지 분간할 수가 없었다. 꾼들을 동원하여 혁명으로 왕이 되었는데 이제는 꾼들이 모여 반대의 음성을 내도 소용이 없었다. 기고만장한 독재자의 위엄 앞에서는 아부밖에는 통하는 것이 없었다. 그의 추상같은 호령은 최후의 심판처럼 무서운 것이었다. 이 잡창은 온 밤을, 그리고 다음 날 아침까지 계속되었다.

가짜 세례증

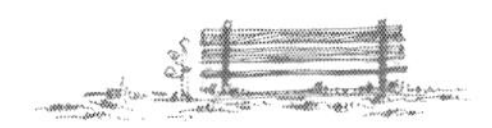

저는 기독교 학교에 가짜 세례증을 가지고 취직하였습니다. 처음엔 까짓것 무슨 상관이겠는가? 교회만 잘 나가주면 되지 않겠는가 하는 생각이었습니다. 학교가 시작되어 1학년을 담임하게 되었는데 학급예배를 드리고 있었습니다. 교회도 안 다닌 제가 어떻게 학급예배를 인도하겠습니까? 꾀를 내어 3학년의 종교 부장을 불러서 예배 인도를 하게 하고 그 방법을 배웠습니다. 그뿐 아니었습니다. 매일 아침 조례 시간마다 선생들이 돌아가면서 기도를 드렸습니다. 정말 몰라도 너무 모르고 들어왔다는 생각을 하게 되었습니다. 그래서 성경에서 그럴듯한 말을 짜 맞추어 기도문을 만들었습니다. 또 갑자기 예고도 없이 기도를 시키는 일이 있기 때문에 예비 기도문을 하나씩 작성하여 암기하였습니다. 그런데 더욱 당혹스러웠던 것은 교회에서 주일학교 학생들을 가르쳐 달라는 것이었습니다. 목사님은 기독교 학교 교사라면 당연히 중등부 학생들도 가르칠 수 있다고 생각하고 있었습니다. 그때는 주일학교라는 말도 생소한 때였습니다. 그러나 이를 거절하면 가짜 교인의 본색이 드러날 것 같아 못하겠다는 말을 할 수가 없었습니다. 갈 데까지 가보자는 생각으로 저는 어떻게 성경을 가르칠 것인가를 생각하기 시작했습니다. 평소에 저는 이야기를 비교적 재미있게 할 줄 안다는 평을 듣고 있었습니다. 그래서 그 재능을 이용할 수밖에 없다고 생각하였습니다. 그 당시 주일학교 교재가 있었는지 없었는지 제 기억이 분명하지 않습니다. 저는 무작정 성경을 창세기부터 읽어 가면서 재미있는 이야기가 나오기만 하면 그 이야기를 중학생들에게 해 주었습니다. 하나님이 혼돈 속에서 천지를 창조하던 때의 이야기, 유혹을 이길 수 없던 너무나 인간적이었던 아담과 단 한 번의 불순종 때문에 온 인류가 지금까지 질 수밖에 없는 죄 이야기, 사십 주 사십 야의 홍수와 그 후에 노아에게 보여 준 무지개 이야기 등, 저는 제가 창조주나 된 것처럼 또는 아담이었던 것처럼, 또 노아의 홍수를 이야기할 때는 제가 600살 먹은 노아처럼 신이 나서 이야기했고 어린 중학생들은 그 이야기에 매혹되었습니다. 저는 그들이 하나님의 창조와 아담과 노아의 이야기들을 잘 믿었으리라고 확신합니다. 저는 들통이 나면 짐을 쌀 생각을 하고 순간순간 할 수 있는 최선을 다했습니다. 제가 이야기를 만든다면 온통 거짓말일 테니 성경에 써진 대로만 전했습니다. 그때 저는 성경을 몰랐던 것이 다행이었다고 생각합니다. 만일 제가 조금이라도 알고 있었다면 저는 성경 외에 제 생각을 많이 이야기했을 것입니다.

산 넘어 산이었습니다. 이제는 저에게 찬양 대원이 되어 달라는 것이었습니다. 그때는 왜 그런 청을 거절하면 가짜 교인이 드러날 것이라고 생각했는지 알 수 없습니다. 저는 진땀을 빼며 성가 대원 노릇을 하였습니다. 성가대에는 베이스로 굵은 목소리를 내는 남자

중학교의 교감 선생이 계셨습니다. 저는 그 옆자리에 앉아 입만 벌리고 있었습니다. 그러나 그럴 수만은 없었습니다. 그래서 성가 연습이 끝나면 피스를 집으로 가져와서 집에서 시창으로 몇 번이나 몇 번이나 그 곡을 연습했습니다. 피나는 노력이었지요. 반년쯤 되어 저는 멜로디를 따라가지 않고 조금씩 베이스를 하게 되었고 주일학교 교사로도 틀이 잡혀가기 시작하였습니다. 이제 저는 교회에서도 조금씩 나의 성실성을 인정받아 기독교인이라는 생활에 그렇게 겁을 먹지 않아도 될 만큼 성장하였습니다. 그러나 더욱 기겁할 일은 다음 해에는 저를 서리 집사로 임명하겠다는 것이었습니다. 집사가 되면 또 무슨 일을 더 해야 하는가? 저는 이제는 산더미처럼 쌓인 죄의 짐을 벗고 도망가고 싶은 심정이었습니다.

그해 추수감사절에 성찬식이 있었습니다. 목사님은 성찬식을 행하면서 고린도전서 11장에 있는 말씀을 낭독한 후 다음과 같이 말씀하셨습니다.

"누구든지 주의 떡이나 잔을 합당치 않게 먹고 마시는 자는 주의 몸과 피를 범하는 죄가 됩니다. 따라서 성령을 거스르는 자와 교리를 모르는 자와 교회를 부끄럽게 하는 자와 무슨 은밀한 중에 알고도 죄를 범한 자들은 이 떡이나 잔을 삼가는 것이 좋습니다. 주의 몸을 분별치 못하고 먹고 마시는 자는 자기의 죄를 먹고 마시는 것이나 마찬가지입니다."

저는 그때 그 말이 내 머리를 큰 망치로 후려 때리는 것 같음을 느끼고 정신이 아찔하였습니다.

이 떡을 어떻게 해야 하는가? 저는 대중들이 쳐다보고 있는 성가대석에 앉아 있었습니다. 성가대석에 앉아 있는 사람들은 모두 세례 교인들이어서 분병(分餅)위원이 돌리는 접시가 돌아오는 대로 떡을 하나씩 들기 시작했습니다. 드디어 제 앞으로 떡이 돌아왔습니다. 저는 먹어서는 안 된다고 속으로 말하고, 저는 가짜 교인이라고 속으로 외치고 있었지만, 손은 떡을 집고 있었습니다. 제 속사람과는 다르게 포도즙까지 마신 뒤 제가 느낀 것은 나는 죄를 마셨으며 나는 영원히 용서받을 수 없다는 것이었습니다.

크리스마스를 지내고 신정 때 저는 광주 D 교회의 목사님을 찾아갔습니다. 그리고 이 교회의 가짜 세례증을 가지고 취직한 것을 고백하였습니다. 제가 가진 세례증은 이 교회의 목사님 아들이 내게 전해 준 것이었습니다. 목사님은 제 경위를 듣고 아무 말 없이 얼마 동안 기도만 하고 계셨습니다. 고뇌의 표정이 역력했습니다. '나 때문에 이분이 이렇게 괴로워하시다니.' 저는 정말 땅속으로 꺼지고 싶었습니다. 얼마 후 목사님은 말없이 저를 안방으로 인도하였습니다. 그리고 성찬기에 물을 담아 와서 당회가 무엇인가, 제직회가 무엇인가 등 설명하고 몇 가지를 물었습니다.

"그대는 하나님 앞에 죄인인 줄 알며 마땅히 그의 진노를 받을 만하고 그의 크신 자비하심에서 구원 얻을 것밖에 소망이 없는 자인 줄 압니까?"

저는 마음 깊숙이에서 그리고 회한에 찬 소리로 "예"라고 대답했습니다. 정말 저는 하나님의 진노를 받아 마땅한 사람이었습니다. 목사님은 몇 가지를 더 물었습니다. 그리고 세례를 베푸셨습니다.

"이제는 예수를 믿는 오○○에게 내가 성부와 성자와 성신의 이름으로 세례를 주노라."

그분의 물 묻은 손이 내 머리 위에서 떨릴 때 저는 감전이 된 것 같은 느낌이었습니다. 물이 뒤 목줄을 타고 내려왔습니다. 저는 그것이 피부를 스며들어 뼛속으로 혈관 속으로 빨려드는 것 같음을 느꼈습니다. 저는 '저는 죄인입니다. 저는 죄인입니다'를 외치고 있었습니다.

그러나 목사님 집을 나오자 마음이 거뜬해졌습니다. 무거운 죄짐을 내려놓고 나오는 홀가분한 기분이었습니다. 잃었던 생명을 찾은 기분이었습니다. 날아오를 듯한 기분이었습니다. '나는 세례를 받았다' 하고 큰소리로 외치고 싶어졌습니다. 나 같은 죄인을 용서해 주시다니….

> 저는 마음속으로 감격에 찬 찬송을 했습니다.
> 나 같은 죄인 살리신 주 은혜 놀라와
> 잃었던 생명 찾았고 광명을 얻었네! …

그 후 이십여 년이 지난 뒤 제가 교회의 선임 장로가 되어 출입문에서 교회를 떠나 집으로 가는 분들에게 인사를 하고 있을 때였습니다. 제자 한 학생이 제게 와서 인사를 한 뒤 나에게 말할 것이 있다는 것이었습니다. 그는 공부도 잘한 학생이었는데 취직을 하지 못해 그렇지 않아도 궁금하던 때였습니다.

"교수님, 제가 미션학교에 취직을 하려고 하는데요. 세례증을 요구합니다."

"그래서?"

"교수님께서 이 교회에서 세례증 하나 해 주시면 안 될까요?"

"뭐라고? 그것이 얼마나 큰 죄인지 모르고 하는 이야기야?"

내가 너무 큰소리를 쳤기 때문에 주위 사람들이 우리를 쳐다보는 것이 보였습니다. 그 학생은 나보다도 놀라서 홍당무가 되어 도망갔습니다. 그러나 학생보다 더 놀라 쓰러질 뻔한 것은 나였습니다. 그것은 오랫동안 마음속에 숨겨져 있던 죄가 깊은 상처와 함께 되살아났기 때문이었습니다.

바치고 싶은 마음

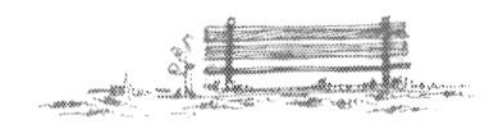

텍사스의 주 꽃인 블루보닛이 하늘색으로 도로변을 가득 메우며 예쁘게 피기 시작하는 어느 봄날 아침이었다. 박 교수 내외는 대학에서 내준 사택의 정원 뒤뜰에 나와 작은 정원에 탐스럽게 피어 있는 붓꽃을 보고 있었다. 너무 탐스러워 자기네만 보고 있기에는 아깝다고 생각하고 있는데 아내도 그렇게 생각하고 있었는지 다음 주 교회의 강대상을 붓꽃으로 장식하자고 제안했다. 그러나 박 교수는 몇 가지 일이 걱정되었다. 붓꽃으로 양쪽 강대상을 다 채우려면 꽤 많은 꽃이 필요하고 또 교회까지는 세 시간 남짓 운전해야 갈 거리였기 때문에 계속 꽃을 안고 가기도 힘든 일이며 또 행여나 꺾이거나 시들어 교인들이 탐탁하게 여기지 않는다면 낭패일 것이기 때문이었다. 아내는 그의 생각을 이미 알고 있는 것처럼 말했다.

"걱정 마세요. 꽃은 시들지 않을 거예요. 또 하나님은 중심을 보신다는 것을 모르세요? 바치고 싶은 마음을 보시는 거예요."

그러면서 계속 종알댔다.

"식탁 위에 꽂아 놓은 꽃 안 보셨어요?"

그녀는 벌써 모든 것을 계획하고 시험 삼아 꽃도 꽃병에 꽂아본 모양이었다. 아내는 바로 장거리 전화로 교회의 꽃 당번을 불러서 자기가 꽃을 가지고 가겠노라고 당부하는 중이었다. 그런 뒤 그들은 가위와 플라스틱 물통을 들고 밖으로 나왔다. 꽤 바람이 심하게 부는 날이었다. 막 요염하게 피어오른 꽃봉오리를 자르는 인간은 잔인하다고 생각했다. 그러나 내심 내 생명까지도 바치고 싶다는 그런 마음이 소담스러운 꽃들을 아낌없이 자르게 하고 있었다.

지난해 이곳으로 이사 왔을 때가 기억에 생생하게 되살아났다. 주급 인생에서 연봉을 받는 직장으로 옮기게 되었다는 것은 얼마나 행복한 순간이었던가? 학위가 다 끝나기도 전에 직장이 생겼다는 것은 꿈같은 일이었다. 더구나 그는 영주권도 없는 상태였다. 그는 꽃을 꺾고 있는 아내의 모습을 물끄러미 쳐다보고 있었다. 밤에는 쓰러지다시피 침상에 들고, 아침에는 자명종 소리에 깨어나 저임금의 공순이 노릇을 하고 있던 아내는 지금은 눈물로 뿌린 씨앗을 웃음으로 거두고 있다고 생각하는 것 같았다.

"왜 그렇게 쳐다보세요?"

"아냐 그냥 하나님께서 기뻐하실 것 같아서."

"왜요?"

"꺾는 모습을 보고 있으니 그런 생각이 드는군요."

"참 싱겁기두."

아내는 허리가 아픈지 손을 허리에 대고 일어섰다. 그는 자기네도 미국인들처럼 사랑의 표현을 자연스럽게 할 수 있었으면 좋겠다고 생각했다. 그녀의 무릎을 베고 잔디에 누워 이야기도 하며 출퇴근 시는 가볍게 입을 맞추며 사랑을 확인하기도 하는 모습이 부러웠다. 여기서는 그렇게 한다고 누가 탓할 것도 없다. 그러나 그들은 7년을 미국에 살고 있으면서도 쑥스러워 그런 짓을 하지 못했다. 어쩌다 남이 안 보는 집안에서라도 뽀뽀하려 하면 '이 이가 왜 이러지?' 하고 손으로 밀어내 버렸었다.

"이렇게 준비했다가 딴 꽃이 준비되어 못쓰게 되면 어떡하지?"

"참 걱정도 많으셔. 그래서 우리가 꽃 당번에게 미리 연락했잖아요?"

물을 반쯤 채운 물통에 꽃을 담아 차 뒷좌석에 놓고 초등학생인 막내가 통이 쓰러지지 않게 붙들기로 했다. 그는 교회에 갈 때 아예 베개를 하나 가지고 타면서 늘어지게 한잠 자게 마련인데 이날은 꽃 때문에 그리할 수 없게 되었다. 차 안은 꽃향기로 가득 찼다.

교회는 너무 멀었다. 그러나 아내는 미국 교회의 하나님을 믿지 않았다. 교통사고에서 구해주신 분, 건강을 주신 분, 직장을 주신 분, 한국에 두고 온 아이들을 지켜 주시는 분은 다 한국 교회의 하나님이셨다. 그러나 박 교수 모친은 또 학위를 마치고 귀국할 때는 미국에서 도와주신 하나님을 모시고 오라고 하신다. 이 시골 대학에서 미국에 있는 한국 교회는 너무 먼 거리에 있었다. 그들 집에 심방을 오셨던 한 권사님은 "아이구 끔찍해. 여기서 교회를 다니다니" 하고 몇 번이나 혀를 내두르셨다. 하긴 대전에서 부산 교회를 다니는 꼴이 되어 미국에서도 가장 먼 교회를 다니는 사람 중 하나였다. 그러나 일 년 가까이 이렇게 다니다 보니 이제는 토요일만 되면 교회에 나갈 생각으로 마음이 들뜨기 시작했다. 미국사회에서 한인사회로 나들이를 가는 것이었다. 이 마을에도 한국인이 꼭 두 세대 살고 있었다. 국제결혼한 마음씨 착한 두 부인인데 그들은 한국인이 이 시골에 왔다는 것이 너무 기쁜 모양이었다. 한국인이 시골에 하나밖에 없는 대학의 교수로 왔다는 것 때문에 얼마나 기뻐하는지. 금요일이면 집에 와서 성경공부도 하고, 때로는 김밥도 말아먹고, 부인들끼리 파마도 해주곤 하면서 시간 가는 줄도 모르고 이야기를 했었다. 주말에 그들이 교회에 나가면 한국 식품점에서 쌀이나 한국 식품을 사 달라고 부탁하기도 하고 어쩌다 하루치기로 주일날 갔다 오게 되면 그들을 따라 교회에 가기도 했다. 멀리라도 한인 교회가 있다는 것은 외로운 교포들에게 얼마나 큰 위안인지 알 수 없는 일이었다.

세 시간 반은 그리 짧은 시간은 아니다. 차 속의 갇힌 공간 속에서 그들 부부는 고향에 7년 가까이 떼어놓은 아들들 이야기를 한다. 그들이 걸어온 과거를 되돌아보기도 한다. 교회 이야기도 하게 된다. 밤길을 달릴 때는 졸음을 쫓기 위하여 깊이 잠든 시골 자정의 마을들을 찬송가를 소리 높이 부르며 지나기도 한다. 성구가 적힌 카드를 꺼내어 암송하기도 한다. 때로는 탄식하며 고국에 대한 그리움에 젖고, 때로는 언성을 높여 견해차를 드러내기도 하지만 나그네 중의 나그네인 이 생활에 그들이 의지할 수 있는 이는 가깝게는 부부이며 또 하나님임을 다시 확인한다.

"붓꽃이 볼품 있고 괜찮을까?"

그는 강대상에 장식될 붓꽃을 떠올리며 또 걱정한다.

"붓꽃은 난초에 가깝잖아요? 난초는 사군자에 드는 꽃이란 말이에요."

아내는 차가 빨리 달려서 금방 교회에 갖다 대놓지 않은 것이 안타까운 모양이었다.

그는 머지않아 한국으로 곧 떠날 것을 생각하며 이것이 자기네 정성으로 강대상을 장식할 마지막 기회일지도 모른다고 생각했다.

"우리가 기른 꽃이기 때문에 더 뜻이 있는 꽃이긴 해."

교회에 닿은 것은 해가 지고 어두워서였다. 그때까지도 교회 증축을 위해 수고하는 장로들과 집사들 그리고 몇몇 교우를 볼 수 있었다. 우리는 인사보다도 먼저 교회 강대상부터 살펴보았다. 그러나 어찌 된 영문인가? 강대상 위에는 꽃집에서 막 장식하여 가져온 것 같은 화려한 꽃 두 바구니가 벌써 제 자리에 놓여 있는 것이 아닌가?

"엄마, 꽃 있잖아."

막내는 물통을 마룻바닥에 땅 놓으며 비명에 가까운 소리를 지르고 밖으로 나갔다. 그는 먼저 아내의 표정을 살펴보고 또 그들이 가져온 꽃을 내려다보았다. 말없이 의자에 앉아 묵상기도를 드리고 있는 아내의 모습에서 감정을 억누르려고 애를 쓰는 것이 전해졌다.

"이 꽃은 어떻게 하지?"

그는 힘없이 말했다.

"오르간 위에라도 하나쯤 올려놓지요, 뭐."

아내는 애써 침착하게 말했다.

"우리가 너무 늦으니까 걱정이 되어 시킨 거 아니요? 하긴 저 꽃이 더 아름답게 보일지도 몰라."

아내는 대꾸도 하지 않고 친교실 안에 있는 부엌에서 꽃꽂이 받침을 꺼내 와서 꽃을 다듬어 꽂기 시작했다. 그리고 하나는 오르간 위에 또 하나는 목사님 방 테이블에 올려놓았다.

다음 날 아침이었다. 그들은 예배실에 들어가면서 그 꽃이 과연 오르간 위에라도 남아 있을 것인지 가슴 조이며 들어갔다. 먼저 박 교수는 오르간 위를 쳐다보았다. 그러나 꽃이 보이지 않았다. 전부 치워버린 것이었다. 그는 고개를 떨어뜨리고 눈을 감았다. 강대상에 헌화하려면 꽃 당번에게 이번 주에 자기가 20불을 내겠다고 하면 당번이 꽃집에 전화하는 일로 강대상 미화는 끝나는 것이었다. 그런데 뒤뜰에 핀 난초로 강대상을 장식하겠다고 세 시간 이상을 달려 꽃을 가져온 정성이 무참히 깨지는 서글픔을 극복할 수 있게 해달라고 기도하였다. 무엇보다도 아내가 깊은 상처를 받지 않게 해달라고 기도하였다.

눈을 뜨고 그는 강대상 위의 십자가를 바라보다가 깜짝 놀랐다. 강대상 중앙 성찬상 위에 십자가가 크게 눈에 들어오고 그 밑 양옆에 놓인 붓꽃이 너무 선명하게 보였기 때문이었다. 누군가가 목사님 방에 갖다 놓은 화분까지 가져와 평소에 올라갈 수 없는 성찬상 위에 두 붓꽃을 나란히 놓은 것이었다.

바치고 싶은 마음이 받아지는 기쁨 때문에 온몸에 전율이 왔다. 그는 옆에 앉은 아내를 돌아보았다. 그녀도 벌써 보고 너무 감격했음인지 아직도 고개를 못 들고 기도하고 있었다.

병원에서 맞는 설

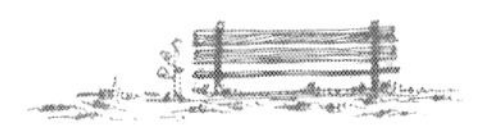

우리나라는 양력설보다는 음력설을 전통명절로 정하고 있다. 무엇보다도 오랜만에 헤어져 지내던 가족들이 만나 부모님께 세배도 드리고 조상을 섬기는 차례도 지내고, 한복을 곱게 입고 나들이를 나가고, 즐거운 행사에 참여하기도 한다. 이때 빠지지 않는 것은 떡국이다.

나와 아내는 최근 35년간 둘이서 살면서 자녀들을 기다리고 즐기는 시간을 갖지 못했다. 아들 셋이 외국에서 공부하고, 직장을 갖고, 자녀들을 낳고 사는 동안 설날에 우리를 찾아올 수가 없어서이다. 또 딸은 서울에 살지만, 그것은 최근의 일이고 전엔 유학생 남편을 따라 외국에 살면서 거기서 애를 셋이나 낳았다. 따라서 내가 직장에 있는 동안에는 아내가 혼자 미국에 가서 출장 조산원 노릇을 해야 했다. 그래도 새해에는 어김없이 한주먹 정도의 떡국을 끓여 몇 가지, 저냐를 부치고 둘이서 감사기도를 드리며 지냈다. 그런 세월이 35년이다. 그런데 이번에는 그럴 수가 없게 되었다. 아내가 늘 다니던 시장에 갔다가 1월 중순, 돌부리에 걸려 넘어져 골절했기 때문에 병원에서 설을 맞을 수밖에 없게 되었다. 늘 조심하고 또 조심하고 다녔는데 한순간의 실수로 넘어져 오른쪽 어깨와 대퇴골이 부러진 것이다. 119를 불러 응급실로 가는데 나는 차를 운전하고 갔기 때문에 119와 함께 갈 수가 없었다. 혼자 뒤 따라가고 있는데 구급대원으로부터 전화가 왔다. 가까운 병원이 아니고 충남대학병원으로 환자가 가고 싶어 한다는 것이었다. 아내는 언제나 그렇게 판단력이 민첩하고 분명했다.

입원한 것이 주말이어서 일반 병실에 입원한 지 5일째에 수술하게 되었다. 수술 후 하루를 중환자실에 있다가 일반병실로 옮겼다. 다리 뿐 아니라 오른쪽 어깨뼈가 부러져 큼직한 어깨보조기구까지 단 아내를 데리고 병실로 돌아온 나를 보고 옆자리의 간병인이 말했다.

"간병이 그렇게 쉬운 것이 아니에요. 노인이 어떻게 중환자를 간병합니까? 내가 한 사람 소개해 드릴까요?"

아내도 그렇게 하라고 했다. 그러나 코에 산소 호흡기를 끼고 누워 있는 아내를 보며 간병인에게 그녀를 맡기고 어떻게 집에 가서 편히 잘 수 있을 것 같지 않았다. 며칠을 버티었으나 사흘 뒤 대학 이사회의 중요한 준비모임도 있고 해서 여러 사람의 강권에 따라 결국 간병인을 두기로 했다. 그런데 그 며칠 간병하던 도우미가 설에는 쉬어야 한다고 해서 연휴 동안 4일을 나는 다시 24시간 아내의 간병인으로 있게 되었다.

따라서 설에는 평생 처음으로 떡국을 못 끓여 먹게 된 것이다. 설 하루 전에 교회 후배 장로로부터 전화가 왔다. 설에는 자기 내외가 문병을 갈 테니 내 아내는 자기 부인에게 맡기고 나와 자기는 함께 시내에서 식사하자는 것이었다. 그들은 내가 병자는 아니지만 고생이 많다고 생각한 모양이었다. 사실 나는 오래도록 아내와 둘이서만 함께 살아왔기 때문에 떨어져 있는 것이 오히려 큰 고통이지 함께 곁에 있으며 간병하는 것은 고통이 아니었다. 나는 후배 장로 내외와는 허물없는 사이여서 그날 문을 연 식당도 없을 텐데 수고스럽지만 집에서 떡국을 끓여 와서 병원에서 같이 먹으면 어떻겠냐고 제안했다. 이렇게 해서 결국 병실에서 설맞이 떡국을 먹게 되었다.

그날 떡국을 놓고 후배 장로는 주위를 의식하여 조용, 조용 기도를 하는데 나는 주책없게 울컥울컥 눈물이 솟는 것을 참기가 어려웠다. 자기네 부모를 찾아가는 귀성길을 오후로 미루고 우리 부부를 위로해 주기 위해 떡국을 가지고 찾아와 주는 사랑은 어디서 오는 것인가? 예수의 사랑이 아니고는 있을 수 없는 일이다. 그들에 대한 고마움과 평생 경험할 수 없는 단 한 번뿐일 병원에서의 설 떡국이 그렇게 나를 감격하게 했다. 그러면서 이렇게 사랑을 주고받는 것이 진정 기독교인의 공동체 삶이라는 것을 다시 깨달았다.

점심을 다 마쳐 가는데 원로 목사의 아들 부부가 또 찾아와 변비에 좋다는 불가○○ 음료수를 많이도 사 왔다. 아들이 아버지 목사에게 세배를 하러 갔더니 빨리 내 아내가 입원한 병원으로 병문안을 가라고 성화여서 오래 있지도 못하고 왔다는 것이다. 그들과 함께 온 막내딸은 "할아버지가 성난 것 같아 무서웠어."라고 하는 것이었다. 원로 목사는 그렇게 인정이 많은 분이었다. 진정 예수를 만난 분이었다. 목사님께 감사하다고 전화를 드렸더니 집안에서만 겨우 거동하는 그분은 당신이 문병을 가야 하는데 못 가서 진심으로 미안하다고 했다. 전화 문병도 인색한 시체 교회의 목사들이 많은 것을 생각하면 너무나 고마운 일이었다. 멀리서도 사랑이 느껴지고 오랫동안 참 나의 목자가 되어 주었다는 생각을 하니 감격스러웠다. 이것이 참 문병이며 하나님을 아버지로 모시는 자녀들의 삶이 아닐까 생각되었다.

다음날 시집에 가서 문안 인사를 드리고 서울로 돌아가는 딸 내외가 막내아들과 함께 들러 걱정스러운 눈빛을 보였다. 아내에게서 섬망(譫妄) 현상이 조금씩 비치는 것을 보았기 때문이다. 딸은 자기는 남아 하룻밤 간병하고 가겠다고 우겼다. 나는 그녀의 언행에서 멀리 떨어져 있는 아들들의 부모에 대한 사랑도 함께 느꼈다. 아들들이 올 수 없기 때문에 딸이 하는 일은 가족 전체를 대표하는 일이었다. 또 애들은 이미 '페이스톡'으로 인사를 한 뒤였다. 우리는 둘이 살아도 아들들의 사랑을 너무 많이 받고 살고 있어 하나님께 감사를 드렸다.

딸에게 병실을 맡기고 집에서 밤을 지낸 이튿날 일찍 나는 병원으로 갔다. 아내는 어깨 보조기구를 차고 주삿바늘로 상처투성이가 된 팔에는 주사를 맞느라고 매달은 수액 호스들이 어수선했다. 아내는 그래도 반가운 미소를 하며 나를 맞았다. 이내 아내는 침대에 앉아 왼손으로 칫솔질을 하고 딸은 어젯밤 간병 보고를 하고 더 있어야 하는데 떠나게 되어 미안하다고 말했다. 나는 바쁜 애들에게 벌써 신세를 지면 안 된다는 생각을 하며 버스 정유소까지는 내가 데려다주겠다고 말했다. 그러나 딸은 몇 시 버스표를 구할 수 있을지 모르니 택시로 떠나겠다고 말하며 주섬주섬 마무리하고 병원에 남아 있던 옆자리 환자에게 인사를 했다.

"어머니 좀 잘 부탁드려요."

"참 친절하고 고운 딸이네유."

옆자리 환자는 딸보다는 아내에게 인사를 하며 "교회에 나가는 모양이지유?"라고 물었다.

"네, 서울에서 권사로 있답니다."

아내는 딸 자랑을 한다. 그리고 물었다.

"교회에 다니세요?"

"나도 다니지유. 그런데 아주머니는 어떤 교회에 다니세유?"라고 호기심에 차서 또 물었다. "교회 이름은 왜요? 아마 모르실 걸요. J 교회라고 H 대학 옆에 있는 교횐데요. 왜요?"

아내는 다시 되짚어 물었다.

"아니 어제 점심때 기도를 하는데 어떻게 조용히, 주변을 생각하며 따뜻한 기도를 하는지, 그 교회 이름 좀 알고 싶었어유."

"기도를 조용히 했다고요?"

얼마 동안 우리는 서로 쳐다보았다.

"너희 착한 행실을 보고 하늘에 계신 너희 아버지께 영광을 돌리게 하라."라는 성구를 우리는 동시에 생각했던 것 같다.

구원의 소나기

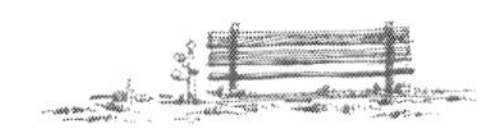

초여름의 일이다. 박 교수는 차를 빌려서 캐나다의 동북부에 있는 연해(沿海) 삼 주를 여행하기로 했다. 대서양에 접해 있는 세 개의 주(州)인 '뉴브런즈윅', '프린스에드워드아일랜드' 그리고 '노바스코샤'는 박 교수가 평소에 한번 가보고 싶었던 곳이었다. 특히 '프린스에드워드 섬'은 캐나다의 열 개 주 중에 제일 작은 주지만 한국에서는 '빨강머리 앤'으로 잘 알려진 소녀가 활동하던 배경이 되는 곳으로 그 소설의 작가 몽고메리 여사의 고향이기도 해서 보고 싶었던 것이다.

보스턴에 있는 아들이 이 세 주를 돌려면 5,000㎞ 이상을 운전해야 하는데 칠순의 중반에 있는 나이로 무리가 될 것 같으니 자기가 휴가를 낼 수 있을 때 같이 가는 것이 어떠냐고 만류했다. 그렇지만 아들이 한가해지기까지 기다릴 수가 없어 뭐 별일 있겠느냐는 생각으로 여행을 떠났다. 예상대로 박 교수는 아무 탈 없이 미국의 보스턴에서 출발하여 캐나다의 '뉴브런즈윅', '프린스에드워드섬', 그리고 '노바스코샤'의 북단에 있는 케이프브레턴 공원을 완주했다.

날씨도 좋았고 운전도 순조로워서 만세를 큰 소리로 부르고 싶은 심정이었다. 프린스에드워드섬의 북단에 있는 캐번디시 촌에는 앤의 집 모형을 만들어 놓고 방문객들이 각 방을 돌아볼 수 있게 해 놓았다. 박 교수는 몽고메리 여사가 작품을 구상하며 걸었을 산책길을 아내와 함께 걸으며 작가의 모습을 생각하니 감개가 무량했었다. 아내의 친구 중에는 벌써 세상을 하직한 사람이 많다. 또 그렇지 않다고 하더라도 고혈압이나 당뇨로 고생하는 아내를 간호하며 살았다. 그런데 박 교수는 건강하게 또 낯선 외국 땅을 운전하며 다닐 수 있다는 것은 너무나 감사하고 미안한 일이었다.

인간은 한 치 앞을 알 수가 없다. 그러면서도 오 년 뒤에, 또 내일엔 무슨 일을 하리라고 담대하게 계획을 세우며 사는 것을 보면 이것은 어쩌면 무모하고 아찔한 일일지도 모른다. 그러나 자기에게는 아무 일도 생기지 않을 것이라고 장담하며 모두 살고 있다.

공항 근처의 호텔에 숙소를 정하고 노바스코샤의 주도인 핼리팩스를 관광한 뒤 돌아오는 길이었다. 일반 도로에서 고속도로로 진입하는 로터리에서 우회전을 할까 말까 주저하다가 오른쪽으로 급선회를 했는데 램프의 좀 높은 턱에 걸려 바퀴가 펑크 났다. 차를 세우고 정신을 가다듬었다. '침착하자. 침착하자.' 그때 생각난 것이 911(한국의 119)이었다. 전화를 걸었더니 서투른 영어를 알아듣고 위치를 물었다. 박 교수는 그곳이 어디인지 정신이 멍해서 아무 생각이 나지 않았다. 핼리팩스 도심에서 공항으로 가는 고속도로상이라고 했더니 상대방은 이 전화번호로 다시 연락하겠노라며 전화를 끊었다. 어쩌면 이 전화는 911 신고에 해당되지 않은 것인지도 몰랐다. 그렇게 사고가 나니까 박 교수는 연락할 친구도 없고, 도움을 요청할 사람도 없는 외딴곳에 덩그러니 서 있다는 생각을 했다. 아들에게 알린다고 하더라도 그가 회사에서 얼마나 바쁠지 알 수 없는 일이었고 또 전화를 받았다 할지라도 그 먼 곳에서 어떻게 하겠는가?

우선 차 트렁크를 열고 깜빡이를 켠 후 교통정리를 했다. 그러자 지나가던 한 운전자가 차를 세우고 도움이 필요하냐고 묻는 것이었다. 한국에서는 그런 광경을 보면 '또 사고가 났구나. 곧 경찰차가 오겠지' 하고 지나치는 것이 보통이었다. 그런데 고속도로 진입로 상에서 멈추어 어찌 되었느냐고 물어준다는 것이 얼마나 위로가 되었는지 너무 고마워서 인사를 하고 구급차에 연락하고 기다리고 있다고 했다. 그러자 그는 기다리면 된다고 안심시키고 지나갔다. 이런 것이 사람 사는 정이 아니겠는가?

캐나다는 인구수가 적어서인지 고속도로를 빼고는 차도 별로 없고 길이 한산했다. 얼마가 지나자 이제는 경찰이 연락해 왔다. 정확한 위치가 어디냐는 것이었다. 박 교수는 정확한 위치가 어디인지 알 수가 없었다. 망연자실하고 있는데 한 여성이 차를 세우고 또 도움이 필요 하느냐고 말했다. 꼭 필요할 때 웬 도움인가 하고 고마워서 그녀에게 전화를 돌려주며 위치를 좀 일러 주라고 말했다. 그녀는 어느 회사에서 차를 빌렸는지 또 어느 회사 보험인지 묻고 경찰에게 연락한 뒤 떠나갔다. 이런 일을 겪으면서 하나님께서 항상 동행하신다는 것이 무슨 뜻인지 알 수 있을 것 같았다.

경찰을 기다리고 있는데 이제는 한 청년이 차로 다가왔다. 어떻게 되었느냐고 묻고 펑크 난 것을 보자 거침없이 트렁크에서 도구를 끌어내더니 차를 들어 올리고 바퀴를 교환하기 시작했다. 수호 천사나 되는 것 같았다. 이때 경찰이 왔다. 그들은 젊은이가 차를 고치고 있는 것을 보고 그에게 사고 난 경위를 묻고 회사가 가입한 보험회사를 묻더니 여기저기 전화를 해본 뒤 우선 타이어를 갈아 끼우고 보험 청구를 하라고 말한 뒤 떠나갔다. 접촉사고도 아니요, 인명 피해도 없기 때문에 경찰은 별 할 일이 없는 것 같았다. 젊은이와 이야기하는 가운데 박 교수는 자기는 한국 사람이라고 말했더니 어쩐지 그런 것 같았다고 말하며 그 젊은이는 즐거운 표정으로 잘 도와주었다.

젊은이의 도움으로 스페어타이어를 갈아 끼웠지만, 이날이 주말이 되어 어디로 가서 정식 타이어를 갈아 끼울지 막연하였다. 그런데 그 젊은이는 자기를 따라오라고 말하며 정비소로 데리고 갔다. 그러나 주말이어서 그 정비소는 더 손님을 받을 수가 없다는 것이었다. 박 교수는 다시 막막해졌다. 그 젊은이가 자기는 바쁘니 이제 가보라고 하면 어쩔까 하고 걱정이 되었다. 그런데 그는 괜찮다면서 다른 곳을 수소문해서 찾아갔다. 드디어 주말에도 일하는 한 정비소를 찾아 타이어를 갈아 끼울 수 있었다.

도대체 이 젊은이는 누구인가? 또 소나기처럼 계속 쏟아지는 구원(도움)은 어디서 오는 것일까? 박 교수는 너무 고마워 젊은이의 손을 잡았다. "당신은 하나님께서 나에게 보내주신 천사입니다." 그때 박 교수는 "그가 너를 위하여 그의 천사들을 명령하사 네 모든 길에서 너를 지키게 하심이라(시 91:11)"라는 시편 말씀이 갑자기 생각해 냈기 때문이었다. 이 시편은 911에 1자가 더 붙은 91:11로, 기억하기 쉬운 장, 절이었다. 그러자 그는 자기 아내가 한국의 광주에서 영어를 가르치고 있다고 말했다. 그러니 자기의 친절을 너무 의

외로 생각하지 말라는 것이었다. '광주?' 광주라면 자기가 퇴직한 대학이 있는 곳이었다. '이런 우연이.' 그렇다 하더라도 그 순간에 하나님께서는 어떻게 자기에게 꼭 필요한 그런 청년을 보내주실 수 있었는지 너무 감사할 뿐이었다.

이렇게 소나기처럼 쏟아지는 구원의 손길은 인간의 지각을 뛰어넘는 형용할 수 없는 감동이었다. 후에 아내는 박 교수가 그렇게 당황하는 동안 차 안에서 계속 기도하고 있었다고 고백했다.

한국에 귀국해서 반년이 지난 뒤였다. 한 고속도로상에서 보닛을 열고 서 있는 차를 발견했다.

"우리 가까이 가서 왜 그러는지 물어봐야 하지 않을까?"

"당신이 힘이 있어요, 기술이 있어요? 아무것도 없으면서."

"그래도 무슨 도움이 될 만한 일이 있지 않을까?"

"빨리 가기나 해요. 뒤에서 빵빵거리는 소리 들리지 않아요?"

그러는 사이에 우리 차는 점점 멀리 멀어져 가고 있었다.

박 교수는 바쁘고 바쁜 세상에 한국에서는 사람 사는 냄새가 없어져 간다고 생각했다.

내가 진 십자가

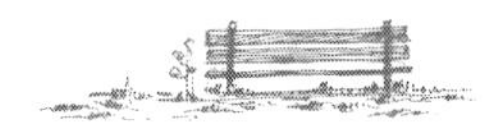

"장로님, 저는 제가 진 십자가가 너무 무거워 힘들어요."

신 집사는 핼쑥해진 표정으로 이렇게 말했다.

"무슨 걱정이 있어요?"

"제가 시골에서 존경했던 목사님이 계셨다고 말했지요?"

그녀는 이렇게 말머리를 꺼냈다.

그 목사님은 몇 년 전 은퇴하여 시골에서 개척교회를 시작하셨다고 했다. 그곳에 개척교회를 시작한 지 얼마 만에 간신히 교회 건물을 하나 세웠는데 지붕에 네온사인으로 된 십자가를 달고 싶어 하신다고 말했다. 그것을 신 집사가 맡아 주었으면 고맙겠다는 편지를 받았다는 것이었다.

"얼마나 되는데요?"

"오백만 원이요"

박 장로는 놀랐다. 그것은 쉽게 내놓을 수 있는 돈이 아니었다.

"아마 그 목사님이 신 집사가 얼마나 지금 어려운지 모르시는 모양이지요?"

피아노 학원을 하는 신 집사는 IMF 이후로 학생이 줄고 경영이 어려워 지금까지 적금해 온 것을 하나둘 깨지 않으면 안 되는 실정이었다. 건물을 빚으로 샀기 때문이었다.

"집사님, 돈을 주면 해결되어버리는 고통은 예수님이 집사님께 지어준 십자가가 아닙니다. 그것을 자기가 진 십자가로 생각하고 고민하지 말고 빨리 짐을 풀어버릴 생각을 하십시오."

"어떻게요?"

"최선을 다해 드릴 수 있는 만큼 헌금한 뒤에 짐을 벗고 자유롭게 되는 것입니다."

그녀는 그 대답에 만족할 수 없는 것 같았다.

두 주일 뒤 박 장로는 그 일이 궁금하여 신 집사에게 물었다. 그러나 아무런 진전이 없다는 이야기였다.

"집사님, 네온사인으로 된 십자가가 없어도 예수님은 그곳에 계시며, 그것으로 밤하늘을 밝히지 않아도 잃은 영혼들의 잠을 깨울 수 있습니다. 본질적이 아닌 것을 위해 고통받는 것은 예수님도 좋아하지 않으실 겁니다. 예수님은 '내가 진 십자가를 나누어지자'고 말씀하지 아니하십니다. 그 십자가는 죄인인 우리가 결코 질 수 없는 십자가입니다. 죄 없으신 주께서 우리를 자유롭게 하려고 보혈을 흘리고 매달린 십자가입니다."

"저는 하나님을 사랑하셔서 더 좋은 것으로 교회의 건물을 마감하고 싶어 하는 목사님의 마음을 알 수 있을 것 같아요. '내 주의 지신 십자가 우리는 안 질까….' 이런 찬송을 부르며 목사님께서 안타까워하셨을 그 심정을 나도 나누고 싶어요. 주변에 있는 여러 사람을 생각해 보셨겠지요. 그래서 최후로 부탁할 사람을 생각해 낸 것이 저 아니겠어요?"

"신 집사님, 주께서 우리에게 십자가를 지라고 하신 것은 십자가에서 나와 함께 죽고 이제는 구원받은 영생의 삶을 살라는 뜻입니다. 그렇게 변화된 삶을 사려면 십자가의 고난의 따른다는 말입니다. 신 집사가 진 십자가는 네온사인을 달기 위한 돈이 아니란 말입니다."

다시 두 주쯤 지난 뒤 안타까워진 박 장로는 신 집사를 만났다.

주님께서 원하시는 것은 십자가로 세상을 비추는 아름다운 교회가 아니다. 주님은 결코 아름다운 건물과 특별한 위치를 원하지 않으신다. 지금은 영과 진리로 예배할 때다. 부름을 받고 하나님의 백성이 된 우리는 우리 자신이 살아계시는 하나님의 성전이다. 우리는 그분의 백성이며 그분은 우리의 하나님이시다. 천국을 사는 주의 백성을 어떤 율법이나, 형식이나 의식으로 괴롭게 하지 말라. 주님은 말씀하신다. "수고하고 무거운 짐 진 자들아 다 내게로 오라. 내가 너희를 쉬게 하리라." 신 집사도 이제는 지붕 위의 십자가의 짐을 벗어버리라. 박 장로는 이렇게 신 집사를 설득하고 싶었던 것이다. 그런데 신 집사는 명랑한 표정으로 그를 맞았다.

"장로님 저 해결했어요."

"뭐, 해결해?"

박 장로는 깜짝 놀라 물었다. 자기가 암시한 대로 해결한 것일까? 아니면 무슨 수가 생긴 것일까?

"오백만 원 송금했어요. 계속 기도했더니 하나님께서 해결해 주셨어요."

은행 채무의 상환이 연기되어 그렇게 할 수 있었다고 말했다.

"장로님의 뜻은 잘 알고 있었어요. 그래요. 돈으로 해결할 수 있는 것은 내게 주님이 주신 십자가가 아니지요. 저는 기도하는 가운데 제가 진 십자가는 네온사인으로 된 십자가를 만드는 돈이 아니었어요. 하나님께서 그 돈을 만들어 드리라는 끊임없는 명령이었어요. 이 명령에 순종하지 않으려고 몸부림치는 저 자신을 보는 고통이 제 십자가였어요."

"채무 상환이 연장된 것뿐이잖아요. 사시는 데 힘들지는 않겠어요?"

"하나님께서 채워주실 거예요."

그러면서 그녀는 말했다.

"그분은 제 아버지와 같은 분이었어요. 제가 시골에서 어렵게 살고 있을 때 첫 딸의 돌을 맞았거든요. 저는 그 애에게 좋은 옷을 입히고 싶었어요. 그러나 그렇게 못해 안타까웠습니다. 그런데 목사님이 옷을 사서 오셨어요. 진열장의 예쁜 옷을 보자 제 딸 생각이 났다는 것이었어요. 좋은 옷이 없어도 제 딸은 잘 클 수가 있다는 것을 잘 알고 있어요. 그런데 어머니의 생각은 그것이 아니잖아요? 십자가의 네온사인이 구원과 무슨 상관이 있어요. 그러나 저는 목사님이 새로 건축한 교회에 네온사인의 십자가를 세우고 싶어 하는 심정을 이해해요. 그분은 하나님을 사랑하시거든요."

방언의 은사

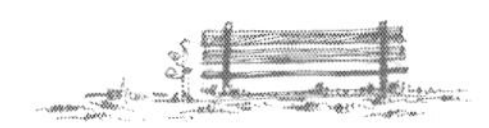

이신자 자매와 김동식 형제는 새 신자 부부였다. 그러나 그들은 교회의 새 신자 공부에도 빠지지 않았으며 구역예배에도 충실하게 참석했으므로 신앙이 눈에 뜨이게 좋아졌다. 그런데 이신자 자매의 고민은 다른 사람만큼 유창하게 기도가 안 된다는 것이었다. 집에서 기도해도 5분 이상 할 내용이 없었고, 또 자기가 하는 기도는 무엇인가 어긋나서 하나님께 상달될 것 같지가 않다는 것이었다. 기도를 잘할 수 있게 해달라는 것이 그녀의 기도 제목이었다.

이것을 안 박 권사가 그녀를 기도원으로 데리고 갔다. 거기서 간절히 기도하면 방언이 터질 수도 있다는 것이었다. 기도원장의 간단한 말씀 증거가 끝나자 원장은 찬송가 280장을 부르자고 말했다. 모두 두 손을 들고 찬송을 부르기 시작했다.

> 천부여 의지 없어서 손들고 옵니다./ 주 나를 외면하시면 나 어디 가리까?/ 내 죄를 씻기 위하여 피 흘려주시니/ 곧 회개하는 맘으로 주 앞에 옵니다. …

3절까지 찬송이 끝나자 이제는 모두 손을 든 채 "주여! 주여! 주여!" 하고 주여! 3창을 했다. 다음에는 통성 기도가 시작되었다. 이 자매는 이런 일이 처음이었기 때문에 머리칼이 쭈뼛쭈뼛 일어서고 가슴이 마구 떨렸다. 이러다가 신들린 사람처럼 되는 것이 아닐까? 염려되기도 했다.

그러나 기도를 잘해보려고 마음먹고 온 것이었기 때문에 정신이 아찔한 가운데 무슨 말을 하는지도 모르고 덩달아 소리를 내며 기도를 시작하였다. 그러던 중 이신자 자매는 자기도 알 수 없는 소리를 내는 것을 알게 되었다. 옆에서 기도하고 있던 박 권사가 이 자매는 지금 방언을 한 것이라고 말했다. 그것은 누구에게나 주어지지 않는 하나님의 은사라는 것이었다. 그 뒤로 그녀는 방언 기도를 하게 되었다. 방언을 받자 곧 자신에게 변화가 왔다. 이상하게 기도할 때 두려움이 없어진 것이었다. 그뿐 아니라 시간만 나면 기도하고 싶어져 어떤 골방이든 찾아가 기도를 했다. 나를 위해, 남편을 위해, 친구를 위해, 교회를 위해… 누군가가 자기에게 기도 부탁을 해주었으면 하고 안달이 났다.

하루는 남편에게 말했다.

"나 교회의 철야 기도회에 나가면 안 될까? 금요일 밤인데 12시까지는 돌아올 수 있대."

잠이 부족하여 괜찮겠냐고 걱정했지만 김동식 형제는 허락하였다. 그런데 한 달쯤 되자 이 자매는 자기가 건의해서 화요일 낮 10시부터 두 시간 동안 기도회 모임을 갖자고 했는데 자기가 제안해서 만든 것이니 허락해 달라고 남편에게 말했다. 이 모임은 각 선교사의 기도 제목, 또는 교인들의 기도 제목, 대학 진학할 학부모들의 기도 제목 등을 다 모아 응답을 받기까지 기도로 돕는 모임이라고 했다.

"학생들은 어떻게 하고?"

그녀는 탁아소 원장이었다.

"하루 두 시간인데 직원에게 맡기지요, 뭐. 그것은 나의 일이요 기도는 하나님의 일이잖아요?"

"무슨 일을 하든지 마음을 다하여 주께 하듯 하라고 했는데 하나님께서 당신에게 맡긴 어린애들을 그렇게 버려두어도 되는 거요?"

남편은 뭔가 좀 불안해졌다. 구역 인도를 하는 장로 내외처럼 교회에서 무슨 일이나 상담하고 싶고 든든한 의지가 되는, 그리고 평범하면서도 삶 전체가 하나님께 바쳐진 것 같은 그런 신자로 살 수 없을까 하고 생각했다.

기도 모임을 시작한 지 한 달 만에 아내는 날마다 새벽 기도를 나가고 싶다고 말했다. 좀 잠을 덜 자기만 하면 새벽 기도 끝나고도 가정일을 잘할 수 있다는 것이었다.

"나는 싫은데. 화목하는 것이 제물이 집에 가득하고 다투는 것보다 낫다고 하는 말씀도 있는데 어쩔 수 없지 뭐. 그러나 나는 점차 당신이 하는 것을 이해하지 못하겠어. 성경을 묵상하는 시간도 없이 그렇게 바쁘게 살면 자기가 원하는 것만 간구하는 기도가 되지 않을까?"

"나는 안타까워요. 당신이 정말 구원을 받으려면 기도해야 해요."

이신자 자매는 막무가내로 새벽 기도에 나가기 시작했다. 이 자매에게 몸의 피로가 쌓이는 것이 역력하게 나타났다. 탁아소 학생들은 줄어들기 시작했다. 남편도 사업에 의욕을 잃기 시작하였다. 남편과 만나는 시간과 대화하는 시간도 줄었다. 그러자 그녀는 더 하나님께 매달렸다. 자기 기도에 영력이 떨어졌다는 것이었다. 그리고 기도원에 가는 일이 더 많아졌다.

남편이 하루는 출근 시간을 늦추고 아내와 마주 앉았다.

"여보. 나는 믿고 구원 얻은 사람의 삶이 어떠해야 하는지 알고 싶어. 교회가 요구하는 것을 다 하는 것, 그것이 정말 하나님이 원하시는 일이란 말이요? 내 육감은 우리가 믿지 않았을 때가 더 행복했다고 생각하는데 당신의 생각은 어때?"

김동식 형제의 태도는 이번에는 진지하였다. 그러나 식탁에 마주 앉았던 아내는 잠을 못 이기고 고개를 꾸벅하며 졸고 있었다.

하나님의 음성

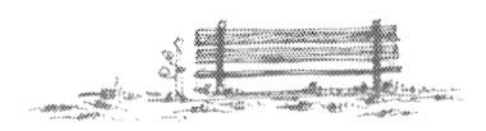

최 교수는 미국으로 안식년을 떠나면서 중학교 3학년의 외아들을 데리고 갔다. 한 일 년쯤 그곳에서 영어 공부도 시켜서 데려올 생각이었다. 한국보다 1년을 낮추어 봄 학기부터 미국 중학교에 편입을 시켰는데 여름방학이 되자 다니던 마을 교회에서 2박 3일로 중·고등부 수련회가 있는데 그곳에 참석하고 싶어 했다. 오리건주의 그 시골 교회는 여러모로 시설이 낙후한 교회였는데 수련장도 시원찮은 곳임이 틀림없었다. 야영한다는데 모기도 많고 강사도 시원찮고 찬양이나 기도 훈련도 한국의 서울에는 비교도 안 될 것 같았다. 특히 최 교수의 외아들 한별은 변비가 있어서 아침밥을 채소와 함께 꼭 먹어야 하는데 텐트를 친 야영장에서 그렇게 먹일 수가 없는 일이었다. 미국에 와서도 아파트에 '비데'가 없다고 불평하던 애였다. 그가 어렸을 때 시골 교회에서 외할아버지 칠순 잔치에 간 일이 있었는데 그 교회에는 좌변기가 없었다. 그런데 화장실에 가고 싶다고 발을 동동 구른 일이 있었다. 다행히 여자 화장실에 좌변기가 있어서 밖에서 어머니가 망을 봐 줄 테니 갔다 오라고 했지만 영

말을 듣지 않았다. 할 수 없이 그 교회 목사님 사택으로 가서 용변을 마쳤던 애다. 그래도 아들 한별은 따돌림을 당하고 싶지 않다고 우겨서 스마트폰을 손에 쥐어주고 수련회에 보냈다.

최 교수는 이틀 밤째에는 너무 궁금하고 걱정이 되어 전화를 했는데 스마트폰이 꺼져 있어 메시지만 남겼다. 그런데 아무 회답이 없어서 교회에 전화해 보았더니 그날은 수련장에서 멀리 떨어진 곳에 보냈는데 거기서 텐트를 치고 하룻밤을 자고 독도법(讀圖法)으로 지도를 읽어 다음날 수련장으로 찾아오게 되어 있는 프로그램을 하는 중이라는 것이었다. 지금까지 몇 년째 해오고 있는 수련회 행사로 이때까지 아무 탈이 없었으니 걱정하지 말라고 했다. 각 팀에는 각각 휴지 말이 한 통과 손전등, 삽, 그리고 토기 한 마리씩을 주어서 지금쯤은 팀장의 지시에 따라 불을 피우고, 토끼를 잡아 잘 요리해서 먹고 있을 것이니 안심하라는 것이었다. 그곳에 화장실이 있느냐고 물었더니 야영장에는 화장실이 없어 어디서나 후미진 곳에 구멍을 파고 용변을 마친 뒤 삽으로 덮어버린다는 것이었다. 마치 이스라엘 백성이 광야에서 헤매며 살았던 것처럼 이런 험한 훈련은 문화적인 삶 이전의 자연에서의 삶을 체험하고 하나님의 사랑을 깨닫는 훈련이라고 설명해 주었다.

한국 수련회에서는 상상도 할 수 없는 일이었다. 더워서 땀만 나도 애들이 신경질을 부리고 즐거운 레크리에이션으로 즐겁게 해주고 그때 나누어주는 푸짐한 경품을 탐해서 참석하던 수련회였다. 최 교수는 한국과는 다른 이곳 수련회가 걱정되었다.

다음날 전화가 왔는데 이때는 독도법으로 본부를 찾아온 애들과 부모가 만나는 상봉의 자리를 갖는다는 연락이었다. 정신없이 차로 가서 아들을 만나보니 얼마나 기쁜지 알 수가 없었다. 50년 이상이나 헤어져 있다가 만나는 남북 이산가족의 만남보다 감격이 더 컸다. 그런데 아들은 최 교수가 걱정했던 것과는 딴판으로 명랑하고 정말 아무 일이 없는 표정이었다. 그런데 아들을 만나고 보니 막상 그를 맡기고 자기는 아무 일도 할 수 없을 때 하나님께서는 자기 아들을 돌봐 주셨다는 느낌이 확 다가왔다.

"정말 아무 일도 없었니? 변비는 괜찮았어?"

"아주 기분 좋아. 내년에도 여기서 산다면 이번에는 내가 팀장 한 번 하고 싶어."라고 아들은 말했다.

식사가 끝나고 간이무대에서 애들과 부모의 상봉에 대한 감회의 발표회가 있었다. 어떤 아버지는 자기 딸을 어떻게 사랑해야 정말 사랑하는 것인지 참으로 사랑하는 방법을 이제야 알았다고 말하고, 딸은 아버지의 사랑을 처음 알게 되었다고 서로 껴안고 울기도 했다. 이번에는 한별이 불려 나가 수련회의 소견 발표하는 시간이었다.

저는 처음에 많이 걱정하고 떨었습니다. 알지도 못한 먼 장소에 우리를 버스로 태워다 내려놓고 핸드폰도 다 회수해 가버리자 산중에 홀로 떨어진 것처럼 외롭고 울고 싶었으며 어머니가 무척 보고 싶었습니다. 오직 하나 의지할 수 있었던 핸드폰도 가져가 버린 것입니다. 텐트를 치고 친구들과 누웠습니다. 그러나 잠이 오지 않았습니다. 그런데 9시가 되자 다 취침하라고 불을 꺼 버렸습니다. 화장실도 가지 못했습니다. 풀벌레 소리만 처량하게 들려왔습니다. 누구를 의지할 것인가? 저는 어두워져 가는 해변가에 홀로 남겨진 고아 같은 생각이 들었습니다. 갑자기 하나님밖에 의지할 분이 없다는 생각이 들었습니다. 어머니와 함께 기도했던 대로 기도했더니 마음에 평화가 왔습니다. 이 모든 자연은 나를 두렵게 하는 것이 아니고 하나님께서 만들어서 우리와 함께 살게 하신 것이라는 생각이 들었습니다. 사르르 잠이 들었습니다. 그런데 꿈에 너무 배가 아팠습니다. '예수님. 내가 너무 배가 아픕니다.' 하고 뒹굴었더니 어떤 부드러운 손이 내 배를 어루만졌습니다. 아프던 배가 가라앉았습니다. "내가 네 배를 낫게 해주겠다." 그건 분명 예수님의 목소리였습니다. 깜짝 놀랐습니다. 저는 예수님의 음성을 들은 것입니다. 기분이 좋아 일어났습니다. 집에서처럼 성경도 별로 안 읽고 기도도 그렇게 정성 들여 하지 않았는데 이 산 중에서 왜 저에게 예수님은 나타나셨을까요? 그분은 제가 성경을 열심히 읽고, 기도를 성실하게 하는 것보다 먼저 제가 두려워하는 것을 보고 언제나 저와 함께 하시고 저를 사랑하신다는 것을 보여주셨던 것입니다.

아들의 간증을 듣고 최 교수는 흐르는 눈물을 억제할 수가 없었다. 첫째로 놀란 것은 아들이 영어로 유창하고 당당하게 이 모든 체험을 이야기 한 것이다. 둘째는 예수님이 아들에게 음성을 들려주신 일이다. 자기가 일 년간 기도학교에 다니면서 한 번만이라도 좋으니 주님의 음성을 듣게 해 달라고 그렇게 소원했는데 끝까지 안 들려주신 음성을 아들에게 들려주신 것이다. 지금까지 답답했던 가슴이 뻥 뚫리는 것 같은 후련함을 느꼈다. 그때까지 잘 예수를 믿어보려 했는데 자기는 너무 답답한 신앙생활을 했다. 늘 자기를 괴롭히던 질문은 새벽기도는 잘하고 있는 것일까? 십일조는 온

전히 내고 있는 것일까? 성경통독을 잘못하고 있는데 그래도 성실한 기독교인이라고 인정받을 수 있을까? 그런 것이었다.

그녀는 남들처럼 기도를 잘하고 싶어서 기도학교를 다녔다. 그런데 자기는 주님의 음성을 직접 듣지 못했으며, 방언도 받지 못했고, 신유의 은사도 받지 못했다. 그러면서 어떻게 예수님의 신실한 종이라고 다른 사람에게 인정을 받는다는 말인가? 하고 속상했었다. 그런데 아들의 간증을 들으면서 최 교수는 갑자기 마음이 후련해지며 모든 구속에서 풀린 자유를 느꼈다. 그리스도께서 십자가를 지시고 자기를 자유롭게 하려고 자유를 주셨는데, 그때까지 자기를 "너는 나의 것"이라고 부르시는 예수님이 곁에 계시는 것을 깨닫지 못했던 것이다. 그녀는 평소에 모든 것을 하나님께 맡긴다고 하면서 자기 아들은 앞으로 이렇게 만들어 주셔야 한다고 자기의 욕심을 하나님께 구하는 기도를 하고 있었다는 것을 깨달았다. 그녀는 주님께서 부르시는 빛 가운데로 나오지 못하고 지금까지 교회가 요구하는 형식과 의식과 율법적인 생각의 패러다임 속으로 자기를 집어넣어서 양계장 안의 닭처럼 되어 살고 있으면서 늘 부족한 자신 때문에 괴로워하고 있었다는 것을 깨닫게 되었다.

"한별아, 정말 들려달라고도 안 했는데 하나님의 음성을 들었어?"

"그렇다니까? 나는 배가 아프다고만 했어. '그런데 내가 네 배를 낫게 해주겠다.'라고 하셨어. 정말 놀라운 것은 내 변비가 없어진 거야, 부끄럽기도 하고 또 변비를 영어로 뭐라 하는지 알 수 없어 그 말은 못 했지만 아침에 일어나서 나는 시원하게 변을 보았거든. 그리고 지금까지 기분이 좋아. 예수님께서 내 병을 고쳐 주신 거야."

"주여, 감사합니다. 그 음성이 바로 나에게도 들려주신 음성이야."

"왜?"

"나는 하나님의 딸이야. 내가 음성을 들려 달라고 하기 전부터 그분은 나와 함께 계셨어. 나도 내 생각을 내려놓고 있었으면 너에게처럼 진즉 하나님이 음성을 들려주셨을 거야."

"내가 너를 지명하여 불렀으니, 너는 나의 것이다(사43:1)."라는 구절이 새삼스럽게 복음으로 다가왔다.

남편 전도

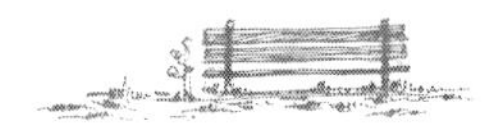

윤 집사는 어머니 주일 예배를 드릴 때는 언제나 울었다. 찬송을 할 때도 그리고 설교를 들을 때도 눈물이 쏟아졌다. 그래서 교회에 나갈 때 미리 손수건을 챙겨서 가지고 갔다. 어머니가 운명하시던 마지막 순간에 남편인 박 서방의 손을 잡고 희미한 목소리로 교회에 나가라고 당부하셨다. 그는 그때는 '예'라고 대답했지만, 교회는 출석하지 않았다. 그러나 돌아가신 첫 주일에는 교회에 참석했다. 그때 기념으로 관주 톰슨성경과 해설 찬송가를 사주었었다. 그는 음악에 소질이 있어서 어느 찬송이나 잘 불렀었다. 그래서 찬송가 책은 낡았으나 성경책은 쓰지 않아 말끔한 새 책으로 책상 위에 놓여 있었다. 성경책은 일 년에 꼭 한 번 교회에 나갈 때 들고 갔었는데 그것은 어머니 주일 때였다. 이날만은 아내의 권유를 거절하지 않았다. 윤 집사는 그것이 더 슬펐다. 남편의 손을 잡고 교회에 나가라고 하던 어머니의 음성이 귀에 쟁쟁한데 가신 지 5년이 되어도 남편을 전도하여 교회에 나오게 하지 못한 것이다. 안 믿는 남편과 결혼하겠다고 날뛰며 어머니 가슴에 못 박았던 것이 가슴 아팠다.

꼭 전도하고 구원받게 하겠다고 약속하고 결혼했는데 교회 나가는 사위를 못 보고 떠나시게 한 것이 죄스러웠고 유언으로 남기신 어머니의 말을 듣지 않는 남편이 원망스러웠다. 남편은 임종하던 날의 장모를 생각하여 어머니 주일에만 교회에 나와 주는 것이었다.

남편은 아내와 딸들이 교회에 나가는 것을 반대하지 않았다. 오히려 도와주고 늦을 때는 자기가 저녁도 하고 설거지도 거들곤 했다.

나는 네가 교회 나가는 것을 반대하지 않는다. 마찬가지로 내가 교회 안 나가는 것을 너는 반대하지 말라. 나는 과학도다. 식물이 어떻게 땅에서 수분을 빨아올리며 태양 에너지를 받아 성장하는지 과학적으로 식물의 성장을 설명할 것이고 너는 하나님이 식물을 기르신다고 말할 것이다. 나는 네 생각이 옳다고 생각한다. 마찬가지로 너는 내 과학적인 설명을 옳다고 인정해야 한다. 식물의 성장을 보는 두 가지 관점이 있다는 것을 인정해야 한다. 우리의 생각은 상하로 공중을 나는 비행기같이 충돌 없이 자유자재 날 수 있는 것이지 서로 밀어내는 그런 것이 아니다. 과학은 신앙의 원수가 아니다. 과학 없이는 우주의 질서를 설명할 길이 없다.

이것이 남편의 변론이었다. 윤 집사는 그의 생각이 틀리다고 생각하지는 않았다. 그는 세상의 질서를 보고 자기는 천국의 질서를 보고 있기 때문이었다. 그러나 윤 집사는 남편의 외고집에 진력이 났다. 좀 멍청하게 믿고 따를 수는 없는가?

“세상에는 과학으로 설명할 수 없는 일이 많지 않아요?”

“그래서 탈이야. 과학으로 설명할 수 없는 부분은 다 하나님의 영역이라고 믿어왔거든. 그러기 때문에 과학이 그 베일을 벗겨내면 하나님의 영역이 줄어졌다고 말하고 하나님이 구석에 몰리게 되는 것이야."

어머니날이었다. 윤 집사는 목사님이 일 년에 한 번만 출석하는 남편에게 그를 변화시켜줄 만한 메시지를 전해 주었으면 좋겠다고 생각했다. 이날 설교는 '아들을 변화시킨 어머니의 기도'라는 제목이었다. 미국에 짐이라는 젊은이가 있었는데 늘 홀로 된 어머니가 새벽마다 아들을 위해서 드리는 기도 소리를 듣고 자랐다고 말했다. 그런데 그가 제일 듣기 싫어하는 말은 주일날 교회 나가자는 말이었다. 그는 그 소리를 듣다못해 가출하여 선원이 되었다. 그러나 선원 생활을 하던 중 그는 무서운 풍랑 속에서 자기 생명을 구해준 친구가 있었다. 그 후 그의 권유로 그렇게 싫어하던 교회에 나가게 되고, 거기서 어머니의 기도를 기억하여 집으로 돌아오게 되었다는 요지였다. 짐의 어머니는 벌써 세상을 떠난 뒤의 일이었다. 이 이야기를 하면서 목사님은 여러 번 목메어 설교를 계속하지 못했다. 이것은 바로 자기 남편에게 꼭 맞는 설교였다. 그때 짐이 지은 찬송이 275장 '날마다 주와 멀어져….'라는 것인데 모두 함께 부르자고 했다. 윤 집사는 너무나 감격했다. '어머니 기도 못 잊어 새사람 되어 살려고 나 집에 돌아갑니다.'라는 구절을 부를 때는 이 말이 남편의 마음에 사무치기를 빌며 불렀는데 윤 집사는 결국 목이 메어 흐느끼느라 찬송을 다 마치지 못하였다. 이 설교로 남편이 돌아온다면 얼마나 좋을까?

정월 초하루 0시 예배 때가 생각났다. 이때 다가오는 새해에 바라는 소원을 두고 통성으로 모든 교인이 기도하는 순서가 있었다. 윤 집사는 남편이 돌아오게 해 달라고 간절히 기도한 뒤 뒤따라 나온

딸에게 아빠가 하나님 앞에 나오게 해 달라고 너도 기도했느냐고 물었었다. 그때 딸이 갑자기 흐느껴 울기 시작했었다. 당황하여 왜 그러느냐고 물었다. 딸은 지난해에도 그렇게 기도했었는데 하나님께서 안 들어주시지 않았느냐고 말하며 금년에 또 안 들어주시면 하나님과 아버지를 원망해야 하는데 너무 속상하다고 말한 것이 생각났다.

'아, 이번만큼은 남편이 하나님 앞으로 돌아와 준다면….'

예배가 끝나고 집으로 오는 차 속에서 윤 집사가 물었다.

"오늘 설교 어땠어? 난 너무 은혜스러웠는데."

"아, 그 275장?"

"그래. '나 집에 돌아갑니다.'라는 구절에서 나는 너무 눈물이 나서 계속 부를 수가 없었어. 당신, 어머니 앞에 약속했던 것 금년에는 지킬 수 있어?"

그녀는 남편의 눈치를 보며 말했었다. 그러나 그는 거의 감격이 없었던 것 같았다. 예수를 영접하지 않은 사람에게는 모든 것이 허망한 것일 수밖에 없다.

"그 찬송 짐이라는 사람이 지은 것이 아니고 리지 드알몬드라는 여자가 지은 것이야."

"그걸 어떻게 알았어?"

"찬송가 해설에 다 쓰여 있지 않아?"

윤 집사는 피가 거꾸로 솟는 것 같았다. 그리고 마구 속이 뒤틀렸다.

"짐이면 어떻고 여자면 어때? 어머니께 돌아왔다는 것이 중요한 것 아니야? 찬송은 안 부르고 그런 해설이나 읽고 따지고 있으니까 은혜가 안 되는 거 아니에요?”

“틀린 것을 어물어물 적당히 믿어버리면 진리이신 하나님은 못 믿고 잘못된 허상을 믿는 것이 되는 거야.”

“아무튼, 당신은 틀렸어요. 너무 알면 은혜가 안 돼. 좀 과학의 세계를 버리고 믿음의 세계로 들어오면 안 돼?”

“과학을 버리면 안 되지. 과학의 세계를 아우르는 더 큰 세계라면 모르지만.”

“맞아 더 큰 세계야. 그것이 천국이야.”

“그 천국이 교회라고? 그래서 나더러 교회에 나오라고 하는 거야?”

“맞아 교회가 눈에 보이는 작은 천국이지.”

윤 집사는 의기양양하여 말했다. 그러자 남편은 어이없다는 듯이 윤 잡사를 쳐다보았다.

“당신은 뭘 제대로 알고서 믿는 거야? 세상 모든 사람에게 물어봐. 교회가 천국인지.”

남편 전도는 역시 어려운 것이었다.

기도 응답

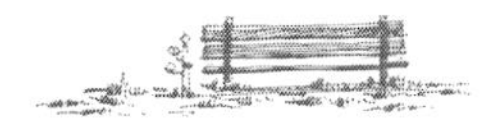

1월 1일에는 어김없이 아들에게서 전화가 온다. 그러나 이번에는 좀 늦었다. 무슨 일이 생긴 게 아닌가 하고 걱정했는데 하루가 지난 뒤 시카고에서 전화가 왔다. 그곳의 친구 결혼식에 참석하느라 문안이 늦었다는 것이었다. 비행기를 타고 플로리다에서 시카고까지 갔다는 것은 보통 인연이 아닌 모양이었다. 일도 있고 해서 3일을 묵고 갈 것인데 그동안 눈이 오지 않도록 기도해 달라는 것이었다. 따뜻한 곳에 사는 탓도 있지만, 눈에 막혀 스케줄에 차질이 생기는 것을 극도로 두려워하고 있었다.

나는 눈에 막히지 않고 무사히 귀가할 수 있게 해달라고 기도하였다. 그러자 이 기도가 응답받을만한 기도인가 하는 생각이 들었다. 눈이 안 오면 아들에게는 좋겠지만 다른 사람에게는 좋지 않을 수도 있다. 또 눈이 와야 하는 겨울철에 눈이 오지 않으면 자연의 조화가 깨질지도 모르는 일이었다. 하나님이 모든 개개인의 편의를 따라 원하는 기도를 다 들어 준다면 자연질서와 생활질서에 큰 혼돈이 올 것이라는 생각이 들었다. 이것은 하나님께서 들어줄 수 없는 기도일 수도 있다는 생각이었다. 나는 기도하는데 두 가지 원칙을 세우고 있었다. 첫째, 인간의 지성으로 그 결과를 추리할 수 있고 판단할 수 있는 것은 기도하지 않는다. 둘째, 인간의 능력을 초월하는 것은 하나님께 구한다는 것이다.

비행기에 탑승하면 무사히 이륙하게 해달라고 기도한다. 또 기내에 폭발물이 실려 있지 않게 해달라고 기도한다. 또 무사히 착륙하게 해달라고 기도한다. 이 모든 안전점검은 항공사나 훈련된 기장이 할 수 있는 일이다. 그러나 그들이 작은 실수라도 하지 않게 해달라고 기도할 수는 있다. 한편 우리 편이 이기게 해달라는 기도라든가, 내가 뽑히게 해달라는 기도라든가는 하지 않는다. 이것은 인간이 노력해서 성취해야 할 일이기 때문이다.

얼마 전부터 이 생각이 흔들리기 시작했다. 이 두 가지가 분명히 구별되지 않기 때문이었다. 2, 3일 내에 눈이 올지, 안 올지는 기상청에서 예보하고 있고 어느 정도 예측하고 있다. 그런데 왜 눈이 오지 않게 해달라고 기도하는가? 기상 이변이 일어나게 해달라고 기도하는 것인가? 히스기야가 죽게 되었는데도 하나님께 기도할 때 수명을 15년간 연장해 받은 것처럼 하나님께서는 바람의 방향을 바꾸어 놓을 수 있다. 그래서 눈이 오더라도 간발의 차이로 비행기는 뜰 수 있게 될 수도 있다. 그래서 나는 눈이 오지 않게 해달라고 기도할 수 있고 그것은 잘못된 것이 아니다. 그러나 누구를 위해 눈이 오지 말라고 기도하는 것인가? 우주의 중심에 나를 앉혀 놓고 하나님을 움직여 보자는 것인가? 나는 확실한 주관 없이 기도한 것임이 틀림없다.

며칠 후 아들에게서 전화가 왔다. 무사히 귀가했다는 것이었다.

그날 오전에 눈이 오기 시작했는데 그래도 비행기 출발은 지장이 없었다고 한다. 그러나 오후부터는 눈이 쌓여서 비행기가 뜨지 못하게 되어 아슬아슬하게 시카고를 탈출했다는 것이었다. 기도해 주어서 고맙다는 전갈이었다. 나는 안도의 숨을 내쉬었다. 이것이 정말 내 기도에 하나님의 응답을 받은 것이었을까?

나는 기도 응답 500회가 곧 넘을 것이라는 소문이 나 있는 김 장로를 찾아갔다. 그는 기도 제목을 쓰고 하루에 적어도 300명 이상 이름을 거명하며 기도한다는데 기도 응답을 받으면 그 기도 제목 뒤에 응답받은 날짜를 써 놓는 사람이었다. 그는 앉을 때나 설 때나 걸을 때나 늘 기도하였다. 누구든 붙들고 무엇을 기도하고 있느냐고 물은 다음, 기도 제목을 주면 자기가 기도해 주겠다고 말했다. 구약의 선지자처럼, 모세처럼, 욥처럼 자기가 기도하면 하나님께서 더 잘 들어주신다고 생각하고 있는 분 같았다. 나더러도 기도 제목을 달라고 말한 적이 있다. 처음 나는 당황하였다. 칠십 평생 나는 기도 제목을 정해 놓고 기도한 적이 있었는지 스스로 의심하였다. 어려운 일이 있으면 “예수님, 나는 어떻게 하면 좋습니까?” 하고 묻고 그때마다 나는 해답을 얻고 그대로 행동하였다. 어떤 때는 한 문제를 두고 일 년 내내 같은 질문을 되풀이한 적이 있었다. 그때마다 같은 대답을 듣거나 다른 대답을 듣기도 했다. 그러나 나는 그 기도가 응답되지 않아 계속 고민한 적은 없었다. 나는 기도제목을 적고 그 뒤에 응답된 날짜를 적어둔 일은 없었다. 언제나 예수님은 선한 방향으로 이끄시고 응답해 주셨기 때문이다. 그런데 갑자기 제목을 달라고 하자 말문이 막혔다. “세상이나 세상의 것들을 사랑하지 않도록 기도해 주시오.”, “내 안에 성령이 소멸하지 않도록 기도해 주시오." … 이런 제목들은 나 스스로 침묵 가운데 기도할 일이지 남에게 부탁할 일이 아니었다.

"세계 평화를 위해 기도해 주시오."

나는 대답이 궁해져서 이렇게 말했다.

"장로님, 정말 장로님의 첫째 기도제목이 이것입니까?"

"그렇습니다."

"하나님은 그런 막연한 기도는 들어주시지 않습니다. 사실 세계 평화는 하나님이 이 세상을 심판하실 마지막 때에나 이루어질 것이니까요"

"하지만 세계 평화. 남북 화해, 폭력의 근절, 부의 재분배, 기아의 해소, 사회 복지제도의 확립, 미전도지역의 선교… 이런 것들은 기도의 제목이 안 됩니까?"

"물론 되지요. 그러나 제가 말하는 것은 예를 들어 남북화해라고 할 때도 적십자 활동, 옥수수 종자, 의약품, 밀가루 보내기 또는 남북 이산가족 만나기 등 구체적인 사안을 두고 기도하는 것이 좋다는 이야기를 하는 겁니다."

나는 김 장로의 이야기를 들은 뒤 나의 기도의 방법을 바꾸어 보려고 애썼다. 예수님과 서로 이야기하듯이 대화하는 것, 즉 "예수님, 오늘 저에게는 이런 일이 있었습니다.", "그래 무슨 일이냐?", "종알종알", "잘했다.", "예수님, 또 만나 뵙겠습니다." 그리고 기분이 좋아져서 돌아서는 것. 이것은 김 장로의 말에 의하면 결코 기도가 되지 않은 것이다. 기도가 응답되었는지 기록할 수가 없기 때문이다. 무엇인가 좀 더 거창한 제목이 없는 것일까? "하나님, 이라크 공화국을 저에게 주십시오. 제가 주님을 전하며 이곳에 제 생명을 묻겠습니다." 아! 나는 그렇게까지 거창한 행위와 기도를 할 수 없다.

그런데 문제가 생겼다. 내가 후원을 하고 있는 한 간사에게서 기도 편지가 왔다. 이것은 정말 구체적인 기도 요청이었다.

"후원자님, 저는 이번에 이곳 외국에서 신학교 공부를 마치고 귀국합니다. 저와 함께 고생했던 아내는 어린아이를 데리고 출산하기 위해서 먼저 귀국했습니다. 저는 이곳에서 뒷마무리하고 귀국해야 하는데 고국은 삼 년 반이나 떠나 있던 곳이라 귀국한다는 것이 두렵습니다. 사는 집도 그렇고 주변 사람들도 생소할 것 같아 어디서 또 후원자를 얻어 정착할지 그것도 걱정입니다. 물가는 엄청 올라서 지금까지 받는 후원금으로는 살 수가 없기 때문입니다. 다시 한국문화에 잘 적응할 수 있을지도 걱정됩니다. 주님이 저희가 필요한 것들을 채워 주시도록 간절히 기도해 주십시오. 전셋집, 필요한 가전제품들, 부엌살림, 중고 자동차, 핸드폰…… 모든 것들이 다 새로 마련되어야 할 것뿐입니다. 그러나 무엇보다도 시급한 것은 아내의 출산 비용(최소 100만 원)입니다. 후원자님! 지금까지도 후원해 주시고 기도해 주셨는데 주께서 이 모든 것을 채워주시도록 간절히 기도해 주십시오. 부탁드립니다."

그리고는 후원계좌가 적혀 있었다.

이것이야말로 김 장로가 말한 구체적인 제목이라고 생각되었다. 그러나 나는 이런 기도에 익숙하지 않았다. 내 생각으로는 이런 것들은 하나님께 기도할 내용이 아니었다. 하나님께서는 이 세상의 것보다는 영의 세계에 속한 것(이것이 하나님의 것이니까)을 주시려고 기다리신다. 목마른 자에게 성령을 주시고, 회개하고 마음 문을 연 자에게 들어가 내주하시며 진리로 인도하신다. 부활의 능력으로 거듭나게 하시며 구원을 주신다. 담대히 천국을 선포하는 능력을 주신다. 어려움을 극복하고 승리할 능력을 주신다. 그런데 세상의 것을 달라 하면 하나님께서 무엇을 주실 것인가? 나는 어떤 기도를 해야 하는가?

기도 편지를 유심히 보고 있던 김 장로가 자기에게 그것을 달라고 했다. 자기가 기도하겠다면서.

몇 달 뒤 그 간사로부터 또 기도 편지가 왔다.

하나님은 참으로 신실하신 분이십니다. 저희의 기도를 들어 주시고 아내는 순산하고 아들을 낳았는데 출산한 바로 그날 꼭 필요한 100만 원이 무명의 후원자로부터 송금되었습니다. 그뿐 아니라 전셋집도 수월하게 구할 수 있었으며 모든 생활용품을 따뜻한 손길들을 통해 받아 지금은 행복한 나날을 보내고 있습니다. 모두 후원자님들의 뜨거운 기도 덕분이라고 생각합니다. 하나님이 하시는 일은 놀랍습니다.

> 두려워 말라 내가 너와 함께 함이니라. 놀라지 말라 나는 네 하나님이 됨이니라. 내가 너를 굳세게 하리라. 참으로 너를 도와주리라. 참으로 나의 의로운 오른손이 너를 붙들리라.
>
> _ 사 41:10

나는 이 기도 편지를 김 장로에게 보이며 말했다.

"김 장로님, 또 기도 응답을 받으셨군요. 기도 응답 500회가 넘었기를 바랍니다."

"저는 남에게 자랑하기 위해 그런 기록을 하는 것이 아닙니다. 기도 응답을 받을 때마다 먼저 제가 은혜를 받습니다. 그리고 다른 사람들에게도 저와 같은 기도 응답의 놀라운 체험을 받게 하고 싶다는 생각이 간절해집니다. 기도 응답의 체험을 하면 할수록 더욱 하나님께 매달리게 됩니다. 기도 없는 행복은 참된 행복이 아닙니다. 기도 없는 성공은 성공이 아닙니다. 기도 없는 목회는 목회가 아닙니다. 기도 없는 사역은 하나님의 일이 아닙니다. 아시지요?"

김 장로의 열정은 뜨거운 것이었다. 그러나 나는 먼저 묻고 싶은 것이 있었다.

"알고 싶은 것이 있는데요. 그 100만 원은 장로님이 무명으로 보내신 것이지요?"

"누가 보냈으면 어떻습니까?"

"하나님께 기도했는데 사실 그 돈은 하나님이 주신 선물이 아니라 장로님이 준 것이 아닙니까?"

"하나님은 사람을 통해 역사하십니다. 그것은 저를 통해 하나님이 그분에게 준 것입니다. 그래서 결국 하나님께 받은 것입니다."

"그러나 그 간사는 이 일로 신앙 간증을 여러 사람 앞에 하게 될 것이며 이렇게 해서 기독교에 기복신앙은 더욱 확산되는 것이 아닙니까?"

"신앙이란 결국 믿음인데, 믿음이 어떻게 군건해지는지 아십니까?" 그러면서 그는 설명했다. "방죽에 살얼음이 얼었을 때 어떻게 스케이트를 지치고 중앙에 나갈 수가 있습니까? 먼저 가장자리의 얼음을 발로 깨보는 것입니다. 안 깨지면 좀 더 안쪽을 두들겨 보는 것입니다. 그러다 방죽이 잘 얼었다는 믿음이 생기면 스케이트를 타고 좌로 우로 활개를 치며 얼음을 지치는 것입니다. 믿음의 응답을 점차 많이 받고 나면 이제는 자신을 가지고 믿음 안에 살게 된다는 이야기입니다."

"그런데 그 응답이…."

"'너희가 내 안에 거하고 내 말이 너희 안에 거하면 무엇이든지 원하는 대로 구하라 그리하면 이루리라.'라는 말씀을 아시지요? 내가 죽고 그리스도 안에 내가 살면 내가 구하는 것이 바로 주님께서 구하는 것입니다. 그때는 기도하는 대로 이루어지고 응답을 받게 됩니다."

"어떻게 하면 내가 죽고 그리스도 안에 내가 살게 됩니까?"

"인간의 힘으로 할 수는 없지만 나를 버리고 주님의 뜻에 순종하는 것입니다. 그보다 중요한 것은 이것은 단번에 이루어지는 것이 아니고 날마다 내가 죽는 것입니다. 그러는 가운데 기도훈련이 끝나면 확신을 가지고 믿음의 방죽 안을 자유롭게 지치고 다닐 수 있다는 말입니다."

"김 장로님, 대단하시네요. 어떻게 하면 구하는 대로 이루어지는 경지에 이르는지 좀 알려 주세요."

그러자 그는 기도수첩을 내보였다. "기도하세요. 그리고 응답을 받으세요." 그러면서 홀연히 사라졌다.

구역예배는 즐겁다

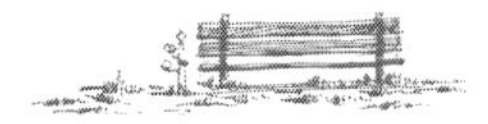

신 집사는 콧노래를 부르며 집 안 청소를 하였다. 오늘은 구역예배가 있는 날이었기 때문이었다. 모든 것은 시간이 갈수록 무질서해진다. 설거지를 하지 않으면 오물이 쌓이고 청소를 안 하면 먼지가 쌓인다. 청소하면 모든 것이 산뜻해진다. 청소는 이 집안에 사람이 살아 있다는 증거다. 그녀는 전에는 구역예배를 싫어했다. 교회가 사람을 귀찮게만 안 하면 다닐 만한데 교인들을 꽁꽁 교회에 묶어 놓으려 한다. 성수주일을 하라고 한다. 새벽기도, 수요기도, 중보기도, 교회청소, 구역식사당번, 여전도회월례모임, 각종수련회, 부흥회, 심방, 꽃놀이, 단풍놀이, 거기다가 매주 구역예배….

신 집사는 교회가 싫증 날 때가 있었다. 아예 모든 행사에 참석을 하지 않기로 했지만 다른 사람들은 이런 모임에 참석하고 있는데 자기만 빠지고 있다는 것 자체가 스트레스였다. 다른 것은 빠지면 그만이지만 이 구역예배는 순서를 정해 각 집을 돌아가면서 모이는 것이어서 빠질 수도 없었다. 안 나가면 전화를 하고 데리러 오고, 이건 스령을 모시는 공산당 조직보다 심한 것이 아닌가 하는 생각이 들었었다. 총회 구역공과 책을 읽고, 인도자의 시답잖은 성경 말씀을 듣고 있어야 하는데 아예 헌금만 걷어 가고 그것으로 끝냈으면 좋겠다는 생각이 들었었다. 이것 때문에 얼마나 하루 계획에 차질이 오며, 시간을 낭비해야 하는가? 그러던 신 집사가 이 구역예배를 좋아하게 되었다. 아니 그보다 더 나아가 기다리게 되었다. 몇 년 이렇게 하다 보니 구역예배 인도자까지 되어서 이제는 안 나온 사람에게 독려 전화까지 하게 되었다.

구역예배란 똑같은 삶을 되풀이하고 의미 없이 사는 것에 새바람, 성령을 불어넣어 준다는 생각을 하게 되었기 때문이었다. '죄와 사망의 법'이 죽은 것이라면 '생명의 성령의 법'은 교회생활을 살아 움직이게 하는 것이라는 생각이 들게 하는 것이었다. 오늘은 윤 집사가 찬송을 준비해 올 차례였다. 처음 윤 집사는 자기가 찬송 테이프를 준비해 왔으니 휴대용 녹음기로 음악을 들어가며 찬송을 하자고 제안했었다. 이 때문에 반주가 없어 낮은음으로 즐겁지도 않게 부르던 찬양이 갑자기 활기를 띠기 시작했다. 반주가 있었고 전문인이 부르는 찬양을 따라 하게 되니 모두가 찬양대원이 된 것처럼 기뻤다. 이것이 이제는 발전해서 TV가 응접실에 있는 집에서는 노래방에서처럼 영상음악으로 바뀌었다. 화면에 나타나는 배경을 보면서 찬양하는 것은 은혜스러웠다. 신 집사는 이때 새로운 것을 깨달았다. 물 흘러가는 대로 두지 말고 물을 거슬러 올라가는 생명력을 느껴보자는 것이었다. 그러자 구역예배에 대한 생각이 바뀌고 수동적인 혐오감에서 능동적인 기쁨으로 바뀌었다. 이렇게 분위기가 바뀌자 구역공부도 듣는 공부에서 각자 말씀을 적용하는 간증으로 바뀌었다. 누구에게서 어떤 말이 나올지 알 수 없었다. 각자 말씀 가운데 깨달은 것을 말하는 것이기 때문에 어떤 이야기가 나올지 기다려지는 것이었다. 기쁨을 나누고 슬픔을 나누며 합심기도도 하였다.

이날의 공부는 사도행전 9장 후반부 베드로의 선교여행에 관한 것이었다. 룻다에서 애니아라는 8년 된 중풍 병자를 고친 이야기와 욥바에서 죽은 다비다를 살린 이야기인데 이번 구역예배에서는 거기서 무슨 적용이 나올 수 있을지 궁금하였다. 신 집사는 이 말씀을 읽고 무슨 깨달음을 말할 수 있을 것인지 기도하면 생각해 보았으나 아무 생각도 떠오르지 않아 자기가 한심스러웠다. 고백할 죄는 없는가? 약속의 말씀은 없는가? 피해야 할 행위는 없는가? 명령의 말씀은 없는가? 따라야 할 모범은 없는가? 어떤 하나님이신가? … 그러나 아무 생각도 떠오르지 않았다. 신 집사는 공부하는 동안에 성령께서 가르치시는 대로 하리라고 생각했다.

구역원들이 모였다. 그리고 찬양 후 말씀을 보기 시작했다. 다비다는 어떤 여인인가? 죽은 다비다의 다락에 모인 모든 과부는 어떤 상태에 있던 사람들이었는가? 신 집사는 베드로의 능력만 생각했지 다비다의 다락에 모인 과부들은 생각도 하지 못했었다. 곡식 밭에서 이삭을 줍고, 수확하다 남긴 감람나무 열매와 포도 열매로 연명해야 하는 참 과부들을 생각하지 못했었다. 그들은 땅을 기업으로 받지 못하고 매 삼 년에 한 번씩 십일조를 드릴 때 레위인에게 주는 일부를 얻어 사는 인생의 밑바닥 존재라는 것을 생각하지 못했었다. 수입원이 없던 모든 과부가 다비다가 지어준 속옷과 겉옷을 베드로에게 보이며 울고 있던 장면을 상상했다. 다비다가 죽음으로 그들의 소망의 근원이 사라진 것이다. 이제는 위로받고 살던 그들의 일생을 끝났다. 그런데 다비다야 일어나라 하는 베드로의 음성에 다비다가 벌떡 일어났다. 갑자기 생수 같은 기쁨이 과부들에게 넘쳤다.

여기까지 생각이 미치자 미처 생각하지 못했던 깨달음이 왔다. 사람의 눈으로 보아서는 소망이 없는 곳에 하나님께서는 생수 같은 기쁨과 소망을 주신다는 것이었다. 신 집사가 말했다. 왜 그런 생각을 하지 못했을까?

"몇 년 전부터 우리 생계가 어려워 우리 딸애에게 교회에서 장학금까지 주신 것 아시지요?"

모두 신 집사를 쳐다보았다.

"우리 딸애가 지난주에 대학 졸업도 안 했는데 스카우트하겠다는 제의가 왔어요. 하나님께서 침체한 우리 가정에 소망을 주신 거예요. 이건 다비다가 일어난 것만큼 충격적인 기적입니다. 지금도 우리 주변에는 기적은 일어나고 있어요."

모두 그녀를 축하하였다. 그러자 구역에서 가장 어린 유 집사가 수줍은 듯이 말했다.

"저도 말하지 않으려 했는데요…."

"뭐 또 좋은 일이 생겼어요?"

"제가 7년이 되기까지 어린애가 없어 언니들이 기도해 주셨잖아요."

"그래 어린애가 생겼구나."

"그래요. 아직 조심스러워 이야기하지 않으려 했거든요."

"그 좋은 소식을 왜 말하지 않아. 우리의 기도 제목이 응답된 것이잖아."

구역원들은 할렐루야를 외치며 좋아했다. 그리고 누가 시작한 것도 아닌데 찬양이 시작되었다.

> 내게 샘솟는 기쁨/ 내게 샘솟는 기쁨 /내게 샘솟는 기쁨/ 넘치네….

구역예배는 즐거웠다. 그들에게 구역예배는 생수의 근원이었다. 다음 주일 교회에서 오후 예배가 끝나고 만났으면 좋겠다는 담임목사의 전갈을 받았다. 그러지 않아도 만나서 구역예배가 성령 충만하다는 보고를 하려 했던 차였다. 신 집사는 목사님 방으로 들어가자 상냥하게 인사를 하고 자기가 하고 싶은 이야기부터 꺼냈다.

"목사님, 우리 구역에 기쁜 소식이 있어요. 우리 구역에 유○○ 집사가 임신했어요."

"그래? 나한테도 기도 부탁을 했었지. 내가 부부생활을 잘하라고 했지."

"목사님, 칠 년만이에요. 우리 구역원들의 기도에 감사하다고 말하면서 기왕이면 이제는 아들 낳게 해달라고 기도해 달래요."

"그것이 뜻대로 되간디? 기도할 일이 따로 있지."

"그래도 기도하기로 했어요. 히스기아 왕은 기도해서 15년이나 수명을 연장해 받았잖아요. 하나님은 딸로 예정하셨어도 아들로 바꾸어 주실 것을 믿고 기도하기로 했어요."

"신 집사, 내가 왜 신 집사를 부른 줄 알아?"

목사는 언제나 반말이었다. 그는 신 집사에게 세례를 준 나이가 많은 분이기도 했다.

"우리 구역 소식 물어보려 부른 게 아니었어요?"

"내가 다음 주부터 수요 예배 후 구역장 교육을 하겠다고 광고한 것 들었지?"

신 집사는 분위기가 바뀐 것을 보고 놀라서 고개를 떨어뜨렸다.

"우리 구역원들이 마음대로 이름 있다는 목사의 구역예배 교안을 사서 쓰기 때문에 내가 일 년 목회계획을 세우고 설교하고 있는 것과는 전혀 다른 방향으로 가고 있어. 말씀은 아무렇게나 풀어 가르치는 것이 아니야."

"그래서 어떻게 하시려구요?"

"말씀은 누구나 함부로 해석할 수 없으며 신학교를 나온 전도사나 교역자의 몫이야. 그래서 나는 강대상에 누구나 세우지 않잖아? 구역예배도 마찬가지야. 이제부터는 구역예배를 내가 설교한 내용을 교안으로 다시 곱씹어 생각할 수 있도록 가르치려고 해."

"목사님, 그러나 말씀은 어떤 특수계층의 전유물이 아니잖아요?"

"그래서 이단이 생기는 거야. 달리기를 향방 없이 하면 되겠어? 우리 교인은 모두가 내 목회 방향을 따라 일심동체가 되어야 교회는 바로 서고 마귀를 대적할 수 있단 말이야."

"목사님도 교회에서 수령 되고 싶으세요?"

"신 집사!" 목사는 엄한 소리를 쳤다. "쓸데없는 소리하지 말고 구역 인도자들을 독려해서 수요예배에 잘 참석시키도록 해. 알았어?"

신 집사는 풀이 죽어 말없이 방을 나오면서 혼잣말을 했다. "설교를 재탕하면 감동이 생기고, 샘솟는 기쁨이 생기나? 또 하나의 '생명의 성령의 법'이 소멸되는 구나."

전에는 대표 기도를 하는 장로들을 불러 '기도를 길게 하지 말라.

세계를 위해, 국가를 위해, 가난 한 자와 병자를 위해 기도하지 말라. 그것은 다 목회지가 할 것이다. 다만 목회자가 말씀을 잘 전하도록, 목회하는데 어려움이 없도록 기도는 오직 당회장을 돕는 일에 전념하도록 해야 한다.' 그런 뒤로 기도에 영력이 없어져 버렸기 때문이었다.

그 목사 가짜 아니야?

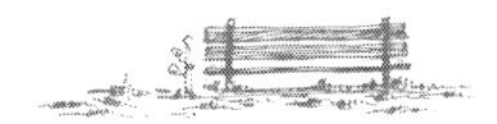

천 목사 내외는 아파트 2층에서 살고 있었다. 그런데 3층에서 가끔 밤늦게 요란한 발자국 소리와 퍽퍽 하는 둔탁한 소리, 흐느끼는 여인의 울음소리 같은 것이 들렸다.

"도대체 저게 무슨 소리지?"

"글쎄요, 저도 몇 번 들었는데 아무래도 부부 싸움을 하는 것 같아요."

"저 둔탁한 소리는 무슨 소리야?"

"부인을 때리는 것 같지 않아요? 남편이 농수산 시장에서 중개업을 하는 사람이라던데 성격이 아주 과격하데요."

부인은 이웃 사람들을 통해 들은 이야기를 종합해서 말했다. 3층에는 애가 없고 부부만 사는데 부인이 교회를 다닌다고 그렇게 학대할 수가 없다는 것이었다.

"그 남자를 내가 한 번 만나 볼까?"

"만나서 어떻게 하시려구요?"

"교회에 나가자고 전도를 해 봐야지 목사가 할 일이 또 있소?"

"관두세요. 늘 밤늦게 술을 마시고 돌아와서 만날 시간도 없구요, 또 농수산 시장의 중개업을 하고 있다는데 주일날 시간이 나겠어요? 부인이 교회에 나가는 것도 역겨운데 또 목사가 설교하러 가면 기름에 불 지르는 꼴이 될 거예요."

얼마 동안 잊고 있었는데 어느 날 천 목사는 아내에게 말했다.

"내가 3층 여인을 한 번 만나 봐야겠어."

"왜요. 당신 망신당하고 싶어 그래요? 3층 남자가 얼마나 무서운 사람인지 모르세요? 자기 아내더러도 이년 저년 하면서 머리에다 석유를 확 부어 불 질러 버리겠다고 그런데요. 의처증인지도 모르는데 가서 만나서 어쩌겠다는 거요?"

"하긴. 너무 안돼서. 하나님 말씀으로 위로도 해주고 성령의 힘으로 승리하는 생활을 하라고 말해 주고 싶었는데 당신 말을 듣고 보니 그러네요. 당신과 같이 가면 안 될까?"

"핍박 가운데도 잘 다니고 있는데 왜 건드려요? 그 여인은 당신 힘이 필요한 것이 아니라 하나님의 붙드심이 필요한 사람이에요."

천 목사는 자기 사정을 털어놓았다. 사실은 자기가 다음 설교 때 예수 때문에 핍박받는 사람의 예화가 필요한데 갑자기 3층 여인이 생각났다고 말했다. 그래서 자기가 만날 수 없다면 아내라도 가서 내용을 좀 잘 알아 오면 좋겠다고 하소연하였다.

"목적이 딴 데 있었군요. 당신의 설교는 말만 번질번질하지 감동이 없어요. 성령의 나타남과 능력으로 하지 않기 때문이지요. 주위에 있는 깨어진 가정들을 설교의 예화로 쓸 생각을 하면 되겠어요? 먼저 구원받지 못한 남자를 측은히 여기고 핍박받는 여인을 위해 기도하는 일을 하세요. 저는 그런 심부름 못 해요."

목사는 목소리를 높이며 말했다.

"당신은 설교의 압박이 얼마나 큰지 알기나 해? 날짜는 가까워지지 적절한 예화는 생각나지 않지. 아주 미쳐버릴 것 같은 심정을 이해하기나 하느냐 말이요? 좀 격려하고 도와주기는커녕 설교할 때마다 비판하고 의욕을 꺾어 놓으니 이건 목사 그만두라는 말밖에 더 돼요?"

목사는 정말 비참하고 처량한 얼굴을 하였다. 아내는 아무 말도 하지 않았다. 설교하려고 성경을 보니 설교할 것이 생각나지 않지. 설교하려고 주변을 돌아보니 하나님의 사랑을 실천할 여유가 생기지 않는 것 같았다.

아내는 목사가 참 안타깝게 생각되었다. 천 목사도 목사가 되기 전에는 말씀에서 많은 은혜를 받고 삶이 경건했으며, 이웃을 위해 많은 봉사를 하였다. 그러나 목사가 된 뒤는 설교에 쫓기는 삶으로 그런 영성을 잃어 가고 있다고 생각했다.

다음 날 저녁 아내가 천 목사에게 말했다.

"저, 3층 여인을 어제 만났어요."

"그래 어떤 핍박을 받는 답니까?"

기독교인을 욕하고 술 먹고 와서 늘 때리고 해서 만나보니 그 여인은 온몸이 퍼런 멍든 흔적뿐이었다고 말했다. 그러나 그녀는 주 없이는 살 수 없기 때문에 하루는 목욕하고 기도하고 옷을 갈아입은 뒤, 죽으면 죽으리라는 각오로 남편을 아파트 앞뜰로 끌고 나갔다는 것이었다. 집안에서 석유를 뿌리고 불 지르면 방화범이 되기 때문에 거기서 석유를 뿌리고 자기를 죽이라고, 자기는 살고 싶지 않다고 말했다는 것이었다.

"그것이 언젠데?"

"지난 수요일 밤이요."

"그래서 어떻게 됐어?"

"막 고래고래 소리를 지르니까 남편이 그녀를 끌고 방으로 들어가 잘못했다고 빌더래요. 그렇게 밖에서 다시는 소리 지르지 말라면서."

"그럼 신앙으로 승리했네."

"그런데 내가 놀란 것은 그 남편이 아래층에 우리 목사 내외가 살고 있다는 것을 알고 있었다는 거예요."

"그게 왜 놀라워?"

"그 남자가 '그 목사 새끼, 가짜 아니야?' 그러더래요, 글쎄."

"그건 또 무슨 소리야?"

"'목사가 되어서 나한테는 왜 전도 안 해' 그랬대요."

불순종한 미리암

천 목사는 어느 날 '불숭종한 미리암'이라는 제목으로 설교를 하였다. 모세의 형인 아론과 누나인 미리암이 모세가 이방 여자 구스를 취한 것 때문에 비방했는데 그것 때문에 하나님께서 진노하여 미리암에게 나병이 걸리게 했다는 내용이었다. 이 내용으로 목사는 영적 지도자를 비방해서 미리암은 나병이 걸려 눈처럼 희게 되었다고 경고용 설교를 했다.

이 설교는 아주 민감한 시기에 행해져서 설교가 끝난 뒤 교회 안은 어수선했다. 그것은 이 교회의 백 장로가 당회장인 목사에게 항의하다가 당회원직을 사임했는데, 지금은 그가 신장병으로 병원에 입원해 있기 때문이었다. 그렇잖아도 백 장로 문병을 가야 하는지 가면 안 되는지 교인들은 망설이고 있던 때였다.

미리암이 누구인가? 애굽의 왕이 이스라엘 백성이 아이를 낳으면 아들이거든 나일강에 던지고 딸이면 살려 두라고 내린 명령을 어기고 석 달 동안이나 어린 동생 모세를 숨겨두고 보살폈던 누이이다. 그녀는 모세보다는 15, 16세는 더 되었다고 생각한다. 더는 숨겨서

기를 수 없어서 역청을 바른 갈대 상자 안에 아이를 넣고 나일강에 띄워 보내고 절기의 풍습을 따라 나일강에서 목욕을 하던 공주가 아기를 발견하기까지 숨어서 보고 있던 누이였다. 바로왕의 공주가 목욕하다가 이를 발견했을 때 누이는 유모를 찾아 드려도 되겠냐고 찾아가 물었다. 그래서 아이를 집에 데려와 기른 뒤 애굽 궁전에 보내어 애굽의 왕자로 40년간 살게 했던 생명의 은인이기도 하다. 또 모세가 80세에 이스라엘 노예들을 데리고 지팡이로 홍해를 가르는 기적을 행한 뒤 추적해 온 바로의 병거와 마병을 홍해에 수장하고 광야를 마주했을 때 손에 소고를 잡고 모든 이스라엘 여인들과 함께 춤추며 여호와를 찬양했던 선지자이기도 하다. 그녀는 모세가 이스라엘 백성과 함께 노역하며 함께 살아오지 않았기 때문에 이질감이 있어 이스라엘 언약 공동체의 지도자로 바로 나서기가 힘들 거라고 생각했다. 그래서 하나님이 그를 택해 이스라엘의 지도자로 삼고 이스라엘 백성들을 노예로 살던 애굽에서 해방시켜 가나안 복지로 인도할 때 미리암과 아론은 그를 뒤에서 도운, 숨은 조력자이기도 했다. 그런데 모세가 이방 구스 여자를 취한 것 때문에 미리암과 아론이 모세를 비방했다고? 어쩌면 하나님께서 금한 일을 해서 모세가 지도자로서 신임을 잃지 않을까 걱정되어 간(諫)한 말이었을지도 모른다. 이런 대목은 설교자가 성도들에게 더 잘 이해시켜주어야 하는 것이 아니었을까? 모세도 그렇게 엄한 벌을 원하지 않았던지 여호와께 부르짖어 미리암을 고쳐달라고 호소하였다. 그러자 여호와는 그녀를 이레 동안 응징하고 고쳐 주었다. 모세도 그동안은 군대의 행진을 금하고 있다가 미리암이 다 나은 뒤 떠났다는 기록도 있다.

그런데 목사는 구약의 엄한 율법시대에 있었던 일을 신약시대에 적용하여 "영적 지도자를 비방하면 나병에 걸린다."라고 경고한 것이다. 이 설교로 백 장로에 대해 몰랐던 뒷이야기들이 교회 안에 더 빨리 알려지기 시작했다.

그는 기독교 대학의 교수였다. 이 대학에는 성문과(聖文科)가 있었는데 이 학과는 교회 지도자를 양성하기 위해 만든 국내 유일의 학과로 장학생을 미리 선발하였다. 백 장로는 그 과의 장학생으로 선발되었다. 그런데 학교에서는 그때가 마침 군사정권 때로 진로가 분명치 않다고 성문과는 폐과되어 대신 국문과가 신설된 때였다. 그래서 백 장로는 국문과 장학생으로 입학했었다. 후에 모교에 교수로 채용되었는데 초지를 굽히지 않고 야간에 신학교를 다니며 목회자의 꿈을 키우고 있었다. 그런 그가 천 목사 교회의 장로가 되어 당회원이 되자 당회장의 행정 방침에 제동을 걸기 시작한 것이다.

천 목사는 교회에 20년이 넘게 근속해 온 분으로 교회 내에 제왕적 입지를 굳히고 있을 뿐 아니라 지역 교회 목회자들의 수령으로 권력에 야망이 큰 분이었다. 원로 목사로 은퇴를 앞두고 시내에 아파트를 구입해서 옮기고 교회 사택은 부목사들이 거주하게 하였다. 그의 집은 자신이 은퇴할 때 교회가 집을 사 주는 것보다 미리 자기가 구입해서 들어가 있는 것이 교회 재정에 유리하다고 교인을 설득하여 자기 이름으로 구입해 놓은 아파트였다. 그런데 문제의 발단은 백 장로가 이 아파트의 관리비, 공공요금뿐 아니라 재산세에다가 심지어는 형광등의 교체하는 비용까지 모두 교회가 지출하고 있는 것을 알게 된 뒤의 일이었다.

백 장로는 교역자의 삶은 일반 교인의 평균 이하가 되는 것이 바람직하며 사소한 비용은 본인 부담이 적절하다고 지적하였다. 모든 교인은 자가용을 사도 비용들을 다 본인이 부담하고 사는데 목회자라고 교회에서 차 사주지 거기에다가 보험료, 연료비, 수리비 등을 교회가 부담하지, 본인 이름으로 시내에 아파트를 사주지, 관리비, 재산세, 전화세, 자녀교육비, 목회자 판공비 등등 모든 것을 다 해 주는데 사소한 형광등 교체까지 교회에 부담을 시키면 되느냐고 항의했다.

이에 천 목사는 불같이 화를 냈다. 20여 년간 교회를 이만치 키워놓았는데 이 정도의 대접으로 불만을 토할 수 있느냐는 것이었다. 그러나 백 장로는 세속적인 탐욕은 인간적인 것이어서 십자가의 고난을 이기고 부활의 승리를 원하는 하나님께 속한 것이 아니라고 백 장로는 계속 항의하였다. 백 장로의 당회원직은 그것으로 끝이었다. 당회장에게 사직서를 제출하고 교회 출석도 하지 않았다.

그는 재직 중인 대학에서도 교직원을 대상으로 '한밀알회'를 조직하여 교직원의 급여에서 매월 일정 금액을 공제하여 연말 구제나 선교활동에 사용하자고 제안하여 우선 몇 사람의 동조자를 얻었다. 학교에서는 매주 수요일 아침마다 교직원의 성경공부를 위해 교목이 맡거나 외부 목사를 초빙해서 해오던 일이 있었다. 그런데 백 교수는 듣기만 하는 성경공부는 깨달음이 없다면서 스스로 깨닫고 느낀 것을 발표하는 공부로 바꾸자고 제안했다. 교직원이 순번을 정하여 인도하고 그때마다 스스로 감명을 받은 성구를 가져와 깨달을 것, 행한 것을 간증하면서 서로 말씀을 나누는 풀뿌리 성경공부로 바꾸자는 것이었다. 백 교수가 이 순서를 맡았는데 몸이 아파 3주간 계속 연기하다 드디어 병원에 입원하게 되었다.

그는 몸이 허약해 자녀를 가질 수 없어 두 남매를 입양하고 있었는데 자녀들이 해외여행을 하고 싶다고 해서 그들에게 여행 약속을 하고 있던 차였다. 그러나 이 모든 지상의 인연을 뒤로하고 그는 세상을 떠났다. 다녔던 교회에서 그의 장례예배를 하고자 했으나 그는 숨을 놓기까지 반대하였다. 그래서 대학의 교목이 장례를 집례하였다.

어떤 교회든지 교회 안에서 목사와 장로가 불화하는 것은 흔히 있는 일이었다. 이 일이 심해지면 교회가 분열되는 일까지 있다. 천 목사와 백 장로 사이는 그렇게 불행한 결말을 가져오지는 않았지만 백 장로를 아끼는 교인들에겐 말할 수 없는 상처가 되었다.

백 장로가 떠난 일주기에는 그가 살았던 아파트에서 조촐한 일주기 추도예배를 드렸다. 사랑하는 어머니, 형님 가족, 아내, 그의 입양한 자녀 둘, 그리고 교회의 몇몇 식구들과 동료 교수들이 모였다. 평소 소박했던 백 장로의 유지를 따라 목사를 모시지 않고 같이 성경공부를 했던 성도들이 간단한 추억을 나누고 기도로 마치는 예배였다. 선임 교수 기도의 일부는 다음과 같은 것이었다.

하나님께서는 그의 꿈에 비해 너무 허약한 몸을 주셨습니다. 그래서 어머니의 신장으로 10년을 버티고 또 형의 신장으로 10년을 연명하며 뜻을 이루려 너무 많은 애를 쓰셨습니다. 그러나 그는 실패한 것이 아닙니다. 이 땅에 주님을 위한 거룩한 꿈을 심어놓고 가신 것입니다. 이제 여기 남아 있는 가족이 하나님의 사랑으로 열매를 거두게 해 주실 것을 믿습니다. 자녀들이 잘 자라서 할머니와 큰아버지께 사랑의 빚을 갚을 것입니다. 베풀어 놓은 사랑을 받은 동료와 후배들이 남아 있는 백 교수의 사모, 이 전도사를 위로하고 도울 것입니다. 백 장로와 힘을 합하지 못했던 당회원이나 교회도 이제는 미망인이 된, 무의무탁한 이 전도사를 사랑하고 도울 것을 믿습니다.

사랑의 하나님, 위로의 하나님, 치유의 하나님!

고인의 남은 가족을 굳세게 하옵소서. 참으로 도우소서. 그 의로운 바른 손이 아내와 자녀들을 붙들어 주시어 백 장로가 하나님께 다 하지 못한 충성을 이어 갈 수 있게 하소서. 이곳에 조촐하게 모인 가족과 대학 제자, 친구들에게도 자비를 베푸소서.

예배가 끝난 후 조촐한 다과를 나누면서 어느 교수가 말했다.

"천국에서는 천 목사와 백 장로가 만나서 화해를 하실 수가 있을까요?"

모두 얼굴을 서로 쳐다보았다. 교회 안에 모여 자기네는 '구원받은 하나님의 백성'이라고 말하는 성도들의 이런 세상적인 모습들은 밖의 세상에 보이고 싶지 않은 부분이었다. 또 한 분이 대답했다.

"가이사(세상)의 것을 탐하여 달려간 분과 하나님의 것을 소망하여 달려간 분이 천국이라 한들 한 지점에 다다를 수 있을까요?"

나 외에 다른 신들을 두지 말라

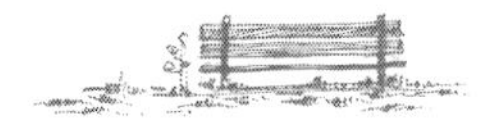

의류 재활용 매점에는 여러 가지 의류가 격자 옷걸이에 걸려 있었다. 이 매점은 자원봉사자들에 의하여 운영되는 곳이었다. 헌 옷을 깨끗이 빨아 걸어 놓은 것이어서 1000원, 2000원 비싸면 10,000원 정도였다. 아까운 옷을 버리는 사람이 많기 때문에 전화 연락만 하면 가져와서 세탁해서 걸어 놓고 나누어 입기를 하자는 것이었다. 여러 사람이 와서 만져보고 그냥 갔지만, 가끔 가져가는 사람도 적지 않았다. 아침 9시면 열어서 저녁 5시면 닫고 일요일에는 쉬는 매점이었다. 간판은 '선한 사마리아인의 집'이었다. 그런데 이상한 것은 가게가 문을 닫고 어두워지면 옷들이 나와서 이야기를 시작하는 것이었다. 말하자면 그들의 무용담이 시작되는 것이었다. 자기를 걸쳤던 주인들의 이야기를 하는 것인데 마치 자기가 그 주인이나 되는 것처럼 으스대며 이야기를 했다. 교수가 걸쳤던 옷, 깡패가 걸쳤던 옷, 소매치기가 걸쳤던 옷, 심지어는 거지가 걸쳤던 옷도 있었다. 여기서는 그 이야기를 다 할 수 없다. 먼저 3개의 옷이 서로 나눈 이야기를 적어볼까 한다.

소매 끝에 아직 기름때가 다 가시지 않은 가죽 잠바가 가장 으스댔다. 자기는 추운 겨울날 밤 초등학교에 가서 단군상 목을 쳐서 떨어뜨렸다는 호언장담이었다. 하나님 외에는 다른 신을 섬기지 말라고 했는데 초등학교에다 단군상을 세워놓고 감수성이 예민한 학생들에게 경배하게 한다는 것은 왜놈들이 신사참배를 하게 하는 것보다 더 나쁜 짓이라는 것이었다.

초등학생이 입을 만한 작은 폴로 티셔츠가 나와서 말했다.

"단군은 우리나라를 세우신 조상이 아닌가요? 그분은 신이 아니잖아요? 그냥 돌로 깎아서 세워놓은 것인데…."

"이거 봐. 벌써 세뇌가 되었지 않아? 한두 개 공원이나 길에다 세워놓지 어쩌자고 360개나 되는 단군상을 만들어 초등학교마다 세워놓은 거야. 우리 국민이 사는 길은 이런 우상을 때려 부수는 거야. 기드온처럼 먼저 바알의 단을 헐고 아세라상을 찍어야 참 하나님의 신이 내리게 돼"

그러면서 옆에 있는 진 바지에게 왜 한마디도 하지 않느냐고 말했다. 진 바지는 자기는 외국 사람으로 잘 모르지만 일본 사람들이 한국 정신을 말살하려고 할 때 단군상부터 없앴다는데 지금은 통일을 기원해서 나라 곳곳에 세워놓은 단군상을 기독교인들이 때려 부수는 것은 잘 이해할 수가 없다고 말했다.

"당신은 예수를 안 믿는 외국 사람이니까 당연히 이해할 수가 없겠지."

"부처고, 예수고 그런 종교를 떠나야 진정한 나라의 뿌리를 찾으려는 단군이 보이는 것이 아니겠소?"

진 바지는 차분한 어조로 말했다.

“아니야 이것은 단순한 국조로서의 단군이 아니라 단군 교도의 우상으로 섬기는 종교란 말이요.”

“나는 기독교도가 독선적이고 교만하게 생각됩니다. 예수님의 모습을 안 닮았어요.”

그러면서 그는 전차 안에서 겪은 이야기를 했다. “성경을 읽으시오. 예수를 믿으시오. 예수만이 여러분을 구원할 수 있습니다.”라고 큰 소리로 외쳤는데 그곳은 자기 안방이 아닙니다. 그들이 자기 귀에 가까이 대고 “성경을 읽으시오.”라고 귀청이 떨어지라고 외쳤을 때 “저는 하버드의 신학교에서 성경과 해석을 전공하면서 많이 읽었습니다.”라고 말해주고 싶었습니다.

“마치 자기만 예수를 믿고 구원을 받은 것 같은 어조였습니다.”

“신학교를 다녔다고 다 구원받은 것이 아니지. 우리나라에는 잡초가 너무 많아서 구원으로 이끌려면 잡초 제거하는 일을 먼저 해야 해. 그래 외국 사람으로 또 느낀 것은 없었나?”

“나는 참선(參禪)이 무엇인가 동양 종교를 더 알아보기 위해 한국에 왔는데 불교도는 아닙니다. 그런데 한국 사람은 절에다 불을 질렀어요. 불교는 잡초라고 생각했기 때문이겠지요? 그러니 이것은 불상을 집에 놓고 있다고 사는 사람 집에 불을 놓은 것과 같아요. 좀 유난스럽게 예수를 믿는다고 생각하지 않으세요?”

“꼬마야 너는 어떻게 생각하니?”

잠바는 티셔츠에게 물어보았다.

“사이좋게 살아야 한다고 생각해요.”

“그건 안 되지. 사이좋게 산다는 것은 마귀와 싸울 생각이 없다는 뜻이야.”

"저는요."
티셔츠가 말했다. 그는 어머니가 새로운 아파트로 옮기려고 집을 팔고 임시로 시골에서 산 일이 있었다고 말했다. 그때 음력 보름에 그 마을 당산나무에 제사를 지내려고 집마다 쌀을 거두러 다니는데 자기 어머니에게도 왔었다고 말했다. 어머니는 그때 쌀이 떨어져 없다고 했는데 지하 쌀통에 있지 않으냐고 갖다 준 일이 있다고 말했다.
"그래 제물 떡을 만들려고 하는데 그 쌀을 바쳤단 말이야?"
"그뿐 아니라 그다음 날 떡을 다 나누어 줄 때 어머니는 그 떡을 쓰레기통에 버렸는데 내가 주워서 친구들과 같이 나누어 먹었어요."
"그래 제사 지낸 음식을 나누어 먹었단 말이지?"
"예, 나는 그 마을 애들이 좋아요. 이것은 옳고 그른 이야기가 아니라 친구들을 사랑하는 이야기예요. 나는 왕따를 당하고 싶지 않았어요. 친해져야 전도도 할 수 있을 거 아니에요?"
가죽 잠바는 크게 한숨을 쉬었다.
"정말 우리나라 기독교가 어디로 가려고 그러는지 모르겠다. 이렇게 타협하는 것은 간음죄를 짓는 일이나 마찬가지야."
이런 종류의 이야기들이 매일 밤 심심찮게 들려왔다. 밤이 되면 옷들이 살아나서 하는 이야기들이었다. 다음에는 또 무슨 이야기를 들을 수 있을지 모두 궁금해했다.